SORTUDAS?

Dawn O'Porter

SORTUDAS?

PRIMAVERA
EDITORIAL

Dedicado a todas as *Janes* de minha vida.

 sortudas

Sorte
sor·te
"força invencível a que se atribuem o rumo e os diversos acontecimentos da vida; destino, fado"

curtido por **primavera_editorial** e outras 72 pessoas

#avidarealnaoéumapubli

Todo mundo está Ok
A vida de todo mundo é perfeita
Todo mundo está falando de mim
Todo mundo sabe o que quer, menos eu
Todo mundo sabe que eu não consigo fazer isso

Nós somos tão sortudas. Não temos do que reclamar.

Todo mundo tem seus problemas
Todo mundo precisa ser mais generoso consigo mesmo
Todo mundo está junto nessa
Eu não sou todo mundo
Cada um está enfrentando a própria batalha sobre a qual ninguém sabe...

#1

♡ ○ ▽

Ruby

Minha filha já era independente desde o dia em que nasceu. Por causa da minha condição, tornar-me mãe só seria possível quando eu fosse capaz de me entregar por completo para outro ser humano sem qualquer limitação. Pensei que meu amor infinito por aquele pequeno ser aconteceria quando ele precisasse de mim de uma maneira que nunca haviam precisado antes. Porém, por ironia, acredito que minha filha nunca precisou de nada além do meu físico para mantê-la viva. Ser mãe não tem sido uma experiência como imaginei que seria. Na verdade, minha filha é uma cuzona. Algumas pessoas podem dizer que ela puxou a mim.

São 7h05 da manhã. Estou deitada na cama e ela está gritando no outro quarto como se estivesse sendo atacada. Ela não está sendo atacada, ela está bem. Ela não dorme em um berço, sabe como levantar, mas, mesmo assim, grita e berra até que eu vá ao seu quarto apenas pra me mandar sair de perto quando eu chegar.

Eu não queria uma menina, queria um menino. Não tenho ideia de como ensinar uma menina a se amar. Pensei que, se tivesse um menino,

Liam cuidaria dessa parte. Também não gosto do quão manipuladora as mulheres são e não havia notado como isso começa tão cedo.

Alcanço meu roupão, que fica do outro lado da cama. Não é um substituto para um marido, mas, pelo menos, é algo pra envolver meu corpo quando eu acordo pela manhã. Esse roupão é umas das poucas coisas que eu adoro – dos anos 1970, de toalha, longo, gola alta, mangas compridas bem vitorianas que escondem cada centímetro do meu corpo, menos meu pescoço e rosto. Passei séculos procurando e nada moderno cobria tanto meu corpo. Isso quer dizer que, com ele, posso atender a porta rapidamente se ainda não estiver vestida.

Sempre penso na dona desse roupão antes de mim, já que ele mostra sinais de uso e alguns rasgos. Será que ela também sentia a necessidade de se esconder dentro da própria casa? Será que tinha filhos que a amavam? Vivia uma vida de solidão? Liam odiava esse roupão, mas eu o via como minha única opção depois do que ele fez no dia do nosso casamento.

Vestir Bonnie, minha filha, todas as manhãs se compara a estar em uma daquelas jaulas que te protege de tubarões, só que neste caso o tubarão está dentro dela com você. Ela me chuta no peito, no estômago, já me mordeu inúmeras vezes. Ela tenta fugir, aí tenho que puxar de volta e torcer pra não deslocar meu ombro ou quadril.

É claro que eu a amo, só não amo ser mãe. As pessoas me dizem pra não subestimar esses momentos, que sentirei falta dessa fase. Não! Eu nunca vou sentir falta disso. Viver com um bebê é como viver com alguém que não tem empatia, algo que eu jurei a mim mesma que nunca faria, desde que saí de casa e me mudei pra longe da minha mãe.

As manhãs de segunda são sempre as piores, especialmente depois do final de semana do pai dela. Liam não se preocupa com as coisas chatas, deixa ela comer o que quiser e assistir à TV até bem tarde, até ela adormecer. Não se importa em dar banho ou escovar os dentes, o que significa que quando ela chega em casa está toda grudenta, com os dentes amarelos e *dreadlocks* nos cabelos. Então, eu sou a pessoa que precisa forçá-la a ir pro chuveiro, desembaraçar os nós dos cabelos e raspar a crosta dos dentes. Eu sou a pessoa que estraga toda a diversão.

Ligo a TV enquanto preparo seu café da manhã. Não gosto de fazer comida, mesmo que seja para minha filha. Odeio muitas coisas de que deveria gostar, especialmente aquelas relacionadas à maternidade, mas também da vida em geral. Não gosto de autoajuda, de autocuidado, do mundo das mães nas redes sociais. Odeio política e a maneira como divide as pessoas. Odeio futebol, pois une as pessoas, mas as coloca em times opostos.

Eu odeio como uma mulher sem blusa tem muito mais chances de vender um pacote de balas de hortelã do que uma mulher com blusa. Odeio como o olhar masculino é muito mais poderoso do que o valor de uma mulher. Odeio como o olhar masculino raramente vem à minha direção. Odeio como, quando isso acontece, eu o afasto igual a um mosquito que pode me picar.

Eu odeio tantas coisas. Odeio saber que depois do meu compromisso passarei o dia todo fazendo uma garota parecer mais magra do que realmente é, quando na verdade não há nada de errado com ela. Odeio que meu trabalho tenha se transformado nisso. Odeio ser parte do problema que tanto me chateia, mas continuar trabalhando, porque tenho muito medo de tentar algo diferente.

Minha filha me chama do outro quarto, de onde está vendo TV. Diz que odeia o programa que está passando e quer ver outra coisa. Troco de canal, digo que ela não pode usar a palavra "odiar" e a lembro de que ela tem muitas outras palavras em seu vocabulário para expressar o que sente a respeito de algo, e que deveria ser mais inteligente em suas escolhas. Odeio falar com ela assim, mesmo ela tendo apenas três anos e meio de idade.

Chamo Bonnie para tomar café da manhã na cozinha. Ela diz que não está com fome e que não se sente bem. Coloco minha mão na sua testa, ela parece bem. Sintonizo o programa *Octonautas* na TV, sirvo uma cumbuca de cereal sem leite pra ela comer no sofá enquanto me visto. Odeio não ser o tipo de mãe que envolve a filha em um abraço e diz que tudo vai ficar bem.

Meu compromisso é às 11 da manhã. Depois disso, vou começar a me sentir bem.

Há apenas um vestido que posso usar nesse estágio do meu ciclo menstrual: um longo de veludo, cor de vinho, gola alta, mangas compridas com elásticos nos punhos. Eu mesma costurei quando estava na faculdade e ainda me serve. Aos 43 anos, tenho o mesmo tamanho que tinha aos 21, o que dá um certo trabalho. Quando você tem uma condição como a minha, você faz o que é preciso para minimizar os sintomas.

Estar magra é fundamental. Eu me alimento igual a um passarinho e me exercito por, pelo menos, uma hora por dia, na privacidade da minha casa, claro. Alguém como eu não pode frequentar uma academia. Comprei uma bicicleta ergométrica com uma tela pra que eu possa fazer aulas virtuais com professores. Notei que havia uma pequena câmera no topo da tela, que está desligada, mas eu coloco uma fita adesiva só pra garantir. Fico imaginando que alguém pode me ver na bicicleta; não poderia correr esse risco. É a coisa mais aterrorizante que posso imaginar.

Meu vestido cor de vinho diz muito sobre quem eu sou. Um cara com quem eu saí em alguns encontros me descreveu como "Uma Virginia Woolf Amish". Ele não estava tentando ser gentil, mas eu amei a descrição. Sinto uma conexão profunda com a Virginia Woolf. É reconfortante saber que a genialidade pode existir nas pessoas com dificuldades sociais.

"Amish Chique" tornou-se meu estilo. Faço a maior parte das minhas roupas: vestidos longos, góticos e de veludo. Gola alta, mangas compridas, franjas abaixo dos seios, cintura marcada e saias longas e pesadas. Um par de botas pretas pontudas de salto baixo e que terminam um pouco acima do calcanhar. Minha pele é pálida, passo um pouco de rímel, bastante blush e sempre tento combinar a cor do meu batom com a do meu vestido. Posso ou não usar meia-calça dependendo de que fase estou no meu ciclo, mas o uniforme continua o mesmo. Fiz uma variedade de opções de algodão pesado para os meses de verão. Azul-claro, estampa floral, mas nada muito ousado. Compro meus tecidos no eBay; as botas são sempre as mesmas, não importa o vestido ou clima.

Sinto repulsa dos meus pés. Se alguém quisesse me torturar, bastaria apenas me abandonar em uma praia lotada vestindo um biquíni e chinelos. Provavelmente eu nadaria o mais longe da praia que pudesse, torcendo pra um dia chegar a uma ilha deserta; lá, eu faria um vestido bem grosso de algas marinhas e me esconderia em uma caverna ao avistar qualquer tipo de vida no horizonte.

    Não sou uma pessoa do verão. Agora é junho em Londres e alguns dias são tórridos. Se está muito calor eu tendo a ficar em casa o máximo que eu puder. Um dos motivos por eu estar presa em meu trabalho é porque ele me dá poucas razões pra sair de casa. Investi em um ar-condicionado ano passado, o que faz os meses de verão muito mais toleráveis. Além de levar e buscar Bonnie na creche, tenho poucos motivos pra sair de casa que não sejam sociais – que já são raros –, mas é claro que eu tenho amigos. Pra ser justa comigo, sou muito coerente e dou ótimos conselhos quando as pessoas precisam – e me orgulho muito disso.

    Colocar Bonnie no carrinho toma muito tempo e exige uma força tremenda – tenho que apertá-la na região abaixo do umbigo para poder passar as alças de segurança – e esta amanhã ela está particularmente desagradável. Repito o nome dela diversas vezes: "Bonnie, entra logo. Bonnie, senta!" (já me arrependendo enquanto falo). Nunca sinto naturalidade quando a chamo de Bonnie. É um nome amaldiçoado que significa bonita. Uma pressão injusta para se colocar em uma garota. Era o nome da avó de Liam, e significava muito pra ele passar esse nome adiante. Concordei, mas com a condição de que ela teria meu sobrenome. Liam não hesitou por um minuto. Odeio o quão progressista ele era em tantas coisas.

    Ela é bem pequena pra sua idade, mas muito forte. Demora um minuto, mas consigo colocá-la no carrinho. Dou a ela um pacote de passas para distraí-la e consigo sair de casa.

    Quando ela termina de comer, joga a caixa vazia na rua e pede mais. Não tenho mais, então a ignoro e continuo empurrando o carrinho. São dez minutos de caminhada até a creche e ando rápido pra queimar as calorias da torrada com geleia que comi no café da manhã. Bonnie vai ficando cada vez mais chateada e começando a se mostrar um pouco agressiva. Ela chacoalha pra frente e pra trás, depois de um lado para o outro, tentando se soltar das alças do carrinho.

    – Quero ir no chão – grita Bonnie entre berros ensurdecedores.

– Não há nada de errado com ela – digo a uma mãe que olha pra minha filha com olhar de pena. – Se eu deixar ela sair do carrinho, nunca vamos chegar lá – complemento.

Ela faz uma cara feia que indica que estou sendo cruel e continua seu caminho, e sua filha pentelha sai atrás. A presunção materna é o que mais me irrita. Evito outras mães o máximo que posso.

– Ela está BEM – berro para uma outra pessoa que acha que vir até mim e dizer "Ahhhhhh" e sorrir para minha filha maluca é a coisa certa a se fazer. É condescendente e nada sincero. Não há nada de "Ahhhhhh" quando uma criança está sendo terrível.

– Talvez ela esteja com fome – diz uma senhora atravessando na nossa frente. Tudo estava tranquilo até ela dizer isso.

– Ah, você acha que eu devo considerar alimentar minha própria filha? – pergunto.

Ela não entende meu sarcasmo.

– Sim, essa pobre criança deve estar morrendo de fome.

– Ah, claro, que cabeça a minha. Esquecer de alimentar minha própria filha – respondo. Eu poderia parar por aqui, mas por que? – Estava aqui mesmo escutando seus deliciosos gritinhos, pensando que raios será o problema dessa criança, e todo esse tempo era só dar algo pra ela comer. Como fui tão estúpida?

A senhora me olha com medo nos olhos. Pra ser honesta, eu estava bem próxima do rosto dela. Não gosto de senhoras e a maneira como agem, pensando que têm todas as respostas do mundo.

– Vai se... – digo atravessando a rua. É uma frase meio antiga que uso muito. Firme, ofensiva, mas não utilizando nenhum xingamento que poderia soar estranho às pessoas. Acho bem útil. Ocasionalmente adiciono um dedo.

Lauren Pearce – Post no Instagram

 OficialLP

Uma foto de Lauren em sua cozinha segurando um copo alto cheio de um líquido verde. Está usando calça jeans e uma blusa rosa colada. Está toda arrumada e com o cabelo loiro perfeito com luzes.

curtido por **primavera_editorial** e outras 83 pessoas

OficialLP Me manter saudável é muito importante pra mim. Me sentir bem com meu próprio corpo me ajuda mentalmente. Amo minha nova #GreenMachineQT. Consigo tomar três das minhas cinco vitaminas do dia em uma só bebida. Corpo são, mente sã.

#publi #amor #juntas #mulheres #amorpróprio #sejavocê #saibasuaverdade #mulheresapoiandomulheres #vegan

Ver todos os comentários

@florecent360: Por que fazer publis se você vai casar com um dos homens mais ricos do país? Doe esse dinheiro pra caridade!

@missiondone123 para @florecent360: Ela não precisa do dinheiro de ninguém! Seria mesmo melhor viver do dinheiro do marido? Respeito muito uma mulher que paga seus próprios boletos. Boa, Lauren! Eu te amo!!!

@MineAintYours: Publi? Vendida! Arrume um trabalho de verdade que não inclua exibir seu corpo!

@MatyMooMelly: Te amo tanto! Tudo que você diz é exatamente o que preciso escutar. Obrigada por ser você mesma!

@pigeontoe: #concordo (só que não)

@fabouty: Lembre-se de se amar! Você é muito inspiradora!

@Hartherlodge: Sério, calma aí! Rica, magra, em forma. Do que mais você precisa? E esse suco? Parece que um cachorro comeu grama e vomitou no seu copo.

@seveneh: Queria ter esse corpo.

Beth

Penso comigo mesma, no meio do ato: se eu vou transar tanto assim com esses estranhos, preciso tirar um pouco de proveito. Subo em cima dele e começo a roçar nas suas coxas. Esqueço do prazer dele e só foco no meu. Estou quase chegando ao mais fantástico orgasmo quando escuto...
– Beth? Beth? – Sua voz é ofegante e gentil. – Beth? Beth?
Abro meus olhos.
– Você estava tendo um daqueles sonhos? – pergunta.
Merda.
– Sim, eu estava – respondo.
Ele pensa que esses sonhos que me fazem contorcer, na verdade, são sonhos em que estou praticando dança de salão. Porque foi isso que disse pra ele. Falei que dança de salão era uma ambição minha não correspondida. Ele me deu vale-aulas de presente no meu último aniversário. Ainda não usei nenhum.
– Eu estava dançando a valsa com você, acho que a gente ia ganhar – digo sonolenta.
É melhor não mencionar o cara musculoso que estava prestando mais atenção lá embaixo do que no meu *foxtrot*.
– Você daria uma ótima dançarina – diz, sorrindo. – Aqui, ele está pronto pra você.
Ele passa meu filho de quatro meses, Tommy, para o meu colo. Sento, abro meu sutiã e coloco meu mamilo em sua boca. Michael olha pro outro lado.

— Me avisa quando terminar. Eu venho pegá-lo e você pode dormir um pouco mais – diz.

— Tudo bem, mas é melhor eu trabalhar. Que horas são? – pergunto.

— Nove.

— Uau. Obrigada. Já estou atrasada.

— Bom, você já tirou leite suficiente para alimentar um exército de crianças. Ele já tomou, bem feliz, uma mamadeira às 7 da manhã, não tinha por que acordá-la – diz, beijando minha testa gentilmente. – E Tommy e eu somos muito felizes de ter você. Me chama quando terminar – completa Michael.

Michael sai do quarto e eu seguro meu bebê com um braço enquanto alcanço meu celular com o outro. Como esperado, minha caixa de entrada já está bombando. O pessoal do buffet, floristas, boleira, relações-públicas. Este trabalho demanda muito de mim. Esperava tirar seis meses de licença--maternidade quando engravidei, mas esse trabalho apareceu há alguns meses e eu não pude recusar. Esse é o problema quando você tem seu próprio negócio: ninguém paga suas férias. Eu mandei pedidos de toalha de mesa enquanto entrava na sala de parto e demiti uma florista quando estavam me costurando. Sou a melhor amiga de todo mundo, mas tenho pulso firme quando preciso.

Michael conseguiu três meses de licença-paternidade porque trabalha em uma *startup* que se considera muito moderna. Esse é um lugar até irônico pra ele trabalhar, afinal tem 44 anos e não é nada moderno. Ao contrário de mim, 36 anos e trabalhando em um escritório com uma assistente de 26 que me dá aulas todos os dias de como ser uma *millennial*. Sou muito grata pelo trabalho aleatório e moderno do Michael, o que significa que tenho tempo suficiente para dar atenção ao casamento das celebridades do ano. Não tive que sacrificar o meu trabalho após a maternidade, mas "estar grata" a meu marido não chegou nem perto de resolver nosso problema.

Estava realmente aproveitando meu sonho. Deixo meu celular de lado e coloco as mãos entre as pernas. Como se soubesse o que estou pensando, meu filho balbucia, solta meu peito e me olha com um olhar de julgamento. Ele provavelmente está certo. Mudo de peito e acaricio sua cabeça.

É um milagre ter sido mãe e sou *muito* grata. Não porque há algo de errado comigo, tenho 36 anos e, mesmo sendo uma maternidade "geriátrica", o médico me disse que meus ovários são de uma mulher de vinte anos. Michael também é perfeitamente fértil, mesmo com a sua idade. Homens são muito sortudos e podem ter filhos muito além da sua idade de pico. Nós, mulheres, temos que tê-los no momento mais inconveniente de nossas vidas, quando nossas carreiras eram tudo em que deveríamos estar pensando.

Michael aproveitou todos os testes médicos que estávamos fazendo para se distrair e não transar comigo. Nossas consultas com o médico de fertilidade eram, no mínimo, incômodas. Ele dizia que faria tudo a seu alcance para entender o porquê de eu não engravidar, e tudo o que eu queria fazer era gritar o motivo bem na cara dele.

– É PORQUE VOCÊ NÃO TRANSA COMIGO. VOCÊ NUNCA ME FODE. É POR ISSO QUE EU NÃO ESTOU GRÁVIDA.

Sentia que se, por acaso, engravidasse daquela única vez por mês que conseguíamos transar e ele gozasse dentro de mim seria um milagre. Aí eu consegui e engravidei. Agora tenho meu bebê, e pelo menos isso eu consegui desse casamento.

Eu amo meu marido, mesmo. Ele é gentil e engraçado em todos os aspectos da vida, menos no sexo. A mãe dele é a mais reclamona de todas as reclamonas e eles têm um relacionamento muito estranho e cheio de contextos sexuais. Claro que eles não enxergam isso, mas eu enxergo. É normal para um homem adulto passar na casa de sua mãe para receber uma massagem nos pés? Você acha? Não, não é. É normal ligar toda manhã para sua mãe ou pedir que ela vá ao dentista com você porque está com medo?

Quero que meu filho saiba que eu sempre estarei lá pro que ele precisar, mas também quero que tenha relações sexuais saudáveis com outras mulheres e que não insista para que eu vá a todas as férias de família. Farei o meu melhor para que as futuras namoradas dele não sintam que a relação deles está em segundo lugar, desde que ele venha todo ano para o Natal.

Michael está sempre "cansado". Diz que é coisa da idade.

Transávamos muito quando começamos a namorar, o que era bem divertido enquanto estava acontecendo, mas sempre acabava de uma forma estranha. Ele dizia coisas como "é natural um homem sair de fininho depois do sexo" ou "como você não gozou, não me importo se você terminar sozinha". Raramente eu terminava, afinal com um comentário desses você consegue fazer um clitóris desaparecer tão rápido quanto um paraquedas fechado caindo.

Não que ele fosse cruel, só muito estranho com qualquer coisa relacionada a sexo. Mas como transávamos muito a romântica em mim achava que tudo que precisávamos era de tempo. Prática. Coloquei todos os motivos dele na falta de uma vida de casados. Ele é supertradicional e talvez o casamento fosse algo importante pra ele. Presumi que da nossa noite de núpcias em diante ele estaria finalmente mais tranquilo. Mas não, era como se ele tivesse manchado a reputação de sua noiva.

– É uma pena que você tenha dormido com outras pessoas antes de mim – disse ele quando voltamos à suíte de núpcias após a cerimônia.

Saí do quarto, tirei a calcinha sexy que vestia por baixo do vestido, mudei para uma normal e voltei ao quarto para encontrá-lo dormindo, ou fingindo dormir, só para não ter que transar com a puta da mulher dele.

Havia muitas indiretas para eu me sentir culpada. Conforme a libido diminuía, o machismo desafiador dele me fazia sentir que a culpa realmente era minha. Algumas semanas atrás não transamos porque eu estava com mau hálito. Escovei os dentes.

– Menta me dá náusea. Você sempre escolhe a pasta de dente que eu não gosto – respondeu Michael.

O dentista me disse dois dias depois que não havia nada de errado com meu hálito, ou algo morto debaixo da minha língua. Apesar disso, eu cobri minha boca pra falar com ele por quase uma semana.

Mesmo durante o parto, meu corpo parecia irritá-lo. Ele ficou de pé ao lado da minha cama fazendo uma massagem estranha na minha cabeça. A parteira perguntou se ele queria ver de perto quando a cabeça do Tommy aparecesse.

– Meu Deus, não!! Não preciso ver isso – respondeu.

Você está com tanto nojo do meu corpo que não quer ver o milagre que criamos vir ao mundo?, me lembro de ter pensado.

Ele também insistiu que eu usasse uma camiseta enquanto estivesse parindo. Como eu não coloquei nenhuma na mala até o hospital, ele me emprestou a que estava vestindo por baixo da camisa. Ela estava bem justa na barriga, desconfortável e tinha um cheiro muito forte de cê-cê que me deixou passando mal.

– Você vai se arrepender. Eu ia tirar uma foto – disse Michael quando tentei tirá-la.

Minha nudez o deixa desconfortável. Nada como estrias e uma barriga pós-parto para ajudar a mudar essa ideia, certo?

– Você deve transar o quanto desejar – digo ao Tommy enquanto ele mama. – Apenas tenha certeza de que ele ou ela quer transar com você, use camisinha e sempre diga "obrigado" – completo enquanto Tommy me olha como se tivesse compreendido. – Michael – grito enquanto deito o bebê.

– Terminou? – responde e espia pela porta.

– Sim, é melhor eu já sair pro trabalho – respondo.

Michael pega Tommy no colo e o faz arrotar no seu ombro.

– Tá bom, vou te deixar se vestir – diz, saindo do quarto.

Deus me livre um marido ver sua mulher pelada.

Ruby

Quando chegamos à creche Bonnie estava gritando como se eu fosse um urso que ela tivesse que manter longe. Abro as alças do cinto que a segura no carrinho e ela, assim que consegue se soltar, sai correndo com um sorriso imenso no rosto, diretamente pro colo da professora. Ela a abraça. Olho pro lado.

– Eles sempre são piores com as mães – diz a senhorita Tabitha, atrás de mim.

Não fazia ideia de que ela estava ali. Tento fechar o carrinho, mas há algo prendendo as rodas e ele não dobra corretamente.

– Ela é muito tranquila quando está aqui – continua, apertando a faca dentro do meu peito.

Carreguei essa criança no meu ventre. Abriram meu corpo ao meio pra tirá-la de lá. Consegui mantê-la viva até os três anos e meio. Sacrifiquei meu trabalho, perdi meu marido. Por que ela acha reconfortante dizer que eu sou a única pessoa por quem a minha filha expressa ódio?

O carrinho não fecha. Quero ir embora daqui e para bem longe da serena e prestativa senhorita Tabitha. Sinto muito calor com esse vestido de veludo pesado e a segunda pele que visto por baixo. Meus níveis de estresse não são algo que consigo esconder.

– Posso ajudar? – ela pergunta, me deixando mais furiosa.

– Não – respondo enquanto o suor escorre da minha testa até o nariz e eu enxugo com a manga esvoaçante de veludo.

– Tem certeza de que não quer ajuda? – repete, como se eu fosse uma idiota.

Se ela fosse embora eu conseguiria fechar o carrinho tranquilamente, mas ela está em cima de mim como uma professora avaliando minha lição. Estou realmente com dificuldades agora. Sei que minha raiva joga contra mim e que se eu parasse de sacudir o carrinho, respirasse e me acalmasse, ele dobraria corretamente. Mas estou irritada. Provar um ponto de vista e desistir não faz parte do meu DNA.

– QUE SACO! – grito, batendo o carrinho com força no chão e chutando.

Tento não xingar, mesmo quando estou muito estressada. Há um momento de tensão quando me dou conta de que algumas professoras se juntaram à senhorita Tabitha e uma delas fechou a porta da creche para proteger as crianças da minha agressividade. Elas acham que eu estou pronta para me desculpar. Não estou.

– Vocês estão olhando o quê? – digo. Meu lábio superior está grudando nos meus dentes como um gato selvagem.

Algo no meu tom de voz faz todas darem um passo pra trás. Uma delas, bem corajosa, começa a andar em minha direção com o braço estendido.

– Não encosta em mim! – berro.

– Não vou encostar em você – diz calmamente. – Vou fechar o carrinho pra você, não precisa ficar tão nervosa – completa.

– Não preciso ficar nervosa? – respondo sentindo uma mão no meu ombro.
– Me deixa em paz! – grito enquanto sou lançada pra cima do carrinho.

Com isso, o carrinho é lançado pra frente e atinge em cheio a parede. A saia do meu vestido está presa na roda. Um som de rasgar os ouvidos enche a entrada da creche e meu vestido rasga da barra até o joelho. Fico deitada em cima do carrinho, com as pernas expostas. Elas podem ver minhas pernas. Poderia reagir com lágrimas ou raiva. Eu, claro, escolho a segunda opção pra mascarar a primeira.

– Olha o que você fez! – berro enquanto levanto desesperadamente, tentando juntar minha saia rasgada, fechando o rasgo com as mãos.

Elas não dizem nada, mas me olham com o máximo de desdém que o trabalho delas permite.

Tenho que sair daqui. Não posso olhar pra essas mulheres novamente. Elas viram minhas pernas.

— Sabe de uma coisa? Já estou bem insatisfeita com este lugar e não é de hoje. Vocês dão muitos lanches pra ela. Bonnie nunca tem fome para jantar — digo enquanto caminho até a porta fechada da creche.

— Ruby, as crianças vão começar a aula de música. Vamos deixar elas irem, pode ser? — diz a senhorita Tabitha.

Eu a ignoro, tenho que sair daqui. *Elas viram minhas pernas. Meu Deus, elas viram minhas pernas.* Abro a porta da creche, todas as crianças me olham. Caminho até Bonnie e digo que ela tem de vir comigo.

— Não — diz pisando duro.

— Bonnie, vem com a mamãe, por favor. Precisamos ir.

— Não, não — ela grita, deitando-se no chão.

— Vamos — digo calma, mas dura, como se tivesse total domínio daquela situação.

Sou a mãe dela. Ela até pode se comportar assim, mas vai acabar fazendo o que eu digo. Vou tentar de novo.

— Vamos, Bonnie, levanta, temos que ir.

Ela agora está cataclísmica. Berrando, se contorcendo, tentando se salvar de passar mais tempo comigo. Sinto a mesma agonia, mas não posso voltar atrás. Continuo segurando minha saia com uma mão para não deixar o rasgo aparecer.

— Tá bom, Bonnie, chega — digo, pegando-a com a minha mão livre.

Não sei como — puro desespero —, mas consigo pegá-la no colo. Ela chuta, tenta sair, mas a seguro o mais forte que posso e saio logo dali. As professoras tentam me parar, mas preciso sair dali. Não posso mais voltar. Não agora que elas viram minhas pernas.

Pego o carrinho com minha mão esquerda e carrego ele e Bonnie até a rua. O rasgo do vestido todo aberto. *Por quê, meu Deus? Por que isso tem que acontecer no dia em que não estou vestindo meia-calça?*

Ligo para o Liam. O telefone chama, chama, ninguém atende. Ligo de novo. Nada. Ele me manda uma mensagem de texto: *Desculpa, estou em Amsterdã para uma conferência. Tá tudo bem?*

Droga, esqueci que ele está viajando essa semana. Digo que está tudo bem. Ele responde com uma foto de um cachorro nada fofo que ele encontrou.

Pode mostrar essa foto pra Bonnie? Ela ama cachorros.
Não respondo.
Meu telefone toca duas vezes, depois mais uma. Eu o tinha colocado de volta na minha bolsa e agora o procuro desesperadamente enquanto Bonnie grita no carrinho.
– Quero voltar para a creche! – ela grita.
Eu também quero que ela volte, mas estou muito estressada pra voltar. Elas acham que eu sou louca. Elas viram minhas pernas. Não posso voltar. Nunca mais.
Quando finalmente encontro meu celular, tenho três chamadas perdidas da minha mãe. Ela não me liga há três meses. Por que agora? Parece que ela sente o momento. Estou tendo um momento desastroso como mãe e ela parece querer esfregar na minha cara.
Caminho com dificuldade até a entrada de um parque. Empurro Bonnie e a deixo sair do carrinho. Ela imediatamente sai correndo e começa a pegar gravetos e folhas do chão, feliz. Sento-me em um banco, respiro fundo, lentamente, e ligo de volta pra minha mãe.
– Quem é? – ela diz quando atende o telefone.
Ela está bêbada, consigo perceber.
– Oi, mãe, vi que você me ligou – respondo.
– O que você quer?
– Estou em um parque com a Bonnie – digo a ela mesmo conhecendo seu humor muito bem e sabendo que respostas detalhadas não ajudam em nada. – Só ligando pra saber se você está viva – completo.
– Como se você se importasse, besta – responde com uma risada tão alta que coloco a mão sob o telefone pra ter certeza de que ninguém no parque ouviu.
– Não precisa ser grossa, mãe.
– O quê? – ela pergunta já na defensiva.
– Eu disse que não precisa ser grossa. Não gosto quando você me chama assim.
– Ah, ela não gosta quando eu chamo ela assim. Ela fica brava. Pobre besta feia.

— Mãe, você quer algo específico? Porque preciso desligar...
— Vou me matar – ela diz, apática.
— Não faz isso – respondo. Como já disse tantas vezes nos últimos anos.
— Você não pode me impedir. Vou me matar hoje à noite.
— Não, não vai.
— Vou sim.
— Por quê? – pergunto, pensando que talvez ela milagrosamente me responda dessa vez.
— Cala a boca. Você não se importa mesmo comigo...
Afasto o telefone do meu ouvido enquanto ela continua a reclamar.
— Terminou? – pergunto depois de um minuto.
Ela parece ter terminado e fica muda.
— Mãe, preciso ir – respondo me preparando para o próximo golpe.
— Vai, desliga. Vai à merda. Se sua própria mãe não te ama, quem vai amar? – completa antes de desligar.

Sinto as lágrimas começando a surgir nos cantos dos olhos enquanto vejo Bonnie brincar feliz sem mim. Sei que no momento que disser a ela que precisamos ir, ela vai agir exatamente como minha mãe. Vai gritar, chutar, berrar, dizer que não me ama, como se a minha presença na vida dela fosse insuportável. Nunca pensei que ser mãe seria reviver minha adolescência, sem o apelido agora, pelo menos.

Minha mãe me chama de "besta" desde que entrou no banheiro enquanto eu estava tomando banho quando tinha dezesseis anos. Por isso, não arrisco deixar minha própria filha me ver pelada. Não quero imaginar os apelidos que uma criança conseguirá inventar pra mim.

Como as outras pessoas fazem a maternidade parecer tão fácil?

— Você pode sair do banco, por favor? – diz um homem parado na minha frente, bloqueando minha vista de onde está Bonnie.
— Como é que é? – respondo em um tom superior.
— Por favor, levanta do banco. Por favor – ele repete.

– Eu não vou levantar de forma alguma. Cheguei aqui primeiro e estou olhando minha filha brincar.

– Olha, eu gostaria que você, por favor, fosse sentar em outro banco – diz calmamente. – Você não vai entender. Por favor, mude de banco – continua.

Ele aponta para um banco vazio alguns metros dali. Não tenho energia pra brigar com ele, já tive conflitos o suficiente pra uma manhã. Pego minha bolsa, o carrinho e vou até o outro banco.

– Vai se... – digo fazendo questão de que ele me escute.

Enquanto me sento no meu novo banco, mantenho um olho nele e outro na Bonnie. Ela está brincando tão feliz que me concentro mais no homem. Ele por acaso está observando minha filha brincar? Ele tira do bolso uma embalagem de lenços umedecidos, como os de bebê. Acho tudo isso muito estranho. Vou ao encontro de Bonnie só para garantir.

De repente, ele levanta e começa a limpar os cocôs de passarinho e outras sujeiras do banco com os lenços umedecidos. Esfrega mais forte em alguns lugares, uma limpadinha mais suave em outros. Um trabalho meticuloso. Quando ele termina o banco parece que acabou de ser pintado. Muito satisfeito, ele senta novamente e observa o parque. Consigo ver um milhão de pensamentos passando pelos seus olhos. Tento imaginar o que eles são. Então ele se levanta e vai embora – de alguma forma, mais tranquilo do que quando chegou... *Que visão extraordinária.*

Caminho até o banco. Uma placa de prata está presa no meio dele, o que eu não tinha notado antes.

Verity, filha amada e irmã. Nos abandonou muito cedo, será para sempre lembrada e amada. Seu espírito sempre viverá nestes jardins. 1989-1996

Sento-me no banco e olho pra Bonnie. Será que o homem era o pai de Verity? Tento imaginar perder Bonnie. Penso em como me sentiria se tudo que restasse fossem memórias e esse banco.

Preciso melhorar nossas memórias.

#2
♡ ◯ ◁

Beth

Alguns dias eu chego ao trabalho e fico trinta minutos olhando fotos do Tommy. Tenho uma caixa de protetores de mamilos descartáveis na gaveta porque cada vez que penso nele meus peitos começam a vazar. E eu penso muito nele. Será que organizar casamentos realmente é o trabalho que deveria me afastar do meu bebezinho? Assim, se eu fosse uma enfermeira, ou uma astronauta, ou talvez estivesse a ponto de descobrir a cura do câncer, aí tudo bem, eu voltaria ao trabalho para salvar o mundo. Mas eu organizo casamentos caros e desnecessários para pessoas extremamente ricas. Estou vendendo um produto em que não acredito de verdade. Criando uma imagem do casamento como parceria idealizada que começa com uma festa e continua tão feliz por anos. Mas essa não é a experiência que eu tive.

Oi, chefe, recebi um e-mail de uma mulher que tem um orçamento de 5 mil libras, mas quer um casamento completamente vegano para 65 pessoas. O que você acha? Nada de couro, apenas tecidos orgânicos e tudo mais. O que digo a ela?

Minha assistente "Risky" (mais nova de três filhos; os pais deixaram os irmãos escolherem o nome dela)¹ me escreve em um e-mail, mesmo estando a três metros de mim. Ela não se lembra de uma época na qual as pessoas não possuíam computadores para se comunicar por elas. É como se esquecesse que pudesse falar comigo. Algumas vezes me envia um e-mail, escuta o barulho dele chegando a minha caixa de entrada, observa enquanto eu leio e então me pergunta o que eu achei. É realmente extraordinário. Respondo ao e-mail. Não sou eu a pessoa que vai dizer a essa geração que algo está errado.

Digo que ela pode ter o que quiser. Encontrarei com ela depois do ROL.

ROL é o código que usamos para o casamento de Lauren Pearce e Gavin Riley. Nós dizemos a eles que significa "Riley ou Lauren". Mas na verdade chamamos de ROL porque quando conseguimos o trabalho Risky disse: "Eu quero muito sentar na rola do Gavin".

Rimos tanto disso que apelidamos o projeto assim. Faz a gente rir, mas se soubessem o que realmente quer dizer acredito que ficariam bem ofendidos. Não há muito senso de humor no mundo sério das celebridades. Muitas vezes parece que estamos organizando um jantar de políticos. Lauren Pearce é tão famosa que acredita que o governo está grampeando seu celular. Já me enviaram mais Acordos de Confidencialidade que o gabinete do Trump envia para suas funcionárias mulheres.

Risky está muito empolgada com todo o casamento. Ela acompanha cada passo de Lauren. Diz que é sua influenciadora favorita. Se Lauren posta um creme facial, Risky compra. Se Lauren posta algo sobre ansiedade, Risky come uma jujuba que contém CBD².

Esta manhã tive que esperar Lauren fazer biquinhos para a câmera por quarenta segundos nos seus *stories* do Instagram. Ela estava falando de alguma marca de granola que come toda manhã. Gravou tudo com orelhas e nariz de coelho. Havia alguns corações flutuando na sua cara. Dizia que a granola a ajudou a ficar cheia até a hora do almoço e todas

---

1 *Risky* significa "arriscado" em inglês. [N. T.]
2 CBD é a abreviatura de canabidiol, um dos princípios ativos da maconha, utilizado em medicamentos e também para controlar a ansiedade. [N. T.]

as outras falas publicitárias retóricas nas quais as marcas se apoiam. Sei que é mentira porque passei três meses degustando menus com a Lauren e ela nem toma café da manhã.

Mas eu até gosto da Lauren, eu acho, só não a entendo muito. Considerando que os *posts* do seu Instagram são em grande parte sobre felicidade, autoconfiança e sobre estar grata, ela é bem despretensiosa pessoalmente. Não tive muito tempo sozinha com ela; sua mãe Mayra está geralmente conosco.

Tenho a impressão de que a relação delas não é das melhores. Já trabalhei com muitas noivas e geralmente as mães estão sempre apoiando e muito empolgadas com o grande dia de suas filhas. Não que Mayra não esteja empolgada, mas ela sempre quer dar a palavra final. Sinto às vezes que é o casamento de Mayra que estou organizando. Imagino que ela seja o tipo de mulher que vai me dar um tapa na cara se eu, por acaso, me esquecer de mencionar que ela está bonita hoje.

– Vou comprar essa granola. Tem chocolate amargo e isso pode melhorar nosso humor – diz Risky, obviamente de volta ao Instagram e abandonando todo seu trabalho.

– Mas você não acha que ela só está dizendo que é bom porque ela foi paga pra isso? – pergunto.

– Não, chefe, a Lauren apenas posta os produtos em que ela acredita. É a promessa dela pra gente.

– Pra gente? – pergunto sem entender.

– Pros seguidores.

– Ah, tá – respondi, contente de saber que existe uma cláusula no contrato de Risky que claramente diz que ela não pode surtar ou agir estranho perto de clientes celebridades.

Ela encontrou a Lauren duas vezes e em ambas vi aquela jovem energética, conectada, confiante e legal ficar muda. Ela acredita que Lauren é o Messias das redes sociais.

– Ela entende sobre saúde mental – Risky frequentemente me diz. – A ansiedade dela não é tabu, é inspiradora. Nós temos que falar mais sobre saúde mental – completa.

— Bom, você sempre está levantando essa bandeira — digo e ela fica toda orgulhosa de si mesma.

Ela fala sobre ansiedade como se fosse o seu gato de estimação. Algo com que precisa lidar com cuidado ou vai arranhar os seus olhos. Algo que sempre vai cutucar o seu ombro quando você estiver tentando dormir. Algo que tem que manter sobre cautelosa observação até que morra.

Eu não sei o que é pior, ansiedade ou casamento. Estou feliz de sofrer apenas por um deles.

— É ok ela monetizar os seus *posts* do Instagram — diz Risky, agora aplicando um batom cor-de-rosa brilhante. — Por que ela deveria dar tanto de si mesma pra nós sem receber nada em troca? E pelo menos ela não está apenas vivendo do dinheiro do marido rico. Está se bancando, eu admiro isso. Ela é uma mulher de negócios, nos dizendo que nós não deveríamos contar com isso.

— Sim, imagino que essa seja uma boa maneira de olhar essa situação — respondo aplicando um protetor labial com gosto de manga. Algumas de nossas conversas fazem eu me sentir tão velha.

É difícil me imaginar como uma adulta, mas perto da Risky eu me sinto uma anciã. Quando era uma adolescente, eu tinha posters de celebridades nas paredes do quarto. Eles eram deuses intocáveis. Agora essas pessoas expõem cada parte de suas vidas no Instagram e respondem aos seus fãs. Se a Madonna respondesse a uma mensagem minha nos anos 1990, eu teria implodido. Não tenho muita certeza de quão saudável é essa relação direta com pessoas famosas. Tanto para eles quanto para os fãs. Risky está obcecada.

— Bom, eu estou feliz pelas parcerias com as marcas, porque senão esse casamento custaria mais caro que o aniversário de quatro anos da North West — pontuo satisfeita com minha referência cultural.

— Humm, chefe. North West já tem sete anos — diz Risky.

Eu deixo a conversa morrer naturalmente.

Lauren publicamente rejeitou 600 mil libras da *OK! Magazine* dizendo que o seu grande dia não deveria ser sobre publicidade e dinheiro. Então secretamente fechou um negócio com a marca de champagne Veuve Clicquot no valor de 1 milhão de libras para postar no Instagram ao vivo durante a festa. Acredito que ela terá mais controle sobre o conteúdo agora, porém, no fim das contas, é a mesma coisa: total falta de privacidade, com o que Lauren voluntariamente concordou, deixando-a sem poder nenhum para pedir que a imprensa pare. No entanto, não é o meu trabalho julgá-la e eu estou ganhando uma fortuna com esse casamento.

Ganho 20% do custo total e esse orçamento parece aumentar dia a dia. Já acho que relacionamentos são difíceis sem o público estar envolvido. Não deve ser nada fácil quando todo mundo quer saber tudo sobre ele.

Alguns anos atrás eu fazia casamentos com orçamento de 30 mil libras ou menos. Tudo mudou quando um convidado influente achou a torta de carne divina, me chamou para fazer o casamento de sua filha (uma *it girl*[3], divorciada duas vezes) e fui alçada ao nível de casamentos de alto orçamento.

Enquanto Risky finge trabalhar, mas, na verdade, está tirando selfies escondidas para postar com legendas como "no trabalho", "com fome", "hoje será um bom dia", eu sento em frente a minha mesa fingindo me concentrar enquanto busco sites pornôs para dar um pouco de excitação para o meu clitóris negligenciado. Me preocupo que ele entre em modo de pânico, se liberte do meu corpo e se jogue pra cima de pessoas estranhas se essa seca durar mais tempo.

Acredito que minha sede por intimidade tenha me deixado com níveis de tesão impossíveis de controlar. Tive um bebê há quatro meses e não é normal minha libido estar tão alta. Mas só consigo pensar naquilo. Estou obcecada. É como se eu começasse uma dieta vegana pra perder peso e ficasse pensando o tempo todo em hambúrgueres de carne ou restaurantes de churrasco coreano, onde eu ficaria babando não só por comer a comida de fato, mas por toda a preparação dela. A melhor experiência culinária,

---

3 *It girl* é um conceito geralmente utilizado para falar sobre mulheres que, com seu modo de vestir, falar e ser, chamam a atenção e criam tendências. [N. E.]

não é mesmo? Meu marido me colocou em uma dieta de sexo brutal, e eu estou doida por uma refeição com direito a entrada, prato principal e sobremesa (no mínimo).

Faz tanto tempo que não transamos. A última vez foi bem no começo da minha gravidez. Assim que meu corpo começou a mudar Michael se afastou mais que o normal. Quando comecei a trabalhar com Lauren e a mãe dela, as duas queriam provar menus de casamento de aproximadamente quinze chefes diferentes. Claro que me juntei a elas. Acabei provando tudo no lugar delas, afinal elas não comiam nada além de couve e tofu. Talvez granola, se elas fossem pagas pra isso. Nunca fui muito magra, mas, depois de ter ganhado dez quilos (e não era o peso do bebê), fiquei feliz por elas finalmente terem escolhido um *chef* para o casamento.

Michael sugeriu que eu contratasse uma pessoa só para provar comida em contratos futuros. Para que "isso não voltasse a acontecer". Por "isso" ele obviamente quis dizer eu ganhando peso. Não achei que isso era um problema, de verdade. Mas tudo que as pessoas me diziam era como eu era sortuda de estar grávida porque poderia comer o que eu quisesse. Afinal, eu estava comendo por dois. Eu precisava das calorias extras.

Todo mundo, menos o Michael. Isso só deu mais motivos para ele não transar comigo. Além do fato de que eu já estava grávida.

– O bebê, eu não quero machucar o bebê – ele dizia.

Não sei se era uma preocupação genuína ou não, mas nem o fato de o nosso médico nos assegurar que o bebê não seria danificado com o pênis dele pareceu ajudar. Ele simplesmente não conseguia. Eu já não estou mais grávida, mas ele continua agindo como se minha vagina tivesse dentes.

Meus mamilos começam a vazar leite, assim como todas as vezes em que penso em sexo.

– Risky, cadê minha bomba de leite?

– Ah, eu lavei pra você – ela responde. Ela é absolutamente excelente.

Risky vai até a cozinha e volta com minha bomba elétrica de extrair leite. Ela está usando uma blusa cropped anos 1980 e jeans de cintura alta. Ela é alta, magra e ama neon. Não é exatamente bonita. Tem um nariz grande e seu cabelo é danificado pela química excessiva. Sua pele não é muito boa, e talvez por isso siga à risca tudo que a Lauren e sua cara cheia de filtro indicam. Risky é atraente em sua própria maneira mágica de ser. Seu estilo, personalidade e trejeitos são maravilhosos. Eu gosto muito dos *millennials*, está decidido. Talvez eles façam do mundo um lugar melhor. Risky certamente vai tentar.

Ela liga a bomba, ajusta as garrafas no local correto e deixa tudo pronto enquanto tiro minha blusa e meu sutiã, um benefício de ser a chefe em um ambiente só com mulheres. Antes de começar o período de lactação eu geralmente chegava a minha mesa de manhã e já tirava meu sutiã. Era o paraíso. Visto o sutiã estranho com elástico que segura as garrafas no meu peito, assim consigo extrair leite e deixar minhas mãos livres para trabalhar. Não faria sentido nenhum vir ao escritório se tivesse que passar três horas por dia segurando garrafas com leite materno até enchê-las.

— Estou me sentindo bem gostosa agora. — Rio quase pelada sentada em minha mesa. Minha barriga dobra em cima da minha calça enquanto meus peitos enormes vão sendo sugados por funis de plástico.

— Você é incrível. Arrasando na maternidade e ainda gerenciando um negócio. É inspirador — diz Risky.

Ela sempre está em uma busca eterna por exemplos a seguir para guiá-la, ao mesmo tempo que lembra a todos de como é independente. Fica sempre em um estado constante de antecipação, esperando alguém que ela admira dizer algo que vai animá-la para superar o dia. Em alguns dias essa pessoa aparentemente sou eu. Risky fantasia um futuro perfeito cheio de amor e sucesso, acredita em romance e acredita muito em sororidade.

— Sou de uma geração de mulheres que já nasceu feminista — ela gosta de me lembrar. — Sua geração teve que aprender a como ser feminista — completa.

Sempre tenho que lembrá-la de que tenho 36 anos. Ela fala de seus trinta como se fosse um evento que está tão longe, no futuro, que é impossível de imaginar.

— Me avise quando você terminar e eu coloco o leite na geladeira — diz enquanto volta à sua mesa. — É incrível, sabia? Você ter um marido que cuida do bebê enquanto você trabalha. Espero encontrar alguém assim um dia. Acredito que ambos os pais devem fazer sacrifícios pelos seus filhos. É o que nós acreditamos – completa.

– Nós? – pergunto, insegura.

– As feministas. Mulheres como nós, que estão no controle de suas vidas. Vou falar disso no episódio do meu podcast hoje à noite.

– Você tem um podcast? – pergunto.

Isso é novidade pra mim. Sinceramente, eu nem sei direito o que é um podcast e por que de repente todo mundo parece ter um. Não tenho expectativas altas no podcast da Risky. Ela é uma fofa e sei que tem um coração bom. É que ela geralmente tem muito a dizer sobre nada. Sua versão de feminismo tem boas intenções, mas ainda é inocente e sem experiência. Ela tem uma fé inabalável em todas as mulheres.

– Sim. Tenho três episódios. O último teve oitenta ouvintes.

– Uau! Que demais! – a encorajo.

– Sim, me acho muito corajosa nos assuntos que abordo. Falo sem filtro sobre empoderamento feminino, mulheres apoiando mulheres e tudo mais. E você é um dos motivos por que acredito que um dia eu vou conseguir ter tudo: uma carreira, um bebê, um casamento no qual sou respeitada. Você é *muito* sortuda – diz Risky.

Com o som da bomba de leite ao fundo, deixo aquelas palavras ecoarem no ar por alguns momentos. Ela me olha com um olhar de admiração. Uma garota de 26 anos, que tinha o sonho de trabalhar em uma empresa de casamentos, que pensa que um dia seu próprio casamento vai ser tudo que ela sempre sonhou, igualitário. Não vou ser a pessoa que vai dizer o contrário a ela.

– Claro, sou sim. Muito, muito sortuda.

Ruby

— Tenho um horário às 11 da manhã com a Vera — digo à recepcionista, sem fôlego.

Sinto que subi uma montanha pra chegar aqui esta manhã. Só preciso conseguir terminar logo com isso e aí posso ficar mais calma. Tiro a Bonnie do carrinho e peço que ela se sente no sofá. Dou a ela um saco de jujubas pra deixá-la entretida. Comprei metade do estoque de doces de uma loja no caminho para poder suborná-la nas próximas horas. Preciso que ela fique sossegada.

— Seu nome? — pergunta a recepcionista, mesmo eu vindo aqui a cada cinco semanas. Isso é algo que ela já deveria saber.

Coloco minha bolsa Balmain no balcão. Penso que bolsas de grife caras são uma bela distração e uma maneira de ganhar mais *status*. Sempre deixo à vista para que as pessoas notem e deixem de focar em mim. A recepcionista mal olha pra bolsa, demonstrando uma falta de gosto terrível.

— Ruby — respondo, batendo os dedos no balcão.

Ela está usando uma blusa bem colada e parece ridícula. O decote dela está me encarando. Qual é o ponto de se vestir assim pra um lugar em que você basicamente verá outras mulheres? É pra no caso de algum homem aparecer já estar pronta pro sexo? Eu quase digo a ela que está se expondo muito.

— Sobrenome?

— Meu Deus do céu, Blake! — digo agitada.

— Ruby Blake. Às 11 da manhã com Vera. Ah, achei — diz levantando uma sobrancelha para responder à altura. — A Vera não trabalha mais aqui, infelizmente. Quem vai te atender hoje é a Maron.

Ela com certeza não faz ideia do impacto que essa informação tem.

– Como assim a Vera não trabalha mais aqui?

Vera me atende há oito anos. A segunda que me atendeu em toda minha vida. Confio na Vera. Vera é a única pessoa que torna esse processo suportável. Ela é russa e mora do lado oposto da cidade, o que é perfeito porque nunca tenho que cruzar com ela fora daqui. Isso é extremamente importante pra mim.

– Sim. Nosso chefe ofereceu um trabalho pra ela na filial de Birmingham e ela aceitou. Foi ótimo pra ela. Eu nunca aceitaria trocar Londres por Birmingham. Pegar estrada...

– Quem é essa Marrom? – respondo cortando o assunto. Não poderia me importar menos com o sistema de rodovias da região.

– É Maron – me corrige.

Eu realmente não tive a intenção de dizer "Marrom". Ela deve me achar horrível, então mudo um pouco o meu tom de voz, tentando me explicar.

– Eu gostaria de ter sido avisada sobre isso antes de chegar. A Vera me atende há anos.

– É que ela saiu há alguns dias e temos outra pessoa que pode te atender.

– Só esperei que a minha lealdade ao estabelecimento tivesse algum valor, sabe?

– Sim, me desculpe – ela diz mostrando zero empatia. – Sente-se, por favor. Maron vai te atender em um minuto – completa.

Que petulante. Estou irritada. Volto pro meu modo irritada porque a situação pede.

– Você entende por que estou irritada? – pergunto.

– Não. Na verdade temos outra pessoa que pode te atender.

– A questão não é uma estranha que pode me atender, é sobre anos de relacionamento com alguém e não querer começar do zero – digo me sentindo com um cara que se apaixonou por uma prostituta e está querendo um relacionamento sério.

É claro que Vera não se importa comigo. Era só o trabalho dela.

– Não sei mais o que te dizer. Talvez procurar trens para Birmingham? – responde a recepcionista como se isso fosse uma sugestão racional.

Preciso terminar isso hoje. Vou tentar aceitar a Maron. Olho pra Bonnie e ela está quieta comendo seus doces. Coloca a mão na sacola, pega um doce, passa pela boca, engole, degusta cada pedaço como se ela estivesse comendo trufas brancas.

Sento-me ao lado dela, tomo quatro comprimidos de Ibuprofeno e espero. Meu coração está acelerado. Metade raiva, metade medo. Mas não tenho alternativa. Vera se mudou para Birmingham. Preciso enfrentar isso.

– Ruby? – me chama uma mulher alta e loira que preenche todas as categorias de como uma mulher que trabalha em um salão de beleza deve ser.

– Sim – rosno, desejando que não estivesse tão desesperada. Se acordar amanhã sem ter feito isso, vou destruir minha casa.

– Oi, eu sou Maron. Vou te atender hoje – diz estendendo sua mão para me cumprimentar. Sua mão é macia e as unhas estão feitas. Minha mão é dura e os dedos longos fazem barulho quando tocam sua palma. – Por favor, por aqui.

Eu a odeio instantaneamente. Gostava da Vera, ela era gorda. Quando você vive com uma condição como a minha, há um certo conforto em estar junto com outras pessoas que também atravessam a linha do que é considerado atraente.

– Ok – respondo, tentando ser valente.

– Bonnie, você espera aqui – digo à minha filha enquanto coloco um episódio de *Peppa Pig* que tinha baixado no celular.

Deixo a sacola de doces ao lado dela, digo que pode comer o que quiser.

– Vou demorar um pouco, mas estou aqui do lado e volto logo. Se o vídeo parar de funcionar, aperta o triângulo, tá?

Bonnie não está prestando atenção no que digo, está muito abstraída. Tudo parece estúpido, estranho e errado. Mas preciso ir até o fim. Preciso terminar isso hoje. Sigo Maron.

– Oi, com licença – chama a recepcionista. – Você não pode deixá-la aqui sozinha – completa.

– Por que não? Tá tudo bem – respondo, mesmo sabendo que não está tudo bem. Claro que não está bem, posso demorar horas, como sou estúpida.

– Nós não somos responsáveis por objetos esquecidos, com certeza também não somos responsáveis por crianças. Ela terá que entrar com você. Isso não pode acontecer.

– Por favor, vai... – falo calmamente, sabendo que ela já me odeia e falar com voz doce não ajudará em nada.

– Quer remarcar seu horário?

Preciso fazer isso hoje. Não conseguirei lidar. Odeio muito tudo isso. Estou me sentindo horrível. Não quero me sentir assim tão feia. Não quero me sentir tão irritada. Mas Bonnie está aqui, não está nada bem.

– Consegue me encaixar amanhã? – pergunto, pensando que isso me dá 24 horas para arrumar alguém para cuidar de Bonnie.

– Desculpe. O mais cedo que tenho é quinta-feira.

– CARALHO! – grito.

Maron e a outra mulher olham imediatamente para Bonnie para saber quanto dano causei a ela gritando um palavrão.

– Bonnie, vem comigo – digo, mas ela não vem. – Bonnie, aqui, AGORA.

Ela continua parada. Resmungo mais palavrões inaudíveis, pego o saco de doces, meu celular e a arrasto chutando e gritando para a sala de tratamento. Maron aponta uma cadeira para ela se sentar. Viro a cadeira em direção à parede, a coloco sentada, entrego o saco de doces, entrego novamente o celular e peço a Maron para sair para que eu possa me despir.

Ela sai.

Tudo está extremamente errado.

○ ○ ○

Tiro toda minha roupa, menos minha calcinha, e me deito na maca posicionando a pequena toalha em cima da minha virilha. Vera sempre me dava uma toalha maior. Olho para a nuca da minha filha, torcendo para que ela não vire para trás. Ela não pode ver isso. Não pode saber. Um cheiro ruim enche a sala.

– Pronta? – pergunta Maron batendo na porta e abrindo uma fresta antes de entrar.

Me preparo para a reação inevitável, mas ela nem recua quando olha pra mim. Não sei o que fazer agora. Não tem sentido ficar na defensiva se ninguém está me atacando.

– Querida, parece que alguém teve um pequeno acidente, posso sentir – diz Maron, reconhecendo o cheiro que vem de Bonnie.

Percebo que não trouxe fraudas extras. Saí com tanta pressa de casa que esqueci a bolsa com as fraldas em casa.

– Ela vai ter que esperar – digo, voltando a deitar na maca.

Ela já viu tudo, não faz sentido resistir.

– Tudo bem, eu espero. Você não precisa deixar ela com a fralda suja – aponta Maron, fazendo com que eu me sinta a mãe mais cruel que se possa imaginar por fazer minha filha esperar com a fralda suja enquanto eu faço um tratamento que é essencialmente por estética.

Insisto pra ela continuar.

– Ok, vamos então, assim você a troca logo – diz Maron enquanto acende uma vela, que ajuda com o mau cheiro.

Minha tortura vai começar.

– Por favor, vai o mais rápido que você puder – peço a Maron.

Deito minha cabeça pro lado, longe de Maron. Ela pega os instrumentos para começar o procedimento.

– Ela é sua única filha? – pergunta Maron, olhando para Bonnie.

– Sim – respondo em uma voz blasé.

Não quero conversar. A Vera sempre entendia isso.

– Quantos anos ela tem?

– Três e meio – respondo enquanto penso que é inacreditável que ela parece querer fazer amizade agora.

– Você quer ter mais um?

– Não – respondo ríspida.

Por que as mulheres sempre acham que outras mulheres querem conversar? E por que quando você tem apenas um filho as pessoas sempre perguntam se você quer ter mais um? É como se ter um só não fosse suficiente, que ter irmãos seria bem melhor pra eles. Como filha única, sempre fico ressentida com essa pergunta. É como uma indireta mostrando que eu perdi muito por não ter irmãos e que por isso tenho alguma carência.

– Ela é muito boazinha. Como ela chama?

– Bonnie – respondo o mais monótona que consigo.

Não quero convidá-la para mais uma pergunta. Maron mexe na cera e pega um pouco com a espátula de madeira.

– Está um pouquinho quente, me dê mais um segundo – diz, prolongando meu sofrimento. – Que nome lindo – completa. Eu me arrependo cada vez mais quando alguém diz isso. – Você é tão sortuda – diz enquanto imagino pegando uma tira de cera, colocando na sua cara, arrancando bem rápido e vendo o quão sortuda ela se sente.

– Sortuda? – pergunto fascinada por qualquer que seja a lógica por trás desse pensamento.

– Sim, muito sortuda. Minha prima também tem essa mesma condição. Ela é o motivo pelo qual comecei a depilar. Eu a ajudava no colégio e acabei ficando muito boa, bem rápido. Ela está casada agora e não consegue engravidar. E olha pra você, com sua filha linda. Você é muito sortuda.

– Parece pra mim que ela se livrou – respondo, olhando pro outro lado.

Maron não tem o que responder. Pensa um momento em outra pergunta muito particular. Não consigo entender por que profissionais de estética, cabeleireiros, dentistas ou qualquer pessoa que está sendo paga para realizar um serviço acha que as mulheres querem ter suas vidas investigadas. Isso me deixa maluca.

– Como foi seu parto? Eu amoooo falar sobre partos – diz com empolgação.

– Por quê? Você já pariu?

– Não, mas mal posso esperar.

Algumas vezes penso que a melhor maneira de terminar um assunto é dizer algo bem desagradável.

– O parto foi horrível. Pior experiência da minha vida.

Espero que isso cale ela, mas se sei algo sobre Maron, nesse pouco tempo que nos conhecemos, é que ela não vai parar.

– Ah, não! Por quê?

– Você quer realmente saber?

– Sim! Eu penso que, se ouvir todas as histórias de parto possíveis, estou fazendo uma pesquisa. Se souber todas as eventualidades que podem acontecer, não ficarei assustada se acontecer comigo. Certo?
– Bom, eu achei que ia ser parto normal.
– Ah, que bom!
– Eu tenho muito medo de intervenções médicas, então achei que não tinha muita opção.
– Mas e aí, conseguiu? – pergunta Maron enquanto mexe na cera e testa a temperatura na sua mão.
– Não. Fiz uma cesárea – respondo lembrando de todo o trauma, me vendo sem roupa, rodeada de estranhos. A humilhação paralisante.

Reservei uma depilação completa duas semanas e um dia antes da data prevista pro nascimento. Assim que faço o tratamento consigo ficar duas semanas e meia sem pelos antes que eles comecem a crescer novamente. Então se a Bonnie nascesse na data correta, seria perfeito. Se ela atrasasse, mesmo que por duas semanas, eu estaria com pelos, mas não estariam supergrossos. Era o máximo que eu podia fazer para me preparar.

Bonnie veio duas semanas e dois dias adiantada. Eu estava muito peluda. Um pelo grosso, preto, como de urso cobrindo todo meu corpo. Entre meus seios, em volta dos mamilos, por todo meu abdome, minhas costas. Da virilha até meus joelhos e descendo até o calcanhar. Quando comecei a sentir as contrações, chorei. Sabia que inúmeras pessoas veriam o meu corpo e entrei em pânico.

Meu cérvix também entrou em pânico, se contraiu tanto que não havia maneira alguma de Bonnie sair. Tentei por horas, mas ela não vinha. As luzes do hospital eram muito claras, eu implorei para que eles desligassem. Insistiram que precisavam delas ligadas. Liam fez o seu melhor pra me confortar, mas eu gritei com ele e fiz com que se sentisse tão insignificante quanto eu me sentia feia.

"Esse é o parto mais primitivo que já vi", ouvi uma enfermeira dizer. O que significava que eu parecia um primata dando à luz. Me senti repulsiva. Tão consciente do meu corpo. Tudo que você não deve sentir nesse momento. Queria ficar sozinha, sumir em um canto escuro e tirar o bebê de mim com minhas próprias mãos. Juro que se eu estivesse no meio de uma floresta teria sido melhor. Tinha tanta gente por todos os lados e por mais que eu gritasse para que eles saíssem, não adiantava. Depois de quinze horas de trabalho de parto o médico insistiu para que eu fizesse uma cesárea. Tiveram que raspar os pelos da minha barriga para tirá-la de lá.

– Pelo menos você tirou ela de lá com segurança – diz Maron, e meus pensamentos voltam àquela sala. – Parabéns! O parto é lindo não importa o que aconteça – continua, sua jovem e ignorante mente falando por si.

Lindo não é uma palavra que eu usaria para descrever qualquer aspecto do meu parto. Nunca me senti tão feia como nas horas seguintes; além do mais, minha barriga estava coberta de um pelo baixo e áspero. Não podia amamentar Bonnie porque estava preocupada que o pelo machucaria atrás de sua cabeça. Queriam raspar meu mamilo para ficar mais fácil pra ela pegar o peito, mas eu não conseguiria lidar com mais gente vendo meus seios. Os pelos entre eles, grossos. Os pelos neles, ainda mais grosso.

Pedi que usassem uma mamadeira. Liam foi quem a alimentou pela primeira vez. Apenas observei, sentindo que meu mundo estava colapsando. Passei por tudo aquilo só para entregá-la para outra pessoa. Eu já tinha sido um fracasso nas primeiras horas da vida dela. As coisas certamente só iriam piorar depois disso. Minha mãe sempre gostou de me dizer que eu destruí o corpo dela quando nasci. Não quero nunca dizer à Bonnie a destruição que ela causou. Não há por que colocar essa culpa em uma criança inocente que nunca pediu pra nascer.

○ ○ ○

Maron coloca a cera morna na minha panturrilha, coloca o papel por cima e puxa. Não foi tão ruim assim. Sei que conforme ela for subindo a perna, pior será.

Ela certamente não consegue trabalhar em silêncio.

– Tudo bem aí, Bonnie? Você precisa de alguma coisa? – pergunta Maron.

– Não fale com ela! – respondo.

– Não quero que ela se...

Bonnie vira em minha direção.

– NÃO! – grito, pulando da maca tentando me esconder atrás dela. – Não, fique onde você está!

Bonnie derruba o celular; quando o pega novamente, a *Peppa Pig* desaparece. Ela grita e ordena para que eu coloque de novo o programa. Não consigo alcançar o celular. O cheiro fica pior agora que ela está se mexendo. Não quero sair detrás da maca. Não posso deixar Bonnie ver o meu corpo. Ela começa a fazer ainda mais birra, jogando meu celular na parede. Quando olho pro chão vejo a tela quebrada. Bonnie se joga e começa a bater os punhos no chão. A sala é pequena, somos três e está muito calor lá dentro.

– Me dá um roupão – grito para Maron, que alcança um atrás da porta e joga em minha direção.

Coloco o roupão atrás da maca e ponho *Peppa Pig* de volta no meu celular. Bonnie torna a se concentrar na tela. Me sinto feia e ridícula.

– Podemos continuar? – pergunta Maron, calmamente e sem graça.

Então me dou conta da realidade. Eu posso ficar aqui por horas. Bonnie nunca vai ficar parada por tanto tempo. Muito menos com uma fralda suja. Ela já deveria ter saído das fraldas, eu deveria ter ensinado a ela, a culpa é minha. Tentei há alguns meses, mas foi horrível. Não sei quando conseguirei tentar novamente. Certamente Maron está me julgando por isso.

– Por favor, saia – peço a ela. – Preciso me vestir – completo e ela sai da sala.

Viro novamente a cadeira de Bonnie em direção à parede, coloco de volta meu vestido rasgado e a meia-calça preta e grossa. Tenho apenas uma ridícula faixa de pelo a menos em meu corpo.

– Você estragou tudo – falo rispidamente com minha filha.

Coitadinha, ela não pediu pra estar aqui. Ela que provavelmente está bem louca de tanto comer açúcar, com o bumbum assado.

– Vem.

Voltamos à recepção. Coloco Bonnie de volta no carrinho quase que violentamente, e pergunto para ela o quanto devo, aceitando que tomei um tempo razoável ali.

— Não se preocupe – responde Maron com um olhar simpático de que não preciso.

— Quer remarcar seu horário? – pergunta a recepcionista.

— A Vera vai voltar? – respondo ríspida, pra que ela entenda que não estou satisfeita com o atendimento.

— Não – ela responde.

— Então não. De forma alguma. Levarei minha fidelidade pra outro lugar.

Empurro o carrinho de Bonnie para a saída. Peluda e sem ninguém pra cuidar da minha filha. Isto é insuportavelmente terrível.

Enquanto desço pela calçada, penso em como aquela cena deve ter parecido para as pessoas. Uma mulher com tanto medo de sua filha vê-la pelada que se escondeu atrás de uma maca. Maron deve achar que eu sou uma louca.

No entanto, não é a opinião dela que me importa. Bonnie acha que eu sou cruel. Grito com ela. Falo pra ela não me olhar. Eu a afasto emocionalmente, às vezes até fisicamente, só pra eu me esconder ainda mais na prisão que é meu próprio corpo.

Como isso é diferente do que minha mãe fazia comigo?

Não sei se é diferente.

Beth

Li no site da revista *Cosmo* que amor e desejo são duas coisas separadas dentro de um casamento. Amor é a parte fácil, desejo é a parte desafiadora quando você passa muito tempo com a mesma pessoa. O truque é conservar o desejo vivo e fazer o que for preciso para manter um certo mistério. Uma distração pra algo a que seu parceiro já está acostumado. Algo novo que faça com que o seu corpo seja visto de uma maneira nova e empolgante.

Nesse momento, desde que tive meu filho, tudo que meu corpo representa pro Michael é um acidente de carro e uma fábrica de leite que mantém o bebê vivo. Sou funcional, não sexual. Será que tenho que fazer com que ele preste mais atenção em mim?

Enquanto Risky está no banheiro uso meus braços pra aproximar meus seios, criando um decote. Tiro uma selfie com um biquinho sedutor. Não ficou exatamente como eu esperava. Meus peitos parecem estar um maior que o outro e meus olhos, meio perturbadores. Risky tira selfies o tempo todo na sua mesa, ela faz tudo parecer muito fácil. Tento de novo. Pior ainda. Meus lábios não estão nada sexies. Parece que estou tentando coçar meu nariz com a minha boca. Tento sorrir, mas fica estranho. Como é que as pessoas fazem isso parecer tão natural?

— Chefe, o que você tá fazendo? — Risky pergunta saindo do banheiro.

Não escutei o barulho da descarga. Como eu não escutei? Estranho. De qualquer forma, coloco meu celular na mesa e desisto.

— Por acaso você estava tirando uma selfie? — sussurra Risky, como se tivesse descoberto meu segredo mais obscuro.

– Talvez eu estivesse.
– Uau! Eu nunca te vi tirando uma selfie, nunca! Você vai postar?
– Não. Eu ia enviar pro Michael – respondo, soando ridícula. – Mas pareço uma abóbora deformada nas fotos, então deixa pra lá.
– De jeito nenhum. Eu sou a rainha da selfie. Vou te ensinar.
Isso tudo é ridículo.
– Risky, temos um casamento de alto escalão em menos de três semanas. Nós não temos tempo para uma aula avançada de selfie – digo, mas na verdade estou muito curiosa pra aprender como ficar sexy em uma foto.
– Pesado. Mas vai rolar mesmo assim – diz sentando-se na sua cadeira e segurando o celular nas mãos. – Ok, copia tudo que eu fizer. Segure o celular um pouco pra cima, vai fazer você parecer mais magra.
Faço o que ela diz e seguro a câmera uns 30 cm acima do meu rosto.
– Ok, agora olha pra ele como se tivesse pegado você no pulo, se masturbando, mas você não se importa porque na verdade quer que ele participe também.
– Quê? Risky? Tá louca?
– O quê? Não há nada de errado com masturbação. Eu mesma acabei de me masturbar no banheiro. Então não fique envergonhada de fingir ter se masturbado, para de ser louca.
Coloco meu celular sobre a mesa.
– Peraí, você estava fazendo o que no banheiro?
– Estava me masturbando. Faço isso bastante aqui no trabalho. Me dá um impulso de energia durante a tarde. Melhor que uma barra de chocolate Mars, né?
– Melhor que uma barra de Mars? – pergunto e penso que Risky parece pertencer a uma outra espécie. – É, acho que sim – respondo com o que deve parecer uma cara de nojo porque ela sente a necessidade de continuar falando sobre masturbação.
– Sério, chefe, somos duas mulheres que dividem o mesmo escritório. Se não pudermos ser honestas sobre nosso próprio prazer aqui, onde vamos conseguir? Precisamos abolir o estigma da masturbação feminina. O silêncio sobre o tema já foi longe demais. Eu sempre levo meu vibrador comigo, vai que eu preciso.

— Precisa pra quê?

— Vai que eu preciso, ué? Sabe quando você está tão consumida pelo desejo de gozar que você entra na primeira sala que puder e se masturba só pra poder enfrentar o resto do dia?

Na verdade eu sei exatamente o que é esse sentimento. Sinto quase todo dia. A diferença entre mim e a Risky é que associei tanto meu prazer ao meu marido que esqueço que posso me satisfazer sozinha. Ao invés de falar isso pra minha assistente, tento trazer o foco de volta pro trabalhos.

— Tá bem, agora vamos voltar ao trabalho.

— Não antes de a gente arrasar nessa selfie. Celular pro alto, se transforma na própria Princesa Diana. Acho que vai ser uma referência melhor pra você, ela era famosa nos anos 1980, né?

Concordo e faço o que ela manda. Pode me fazer sentir velha, mas sei exatamente o que ela quer dizer. Imagino exatamente esse olhar tímido e provocante que a Diana faria pro celular, se existissem selfies quando ela estava viva.

— Agora tomba a cabeça mais pra esquerda. Dá um sorriso como se estivesse com uns pensamentos impróprios, e tira a foto.

Faço o que ela diz. Tenho que admitir que a foto está bem boa.

— Uau, eu tô bem gata! – digo a Risky, que corre pra olhar o resultado.

— Olha só, que mulherão da porra! – comenta tirando o telefone das minhas mãos.

— Agora precisamos de um filtro. E uma mudança de tom. Deixa eu só... isso... e... pronto. Meu Deus, olha como ficou em preto e branco – diz me entregando o telefone.

Eu realmente estou maravilhosa em preto e branco.

— Risky, obrigada, mesmo. Eu estou tão gostosa que até eu me masturbaria olhando pra essa foto.

— Sim, chefe!!!

Envio imediatamente pro Michael. Depois de um minuto mais ou menos vejo um ícone de balão saltar na tela. Estou ansiosa pela resposta.

Massa. Ei, pode comprar leite quando estiver voltando pra casa? Não tem mais.

#3

♡ ◯ ▽

Ruby

Depois do desastre da depilação, Bonnie e eu entramos em uma farmácia pra comprar fraldas novas e consigo trocá-la em um banheiro de um café, a quatro quarteirões do salão. Longe o suficiente pra que eu não tenha que me preocupar com Maron ou a recepcionista passando pra comprar o almoço.

Compro para Bonnie um pedaço de bolo de chocolate do tamanho de sua cabeça e digo pra ela comer. Ela não precisa de muito convencimento de minha parte.

— A mamãe precisa trabalhar – digo a ela.

Procuro por horários e preços de trens para Birmingham. Não estou pronta pra desistir da ideia de marcar um horário com Vera. Mas os preços são em torno de 50 a 100 libras pra chegar lá, mais o custo da depilação: geralmente, mais de cem por tudo que preciso que seja feito. Perderia o dia todo, contando o deslocamento mais a sessão. Não parece uma solução razoável.

Preciso encontrar outro salão em Londres. E uma nova creche pra Bonnie. Nunca vou voltar pra lá também. Tomo um gole de café e tento não pensar na quantidade de açúcar que Bonnie já consumiu hoje. Mais do que eu consumi nos últimos quatro anos. Mas não tinha muita alternativa.

Vejo na minha caixa de entrada um e-mail de Rebecca Crossly sobre um trabalho.

> **Oi, Ruby, consegue entregar essas fotos hoje até o fim do dia? O editor está me enchendo pra que as fotos não pareçam muito mexidas, a revista está sendo muito criticada por usar muito Photoshop. Mas se eu não usar, não vou mais conseguir trabalho desses RPs. Basicamente preciso que o retoque fique muito natural, tentando tirar tudo o que você conseguir. Por favor, não se esqueça de tirar a cicatriz. Beijos, R. Ah, e deixa ela menos laranja, por favor. Ela tá parecendo um Oompa-Loompa.**

Eu respondo que sim. Provavelmente só conseguirei entregar amanhã, mas, como sou a única pessoa que retoca fotos pra Rebecca, ela não tem muita escolha além de esperar. Rebecca é uma fotógrafa super-requisitada. Comecei a trabalhar pra ela quando fazia fotos para brochuras de hotéis, há dez anos. Os hotéis eram todos cinco estrelas, do mundo todo. Gostava muito desse trabalho, deixar o céu mais azul, a grama mais verde. Então ela começou a fotografar para revistas e continuou trabalhando comigo também. No começo eram fotos de comida, algumas de natureza e, por fim, fotos de pessoas.

Sou excelente em tratar fotos de pessoas porque, por anos, eu focava em melhorar as minhas próprias fotos. Tenho um arquivo secreto no meu computador que tem o nome Diário de Menstruação, no caso de eu morrer e alguém acessar meu computador; certamente, não terão curiosidade de abrir essa pasta. São fotos que tiraram de mim antes de eu ter coragem de dizer pra elas não fazerem. São poucas, mas elas existem. Na faculdade as pessoas tinham câmeras descartáveis, e por sorte eu era estudante em uma época sem celulares com câmera ou mídias sociais. Eu não teria sobrevivido de outra maneira.

Tenho uma pequena caixa de sapato, que também escondo, cheia de fotos. Escaneei todas no meu computador e trabalhei nelas pra que se tornassem fotos que eu não me importaria se o mundo visse. Claro que não mostrei as fotos a ninguém, não conseguiria viver com isso. Ironicamente, esse trabalho é o que faço em fotos de modelos e celebridades, que não têm exatamente o mesmo problema com desonestidade.

Rebecca fotografa pra *Vogue*, *Elle*, *Cosmo* e outras revistas que publicam fotos de mulheres maravilhosas que precisam parecer mais maravilhosas ainda. Recebo muito trabalho dela, mas é difícil negar quando você é uma mãe solteira e precisa pagar por um apartamento de três quartos com terraço, da era vitoriana, localizado em Kentish Town, e ainda uma paixão por móveis de antiquário e uma inclinação para bolsas de marcas caras.

Meu trabalho e meus princípios estão em batalha todos os dias. Sei muito bem o quanto uma visão negativa do seu corpo pode arruinar a vida de uma mulher, e cá estou eu perpetuando o problema e passando adiante o mesmo complexo para milhões de outras mulheres – to-dos-os-di-as. Me livro do julgamento porque meu nome nunca aparece nas fotos, sou a parceira do crime silenciosa. A face escondida atrás da percepção falsa de beleza das pessoas. Sou a raiz do problema.

Enquanto respondo Rebecca, escuto Bonnie rindo com seu pedaço de bolo e começo a sentir um sangue quente na minha calcinha. Outro efeito colateral devastador da minha condição. Menstruações intensas e que acontecem de repente. Tenho 43 anos e sigo não tendo a menor ideia de como controlar meu ciclo menstrual. Para alguém que gosta de controlar tudo como eu, essa situação é particularmente dura. É muito difícil ser positiva em relação a esse aspecto feminino.

– Bonnie, vem aqui, por favor – peço.

– Não.

– Bonnie, por favor, você pode terminar seu bolo daqui a pouco. A mamãe precisa ir ao banheiro.

– NÃO! – responde, sem olhar pra mim.

Por que ela não pode fazer o que eu peço por uma vez na vida? É sempre uma batalha.

Pego o prato de bolo e minha bolsa. Ela vai de 8 a 80 imediatamente. Ando de costas segurando o bolo e ela me segue como um cavalo seguindo uma cenoura. Lágrimas caindo dos seus olhos como um bebê de desenho animado. Quando chego até a porta do banheiro, eu a seguro pela mão e a puxo pra dentro. Já passei do ponto de me importar com o que as pessoas pensam de mim hoje.

Dentro do cubículo do banheiro, nosso terceiro espaço de confinamento do dia, viro ela de costas e entrego o prato de bolo. Ela se senta no chão e volta a comer. É nojento, mas, pelo menos, ela parou de gritar. Não consigo vencer todas as vezes.

Tudo está tão errado. Levanto minha saia, sangue já escapando da minha calcinha, sempre a mesma coisa. Uma maré incontrolável de terror.

Procuro pela minha bolsa e noto que não tenho absorventes comigo. Não tenho exatamente um fluxo que um pouco de papel higiênico seguraria. Sento-me por um momento, pensando o impensável.

Que outra opção tenho?

Coloco uma das fraldas de Bonnie.

Lauren Pearce – Post no Instagram

OficialLP

Uma foto de Lauren em frente a um espelho de corpo inteiro, seu quarto luxuoso no fundo da foto. As roupas estão em cima da cama; ela escolheu não as usar para a foto. A pose não é particularmente natural, sugerindo que não foi a primeira foto que saiu bem. O ângulo da foto valoriza suas melhores partes.

@Hanngfer1: QUERIA SER VOCÊ!

@peachybell2: Fácil pra você com um corpo desses... Se eu usar essa calcinha, vou parecer um hipopótamo com um vestido de festa.

@nevergonnabutimight: Você não faz ideia do que é poder. Você está casando com poder. Vai retocar o botox e cala a boca.

@jessicachimesin: Obrigada por ser você mesma. É tão inspirador ver uma mulher que se ama. Você é tudo que quero ser.

@quertyflop: FAKE NEWS!

curtido por **primavera_editorial** e outras 107 pessoas

OficialLP O corpo das mulheres não é magnífico? Mesmo você amando ou odiando o corpo em que nasceu, devemos ser gratas pelo que eles podem fazer. Espero que essa barriga ainda abrigue um bebê, que esses seios o alimentem. Algumas vezes esqueço que sou uma das coisas mais fortes desse mundo. Me sentindo ainda melhor usando essa lingerie da #TodaFranja. Lingerie para mulheres que querem sentir o seu poder. O que te faz sentir poderosa?

#publi #amorpróprio #bodypositive #mulheresapoiandomulheres

Ver todos os comentários

Beth

Depois de receber a resposta de Michael, escorrego na cadeira, mas não consigo me esconder de Risky.

— Ai, não, ele não curtiu? — ela pergunta, claramente vendo a minha decepção.

— Não, ele amou! Eu só estou com a bateria fraca.

Risky vem até mim com um carregador em mãos e já pluga no celular. Ela sempre está lá pra me ajudar em tudo. Enquanto caminha de volta pra sua mesa tento ultrapassar casualmente a linha de chefe e funcionária.

— Então... — digo tentando ser blasé. — Que tipo de vibrador você usa?

Despreocupadamente, Risky começa a mexer em alguns documentos quando PÁ! Um pequeno aparelho, rosa, de silicone, com baterias, em formato de batom está sendo acenado bem na frente do meu nariz.

— Esse é o melhor! — ela responde, testando as diferentes vibrações.

Espero que ela tenha lavado antes. Está perto demais da minha cara.

— Legal! — comento, escolhendo não contar pra ela que nunca tive um vibrador na vida.

— Ele é pequeno o suficiente pra caber na sua bolsa de mão. Posso levar comigo sempre!

Sério, com qual frequência essa mulher necessita ter um orgasmo?

— Adorei. Que marca é? — pergunto fingindo que não estou muito interessada na resposta.

— Não sei. Comprei na Amazon. Vou te mandar o link — fala enquanto caminha de volta pra sua mesa. — Espera aí. Sabe de uma coisa? Eu tenho dois em casa. Pode ficar com esse — completa voltando pra minha direção.

Ela estica o braço me entregando o aparelho. Encaro o objeto.
— Vai, pega.
Puxo a manga da minha blusa por cima da minha mão e pego o vibrador.
— Obrigada — digo, sem graça.
— Ótimo. Você vai amar. Me conta o que achou quando testar.
— Eu com certeza não vou te avisar.
— Beth, ser mulher já é bem difícil, o melhor que podemos fazer é tirar o máximo de vantagem desse precioso presente que nos foi dado.
— Precioso presente? — pergunto nervosa.
— Sim, nosso clitóris.
— Ah, sim, claro.
Ela, então, continua.
— A nossa sociedade está totalmente direcionada para empoderar o prazer masculino. O pênis está sempre no centro de tudo. Figurativa e literalmente. Não dá pra literalmente evitar a sua presença física, então ele acaba ganhando muito poder. Nossas vaginas estão escondidas dentro da gente. Elas precisam ocupar espaço. E isso começa conosco.
Ela está de pé, com um olhar distante, como um jogador de futebol no começo de um jogo enquanto o hino nacional está tocando.
— Conosco? — pergunto.
— Sim, conosco, Beth. Com "A Mulher" — responde caminhando até a minha mesa.
Risky coloca os cotovelos na minha mesa, o rosto dela bem próximo do meu. E continua seu manifesto.
— Nós precisamos colocar nossa vagina em todos os lugares, deixar ir, colocar em cima do palco que ela merece. Fique de cócoras em cima de um espelho, chefe, e olhe diretamente pra sua vagina e diga...
— Ok, Risky, nós deveríamos voltar...
— E diga: este é o seu palco, Rainha. E aí dê a ela o mais bonito, deslumbrante, intenso, de corpo inteiro, completo, orgasmo vaginal.
— Ok, podemos voltar? — digo, totalmente desconfortável.
Não acho que minha assistente me imaginando de cócoras tendo um orgasmo vai desenvolver uma boa dinâmica de trabalho entre a gente.

Ela, de repente, sai do modo masturbação e volta ao normal.

— Ok, vou fazer um xixi e volto já pro casamento do ano — completa, caminhando até o banheiro.

Olho pra Risky com olhares de julgamento.

— Eu realmente vou fazer xixi dessa vez — responde, tirando minhas dúvidas.

Coloco o vibrador dentro da minha bolsa.

Ruby

No caminho pra casa com Bonnie meu celular toca, mas de uma forma estranha. Quando o tiro da bolsa, minha cara está na tela como se eu estivesse tentando tirar uma foto minha. Estou com uma aparência revoltante. Liam está me ligando por FaceTime. Ele nunca fez isso antes. Eu não uso FaceTime. Começo a dar chilique e acidentalmente atendo a ligação e a câmera está apontada pro meu nariz. Entro em pânico, ele vai ver os pelos rebeldes do meu queixo. Quero desligar, mas ele grita "Oiê" alto o suficiente pra Bonnie escutar, e agora sou forçada a continuar a chamada.

— Liam, por que você está me ligando por vídeo? — pergunto segurando o telefone o mais longe da minha cara possível.

Um benefício do meu trabalho é que sei quais ângulos deixam as pessoas mais bonitas na câmera. Não que o ângulo da minha câmera vai me deixar bonita. Geralmente saio nas fotos parecendo um cavalo. *Por que raios me ligaria pelo* FaceTime, *ele está maluco?* Viro pra que o sol não bata diretamente no meu rosto, esse é um truque que, com certeza, deixa o cabelo mais luminoso.

— Tô com saudade de vocês! — ele responde em seu tom animado.

Sei que ele disse "vocês" pra Bonnie, nós sempre tentamos parecer carinhosos na frente dela.

— Liam, desculpa, mas agora não é uma boa hora — minto.

Nós temos zero plano, estamos indo embora pra assistir à TV; na realidade, é o horário perfeito pra ele ligar.

— Passa pra Bonnie — ele pede, percebendo que sou uma causa perdida pra conversar.

Faço o que ele me pede. Conversam por um tempinho sobre a viagem dele. Liam faz algumas caras engraçadas e Bonnie acha tudo hilário. Pergunta coisas sobre a rotina dela e Bonnie diz que está com saudade. Sinto um aperto no coração porque sei que ela nunca falaria isso de mim. Levanto impaciente esperando que terminem a ligação carinhosa e emotiva. Parte de mim está satisfeita de saber que ela tem o pai pra encorajar esse lado, a outra parte está desejando que eu fosse muito melhor do que sou em tudo isso.

— Ok, te amo Bon Bon, devolve o celular pra mamãe.

Bonnie levanta a mão pra cima e eu pego o celular de volta, segurando rapidamente em um ângulo que não envolve um zoom no meu queixo.

— Ok, posso desligar? — pergunto com um tom grosseiro desnecessário.

— Na verdade, queria te dizer que um cara aqui na conferência em que estou investiu na animação *Pra sempre nunca*. Ele me deu ingressos pra estreia esse fim de semana. Me deu três, pensei que talvez você gostaria de ir comigo e com a Bonnie.

Ele faz isso o tempo todo. Me convida pra ir em programas fofos com ele e a Bonnie. Tentando compensar pelo que fez, tenho certeza. Como se assistir a um filme juntos fosse apagar toda a dor e humilhação do dia do casamento. O dia em que ele arruinou a minha vida. Não vai funcionar.

— Um desenho? Desculpa, não posso.

— Tá bom. Tem certeza? É só um filme. Você não vai ter que conversar comigo. Vai, Ruby, é legal pra Bonnie ter nós dois juntos — diz, falando mais baixo, me obrigando a levar a câmera mais perto do rosto, o que odeio.

— Não, Liam, não posso. Tenho que ficar com a Bonnie a semana inteira, no fim de semana preciso de um tempo pra mim, ok? Foi o que combinamos.

— Na verdade é o que você combinou, mas ok — responde levantando as sobrancelhas. — Só pensei que poderia ser legal — completa.

— Bom, como eu disse, não posso. Mais alguma coisa?

— Não, era isso, mas você tá bonita — sorri.

É confuso, não gosto disso. Consigo me ver na tela do celular, estou horrível.

— Bom se era só isso, boa viagem de volta, te vejo na sexta-feira às seis da tarde, em ponto. Dá tchau pro papai, Bonnie. — Coloco o celular de volta pra Bonnie, ela acena e corto o Liam na metade do "Eu te amo".

Me sinto horrível.

○ ○ ○

Quando chego em casa, Bonnie já está mais calma de todo o açúcar e conservantes que consumiu hoje. Ela dormiu no carrinho. É uma da tarde. Vou colocá-la em frente à TV e ganhar um tempo tratando as imagens que a Rebecca enviou. Aí vou dar almoço pra Bonnie, peixe frito e vegetais.

Solto as alças do carrinho e a carrego pro sofá. Ela está muito cansada pra brigar comigo. Coloco sua cabeça em uma almofada, *Peppa Pig* na TV, puxo um cobertor sobre ela e saio. Conseguirei uma hora de paz, talvez duas se ela voltar a dormir. Já tem muito tempo que não passo uma tarde com ela, não faço ideia se ela tira sonecas nesse horário. Me dou conta de que não saber isso é péssimo.

Na cozinha tiro a meia-calça. Está um dia bem quente, estou suando e pretendo colocar meu roupão agora porque não tenho intenções de sair de casa pelo resto do dia. Coloco as duas mãos sobre a borda da pia e paro um segundo pra respirar e pensar.

O dia de hoje foi horrível. A última coisa de que preciso agora, e eu quero dizer, *realmente* a última coisa de que preciso, é ver um rato correndo no balcão da cozinha, cair no chão e desaparecer em um pequeno buraco menor que o meu dedo.

— NÃO! — eu grito.

Meu medo de roedores está logo depois do meu medo de me verem pelada. Não consigo lidar com eles. Odeio. Odeio muito. Corro até a sala de jantar e escalo uma das cadeiras. O rato passa correndo no chão novamente e desaparece. Estou convencida de que ele está subindo no meu vestido. Sinto que estou coberta de ratos. Tiro meu vestido pela cabeça e fico presa porque me esqueci de abaixar o zíper. Estou presa em metros de veludo pesado. Minhas mãos estão se debatendo pra tentar me livrar do vestido. A cadeira começa a tremer, não consigo me equilibrar. Caio com força no chão, o vestido preso na minha cabeça.

– Mamãe?

A voz de Bonnie começa a ficar clara quando minha audição volta. Acho que desmaiei por um segundo porque não faço ideia de onde estou. Faço uma busca dentro do meu vestido até que encontro um buraco por onde consigo olhar. Acho que nada está quebrado, sinto minhas coxas com as mãos e me dou conta de que estou com o corpo exposto e o vestido preso na cabeça. Meus braços doem. Não consigo me cobrir. Pelo contrário, não consigo me mexer.

– Mamãe? – diz novamente Bonnie.

Ela olha pra mim com um olhar que é um misto de nojo e fascinação. Pela primeira vez em sua vida ela vê o que por tanto tempo tentei esconder. Meu corpo magro, esquelético, coberto de pelo preto grosso, começando no meu peito, cobrindo toda a minha barriga, minhas costas, indo até o meu calcanhar. E hoje com uma cereja no bolo: uma fralda Pampers cheia de sangue.

Continuo deitada e imóvel, me rendendo à vergonha enquanto minha filha observa tudo. Lembro-me do rosto da minha mãe quando entrou no banheiro e me viu pela primeira vez, quando tinha dezesseis anos. Aquele rosto de prazer por ter descoberto algo pelo que poderia me provocar pro resto da minha vida.

Bonnie está com um semblante não identificável. Consegui esconder meu corpo nu dela por três anos e meio. Mesmo quando ela era um bebezinho, eu virava o berço pra parede enquanto estava me vestindo. Não queria assustá-la ou já passar a ela um complexo sobre o que talvez ela pudesse se tornar. Estabeleci uma cláusula de não nudez quando virei mãe, e nunca antes havia quebrado essa cláusula. Até esse momento.

– Bonnie, vai pra sala, já.

Ela me encara. O que eu vejo? Choque? Nojo? É difícil dizer.

– Por favor, Bonnie. Mamãe já vai lá.

Ela não se move. Os olhos marejam um pouco, ela está pálida. Penso no rato. Preciso me levantar do chão. Não é fácil, meu braço está começando a formigar. Assim que consigo me colocar sentada no chão, a boca de Bonnie se abre, e uma onda de vômito quente vem diretamente em mim. Pedaços de bolo de chocolate não mastigados e doces mordidos pela metade estão presos no meu cabelo, ombros, barriga, formando uma poça no meu colo, terminando por cobrir minha fralda ensanguentada.

Eu a envenenei com açúcar.

Beth

Tenho exaustivamente buscado no Google uma maneira de trazer de novo um pouco de mágica pro meu casamento, e me parece que uma das respostas é passar mais tempo juntos, só os dois. Faz sentido. Não lembro a última vez que Michael e eu saímos pra jantar. Quando estava grávida, entramos em uma dinâmica de jantar em frente à TV assistindo Netflix até dormir. Era tempo juntos, mas, na verdade, nem tanto. Todas as nossas conversas são sobre o Tommy e acho bem difícil que isso nos ajude a resolver os problemas, certo? Enviei uma outra mensagem antes de ir trabalhar, dessa vez uma um pouco menos humilhante e que requeria uma resposta direta ao invés de qualquer tipo de elogio.

Você acha que sua mãe poderia ficar de babá hoje à noite? Depois que colocar o Tommy pra dormir? Ele não vai precisar mamar até às 11 da noite e, se a gente não for muito longe, podemos jantar em algum lugar legal.

Boa ideia, deixa eu perguntar.
Ela falou que pode. Viu? Eu disse que seria bom morar perto dela. Tchau!

Esta é literalmente a única vez que associei qualquer coisa positiva ao fato de minha sogra Janet morar tão perto. Ela interfere em tudo e é obcecada por seus filhos. Ela é uma daquelas mulheres que provavelmente fizeram sexo três vezes na vida, uma para cada filho. E todos são um pouco estranhos.

O irmão do Michael se casou e divorciou quatro vezes e nenhuma das quatro ex-mulheres fala com ele. Encontrei com ele sete vezes e em, pelo menos, três delas ele deu em cima de mim ou me ofendeu de alguma maneira. A irmã é solteira e tem 48 anos. Ela divide uma casa no bairro de Canary Wharf e é obcecada por teorias da conspiração. Não consigo conversar com ela mais que trinta segundos. Quando o Tommy nasceu ela veio me visitar no hospital drogada de ecstasy, me dizendo que o Tommy era a reencarnação do Benedict Cumberbatch. Eu a lembrei de que ele não está morto.

– Sim, mas como você tem certeza? – respondeu.

Por sorte, ela nunca mais nos visitou.

Minha sogra vai, apesar de tudo, falar de seus filhos como se fossem perfeitos e que ela foi sensacional na criação deles. Só concordo com a cabeça e sorrio. Janet é puritana, magra e neurótica. Sou informal, corpulenta e equilibrada. Se nós tivéssemos nos conhecido em qualquer outra situação, teríamos arrancado os olhos uma da outra. Mas, pelo Michael, nós de alguma forma mantemos as unhas guardadas. Estou disposta a me controlar ainda mais sabendo que ela mora desagradavelmente perto da minha casa, pois assim estará disponível para ser babá do Tommy no futuro. Está tudo bem da minha parte, porque estarei bem longe dela.

Ela chega às 18h30, como pedimos, e insiste em colocar Tommy na cama. Minhas noites com ele são preciosas e sempre espero ansiosamente todos os dias por esse momento de colocá-lo na cama, mas hoje vou sacrificar isso pra ter uma noite com meu marido. Vai valer a pena. Troco de roupa. Tenho um uniforme básico de trabalho hoje em dia, um jeans skinny de maternidade – sei que já faz quatro meses, mas eles são muiiiiito confortáveis – e uma camisa longa que posso abrir basicamente pra amamentar. Botas de salto baixo e pouca maquiagem. Funciona bem, tanto pra ficar sozinha com Risky quanto para alguma reunião que possa aparecer durante o dia. Mas hoje quero apimentar um pouco meu *look*.

Experimento alguns jeans de antes da maternidade. Nenhum deles serve, o que está ok, ainda não tentei perder o peso e não faz sentido eu ficar chateada com ele até que eu comece a fazer algo a respeito. Provo uma saia lápis preta, mas ela não passa no quadril. Tento alguns dos meus vestidos favoritos, mas não consigo fechar o zíper de nenhum deles.

Lembro-me de um vestido colado preto que comprei on-line há uns três anos, mas nunca usei. Não faço ideia com que humor eu estava naquele dia quando decidi comprá-lo, porque não é meu estilo. Ele só me serve hoje porque é 98% elastano, mas quem se importa? Vou vestir. Escolho um sapato de salto alto e fino, que não uso há uns dez anos, e desço cambaleando. Michael está usando uma camiseta cinza, jeans azuis e tênis de academia.

— Meu Deus! — diz Janet. — Isso é aquela calcinha que deixa você mais magra? — completa.

— Não, é um vestido — digo.

— Tá, mas você tem uma dessas calcinhas que deixam você mais magra?

Ignoro.

— Você não vai precisar dar banho nele. Às 18h50 tire ele da cama, coloque no saco de dormir, dê uma mamadeira e o ponha pra dormir. O barulho de ninar já está ligado. Se ele acordar antes de a gente voltar, não tire ele do quarto ou dê mais leite. Esfregue a barriga dele pra acalmá-lo se ele estiver muito irritado.

— Que cruel — responde Janet, colocando seu copo vazio sobre a mesa. — Coitadinho.

— Como? — digo gentilmente enquanto Michael entra na cozinha.

Ele odeia quando sua mãe e eu estamos no mesmo cômodo, sempre acha que eu causo problemas.

— Essa de deixar os bebês chorando é muito cruel. Se um bebê chora, você dá colo. Esses livros de maternidade bem cruéis sempre dizem que as mães têm que negligenciar seus filhos.

— É importante ter um horário certo pra tudo. E claro que a gente dá colo, mas também queremos que ele durma bem e não sinta medo de ficar sozinho — respondo, não quero conversar sobre maternidade com ela. — Michael, vamos?

Assim que ele sai da cozinha murcho a barriga e estico minha coluna. Estou esperando um elogio.

— Você vai ficar com frio — diz.

É o máximo de elogio que conseguirei. Michael me passa o meu casaco mais feio e grande de dentro do armário. Troco por um casaco de couro preto e me arrependo instantaneamente, mas finjo que visto com orgulho. Pareço com a tia tarada da Kim Kardashian, mas, com certeza, ela estaria com as unhas feitas.

Pego minha bolsa e passo por Tommy pra dar um beijo de boa-noite. No meio do caminho meu salto entra no taco do chão e eu sou arremessada pro outro lado da sala. Caio de barriga pra baixo e todo o conteúdo de dentro da minha bolsa está espalhado por toda parte. O vibrador cor-de-rosa de Risky rola lentamente até o pé de Janet.

– O que é isso? – pergunta, pegando o objeto nas mãos.

Ela gira o vibrador nas mãos e nota que ele tem três botões de velocidade.

– Olha, Tommy – diz Janet enquanto passa o vibrador no rosto e corpo de Tommy, que dá risadinhas e sorri. – Ele amou! – completa, alegre. – A mamãe é muito esperta, nunca tinha visto um brinquedo desses.

– Não, Janet, isso não é um brinquedo – respondo, imaginando o muco vaginal de Risky sendo esfregado no rosto do meu bebê.

– O que é isso então? – pergunta Janet, me desafiando.

– É, o que é então? – Michael completa e se aproxima pra ver mais de perto.

O horror toma conta do rosto de Michael quando ele entende o que é o objeto.

– Me dá isso – diz, tirando o objeto da mão de sua mãe, pisando forte até a cozinha e jogando no lixo.

– Que raios foi isso? – pergunta Janet antes de entender o que está acontecendo. – Meu Deus!! – diz, esfregando as mãos nas roupas.

Janet corre até a cozinha e coloca as mãos sob a água quente da torneira, depois aplica muito detergente, como se tivesse pegado cocô de cachorro com as próprias mãos.

– Bom, eu nunca... isso é chocante!

Michael está parado no meio da sala me olhando. Pego todos os objetos do chão e coloco de volta na minha bolsa. Mesmo que a vergonha exale de todos os poros do meu corpo, faço o que qualquer mulher sensata faria no meu lugar e finjo que absolutamente nada aconteceu.

– Tchau, Tommy – digo beijando seu rosto.
– Vamos, Michael?
Michael me segue até a porta.
Caminhamos em silêncio. Michael está tão bravo que respira como um javali selvagem prestes a atacar e assassinar uma fêmea ameaçadora. Eu, rapidamente tentando alcançá-lo com salto alto, me sinto como uma piranha correndo atrás de um cara que não está interessado nela. Bom, talvez seja exatamente o que eu sou.
– Michael, por favor, vai mais devagar.
Ele para de repente, me dando uma chance de alcançá-lo. Alguns quarteirões depois chegamos a um café que fica aberto até tarde e ele entra rapidamente. Não era exatamente o que eu tinha em mente pro nosso jantar.
– A cozinha está aberta? – pergunta pra garçonete atrás do balcão.
Ela está guardando as coisas, mas pergunta pra um homem que parece ser o gerente. Ele diz que sim e começa a colocar as bandejas de sanduíche de volta no balcão.
– Vamos ficar abertos um pouco pra vocês – o homem diz, me olhando de cima a baixo sem vergonha nenhuma.
Michael se senta e vou cambaleando até a mesa. O café tem luzes bem fortes e ofuscantes e fico com vergonha de quanta maquiagem estou usando. Meus braços flácidos como gelatina, meu vestido colado que não me favorece, além de evidenciar todas as minhas inseguranças. Sento-me à mesa.
– O que você quer? – Michael pergunta, jogando o menu na minha direção.
Ele levanta antes que eu tenha tempo de dizer qualquer coisa.
– Um sanduíche de camarão ao molho Marie Rose[4] no pão integral, por favor, e um copo de leite, Beth? – diz ao homem e me pergunta.
Levanto-me novamente, o vestido está mais colado ainda, os sapatos parecem até mais altos. Olho pra toda a comida no balcão.
– Gostaria do sanduíche de frango com maionese e abacate no pão branco, por favor.
– Integral – completa Michael, corrigindo meu pedido.

---

4 Marie Rose é um molho britânico de tomates, maionese, molho inglês, suco de limão e pimenta do reino. [N. T.]

Fico tão assustada que até me esqueço de pedir uma bebida.

Sentamos novamente. Não há música tocando no fundo. As duas pessoas que trabalham no café estão trabalhando juntas nos pedidos pra terminarem logo e, assim, poderem fechar o café mais rápido. Odeio absolutamente tudo sobre a roupa que estou vestindo.

– Não é como se ela tivesse me visto usar – digo, tentando quebrar o gelo.

Michael se inclina pra frente.

– Qual é o seu problema? – pergunta com os lábios cerrados.

– Não tenho problema nenhum – falo e pauso.

Sei que Michael precisa de uma explicação, mas não consigo racionalizar uma.

– Só me dei de presente um brinquedo sexual, muitas mulheres têm um, não é nada de mais.

– Você acha que não é nada de mais ver minha mãe esfregar o vibrador da minha esposa na cara do meu filho?

Penso vagamente de novo no muco vaginal de Risky. Por favor, por favor, que ela tenha lavado antes de me dar.

– Estava limpo – digo enquanto os dois sanduíches aparecem na nossa frente.

– Batatas fritas de cortesia – diz a garçonete, colocando no meio da mesa.

Michael puxa as batatas pra ele e começa a colocá-las dentro do seu sanduíche.

– Minha mãe vai ficar chateada – diz de boca aberta, com maionese e camarões.

Ele sempre fala comigo como se eu fosse nojenta, mas a educação dele na mesa é que é, na verdade, horrível.

– Foi muito lamentável que isso tenha acontecido, mas é que estava na minha bolsa e eu caí. Foi um acidente.

– Se vestir desse jeito não foi um acidente, foi?

– Não – respondo abaixando minha cabeça. – Fiz isso de propósito esperando que você gostasse.

– Você sabe que gosto de você vestindo jeans.

Sentamos em silêncio por um tempo e comemos nossos sanduíches naquele café com luzes fortes. Aquela deveria ser nossa noite juntos. Ele não consegue nem olhar pra mim. Não faço ideia do que dizer. Só quero que as coisas melhorem. Então eu acabo por desistir.

– Michael, sinto muito pelo que aconteceu hoje à noite. Gostaria que não tivesse acontecido. Mas eu estava tão empolgada de sair pra jantar com você que eu só gostaria de me divertir um pouco.

Mordo delicadamente um pequeno pedaço do meu sanduíche e faço um esforço pra minha boca não abrir enquanto estou mastigando. Ele demora um momento, mas, como sempre, recua.

– Ok, obrigado por pedir desculpas. E, por favor, esquece aquela... besteira. Ok?

Por "besteira" eu imagino que ele queira dizer brinquedos sexuais. Concordo com a cabeça e sorrio.

– Quão fofa foi aquela foto que você me mandou do Tommy no parque? O esquilo estava tão perto dele, incrível como eles são dóceis.

Ele se anima imediatamente.

– Eu sei, e se o Tommy fosse um pouco maior, tenho certeza de que teria pegado o esquilo nas mãos.

Ficamos no café por mais quinze minutos, falando nada além do nosso bebê porque quando falamos de qualquer outra coisa percebemos que não temos nada pra dizer. Quando chegamos em casa – ficamos fora por mais ou menos uma hora – Janet está assistindo à *EastEnders*[5] na TV e mal olha pra mim quando vai embora.

Michael a leva pra casa. Vou direto pra cozinha pra tentar recuperar meu vibrador, mas ela deve ter tirado o lixo da cozinha. Procurar no lixo lá fora por um vibrador não é um estado tão baixo a que eu queira chegar nesse momento.

No andar de cima tiro meu vestido colado e o coloco em uma sacola de doações. Massageio creme no meu pé machucado e coloco meu alarme para as 23h, quando vou dar leite ao Tommy.

Hoje, a noite não saiu nada como tinha planejado. Tenho zero chance de transar. E que triste fim pra um vibrador perfeitamente bom.

---

5 *EastEnders* é uma novela britânica exibida no canal BBC One desde 1985. [N. T.]

Lauren Pearce – Post no Instagram

OficialLP

A imagem é de Lauren deitada de bruços em sua cama, seu corpo no reflexo do espelho com moldura dourada. Ela projeta o corpo pra frente, segurando o celular pra tirar uma selfie. O ângulo é perfeito e você consegue ver a curva do seu quadril e o topo da sua bunda. Os pés estão pra cima e delicadamente enganchados. Ela está olhando pra câmera com uma cara sedutora, como se ela fosse sua amante. Ela está sozinha. Tem uma caixa de água de coco, ao seu lado, na cama.

curtido por **primavera_editorial** e outras 79 pessoas

OficialLP A felicidade e a hidratação andam juntas. Não me sinto eu mesma se não me hidrato o suficiente (e não, não quero dizer vodca kkkkk). Cuidar do meu corpo e da minha pele me ajuda a sentir-me bem. Começo meus dias com #aguadecocofresca #publi #Cocofresh #amorpróprio #reachout #saúdemental #hidratese #vegan #mulheres

Ver todos os comentários

@turningup286872: Obrigada por ser você mesma.

@kellyheap: É só o que você toma? Vitaminas, água de coco? Será que vamos ver você comer alguma refeição?

@HowdyMunchBrain: Babaca. Você tem a vida perfeita. Para de se achar.

@Flickerlights-off: Rainha.

@PatreonofLorralites: Você é muito sortuda. Queria ser você. Faria qualquer coisa pra ser você.

@gellyjeellybelly: Essa merda tem gosto de chulé. Do que o Gavin gosta na cama? Acho que ele gosta de um boquete, nééééé?

@YUMMIETUMMY: Te acho tão inspiradora. O melhor exemplo de como viver a melhor vida… Continue postando, continue sendo você.

#4
♡ ♀ ▽

Ruby

Bonnie sentiu-se mal por quase toda a noite. Nenhuma de nós dormiu. Ela assistiu à TV desde as seis da manhã, mas cinco horas depois está tão entediada e andando por toda a casa, reclamando como uma aia, como se estivesse sendo forçada a ficar por causa de um regime cruel que ela está desesperada para derrubar.

Tenho várias tarefas pra realizar. Vejo mães o tempo todo levando suas crianças pra cima e pra baixo: pro supermercado, pra comprar roupas, pra ir a restaurantes... Elas fazem parecer muito fácil. Eu não faço essas atividades com Bonnie porque ela grita comigo sempre que tento. Faço a maior parte das tarefas do dia quando ela está na creche, ou quando está com Liam, no fim de semana.

Vejo as mães vivendo as suas vidas na companhia das filhas e me pergunto se talvez elas tiveram que drogá-las. Ou elas têm algum segredo sobre como controlar bebês que eu não sei? Talvez hoje eu descubra, porque não tenho ninguém pra cuidar de Bonnie e preciso seguir com a minha rotina. Tenho coisas urgentes a fazer, como comprar ratoeiras, meias-calças e um novo sutiã.

Não me forçaria normalmente a experimentar diversos sutiãs em um provador com uma luz intensa, especialmente antes de me depilar, mas o arame do único que eu tinha saiu esta manhã e faz tanto tempo que comprei um sutiã que não faço ideia de qual é o meu tamanho.

Meu corpo mudou muito pouco nos últimos vinte anos, mas meus peitos nunca mais foram do mesmo tamanho desde que engravidei. Tenho quase certeza de que diminuí pelo menos um tamanho.

Tenho a tendência de fazer isso quando algo me traz conforto, como sutiãs. Uso um até que ele literalmente caia do meu corpo, lavando com cuidado a maior parte das noites na pia do banheiro. Este sutiã durou cinco anos.

— Bonnie, preciso ir à loja e você vem com a mamãe.

— NÃO! Lojas são chatas. Quero ir pra creche – diz cruzando os braços, batendo os pés e mordendo o lábio inferior.

— Bonnie, se você se comportar te compro um montão de doces.

Em menos de trinta segundos ela já está sentada no carrinho e espera pacientemente enquanto coloco seus sapatos. É com suborno de doces que as outras mães controlam seus filhos? Penso em todo o vômito da noite anterior e suspiro. Mas ela parece estar se sentindo bem melhor.

○ ○ ○

Finalmente estamos prontas e empurro seu carrinho até a ala de comidas da Marks & Spencer[6], deixando que ela escolha alguns itens da confeitaria pra mantê-la ocupada.

— Pode escolher quatro coisas. Se você se comportar, pode ficar com todas elas.

Na sessão de lingerie pego seis pares de meias-calças pretas fio oitenta, daquelas que aparentemente regulam a temperatura do corpo, e alguns sutiãs que parecem todos do tamanho certo pra mim. No provador deixo Bonnie

---

6   Marks & Spencer é uma companhia de varejo britânica e a maior rede de lojas de departamento do Reino Unido. [N. T.]

do outro lado da cortina comendo uma barra de Rocky Road[7], pra que eu possa experimentar os sutiãs. Assim que fecho as cortinas ela começa a surtar.

– Mamãe, mamãe – ela grita.

Bonnie acaba chamando a atenção de todas as senhoras provando sutiãs. Umas quatro de cabelos brancos enfiam a cabeça pro lado de fora dos provadores pra testemunhar a criança gritando em sofrimento.

– Bonnie, para, vou demorar vinte segundos – digo em tom firme.

Fecho as cortinas rapidamente, e ela começa a gritar mais uma vez. Não faço ideia de por que, de repente, ela resolveu ter ansiedade de separação; geralmente ela me chuta até que eu a deixe em paz.

– Mamãe, mamãe, não!

Abro a cortina rapidamente.

– Bonnie, por favor, para. Eu preciso experimentar os sutiãs.

Escuto um "tsc" vindo do provador ao lado. Uma senhorinha enfia a cabeça pra fora e olha pra Bonnie com olhar empático.

– Coitadinha, ela está apavorada – diz naquele tom irritante de pessoas mais velhas.

Eles foram pais de bebês há tanto tempo que esqueceram o quanto é horrível. Apenas recordam as partes gostosas, os abraços, as brincadeiras, as histórias. A Mãe Natureza os livrou das memórias das mudanças de temperamento repentinas, das birras, noites sem dormir e suas próprias explosões de raiva causadas por estresse.

Claro que é isso que acontece. Se adultos e pessoas mais velhas fossem como eu, nós assustaríamos todas as gerações mais jovens e eles nunca iriam reproduzir. É imperativo que os humanos esqueçam todo o tumulto do parto e o que é ter filhos pequenos para que a evolução da espécie aconteça, mas, minha nossa senhora, quando você está cara a cara com esse fato genético no provador de uma loja Marks & Spencer é difícil aceitar tudo como algo natural.

---

7 Rocky Road é um tipo de doce feito com chocolate ao leite, marshmallows e outros ingredientes que variam de país para país. É servido em porções individuais, como um brownie. [N. T.]

– Ela não está assustada, está sendo boba.

– Ahhhh, dá um abraço nela – diz outra senhora do clube do cabelo permanente.

– Ela não precisa de um abraço – respondo, fechando a cortina rapidamente.

Só preciso provar alguns sutiãs, depois podemos ir embora.

– Querida, sua mamãe está muito brava? – uma delas pergunta, seriamente tentando testar meus níveis de tolerância.

– MAMÃE! MAMÃE! – Bonnie grita.

O que raios está acontecendo? Ela nunca faz isso.

– Bonnie, espera – repito duramente.

Ela precisa ser paciente. Coloco minha cabeça na abertura da cortina do provador para que ela possa me ver enquanto tento, sem conseguir enxergar, provar o sutiã do outro lado.

– Aiii, coitadinha! – a primeira senhora diz, abaixando na direção de Bonnie.

Ela está vestindo apenas um sutiã. É estranho e assustador, e Bonnie também não gosta nem um pouco. Arranco um sutiã do cabide. Preciso prová-los.

– Ah, querida, será que isso é um cheiro de caca?

Bonnie grita ainda mais alto assim que a senhora invade sua privacidade colocando a mão em sua genitália e apertando bem forte. O que ela pensa que está fazendo?

– Sinto caca sim – ela diz.

Bonnie chuta a senhora bem no meio da cara. Só tenho um peito dentro do sutiã no momento em que a senhora cai através da cortina pra dentro do meu provador.

– NÃO! – eu grito enquanto vejo sangue saindo pelo seu nariz.

– Me ajuda, me ajuda – a senhora grita.

Olho pra ela no chão. Apesar de estar seminua, para minha surpresa, não estou muito incomodada. Não trocaria o meu corpo pelo corpo velho dela. Não é nada usual que eu me sinta superior com qualquer coisa relacionada a minha aparência física. Eu gosto desse sentimento. Cubro meu corpo antes que várias senhoras venham correndo pra salvá-la.

Me visto, recolho todos os sutiãs e meias-calças e saio rapidamente do provador. Pagarei por todos eles e vou experimentá-los em casa.

– Você precisa ensinar um pouco de educação pra essa criança – uma das vovós grita pra mim.

Viro e volto rapidamente pro provador.

– Um pouco de educação? – repito para as três que compõem o bando geriátrico cuidando do nariz da pervertida. – Você apertou a genital da minha filha e ela, muito bem, te chutou a cara.

– Eu estava checando a fralda dela – diz ofegante, machucada e ofendida. Da maneira como fazem as pessoas mais velhas quando sabem que estão erradas, mas pensam que todos deveriam deixar passar, só porque elas são anciãs.

Bom, pra cima de mim, não.

– Eu disse pra ela, desde o momento em que ela tinha idade suficiente pra entender, que se qualquer pessoa que ela não conhece ou de quem não gosta chegar perto da sua genital, ela pode fazer o necessário pra que saia de perto. Homens velhos, jovens e velhas enxeridas também. Você merece esse nariz sangrando, e espero que esteja arrependida – digo firmemente.

As mulheres me encaram como se eu fosse um dinossauro e elas não tivessem chance de escapar de mim.

– SEGURANÇA! – grita uma delas, como uma donzela ferida que não pode se defender das próprias lutas. Velhas idiotas.

– Eu não encostei as mãos em você – falo confiante. – Você tocou na minha filha e ela se defendeu. O que você vai fazer, prendê-la? Ou devo dizer a eles que você agarrou a vagina da minha filha? – completo.

– Como você se atreve? – a senhora com nariz sangrando diz.

– Não, senhora, como *você* se atreve! Vai se... – digo.

Quando, enfim, chegamos à fila do caixa, um cheiro de cocô no ar, Bonnie está mais calma. Abaixo até a altura dela, de joelhos.

– Bonnie, estou orgulhosa de você por chutar aquela mulher na cara. Se alguém tentar tocar a sua vagina e você não quiser, é exatamente isso que você deve fazer, tá?

Ela me olha como se não fizesse ideia do que eu estou dizendo.

Então ela me chuta bem no meio da cara.

Lauren Pearce – Post no Instagram

◉ OficialLP

A foto é de Lauren sentada na beirada da banheira, uma perna levantada e o pé ao lado do corpo. Uma mão tem uma lâmina de barbear, a outra segura seu celular. Ela veste um roupão de seda preto.

♥ 💬 ➤   🔖

⭐ curtido por **primavera_editorial** e outras 86 pessoas

OficialLP Pelos corporais, por que existem? Eu sei que eles nos aqueciam quando vivíamos em cavernas, mas agora temos roupas. Amo ter pernas de seda (o Gavin também gosta 😊). Você sabia que, se sua espuma de barbear acabar, você pode usar condicionador para se raspar? Eu sei... um truque de beleza incrível. De nada!

#beleza #amorpróprio #sempernaspeludas #LaurenPearce #mulheresapoiandomulheres

Ver todos os comentários

@jemmajubes: Sério? Vou tentar hoje à noite.

@garflib: GÊNIA! Não sei como é ele quem tem um império quando você é que é brilhante (revirando os olhos).

@daveyodavey: Tira o roupão da próxima vez.

@betterthangoodfor: Aposto que sua mãe está orgulhosa de você te vendo quase pelada no Instagram. Imagino que isso é tudo que ela sempre sonhou pra você. #Arrumaumempregodeverdade

@sesememe3: Sua pele parece porcelana. Você é perfeita, continue sendo você mesma.

@melissaheart: O Gavin tem pau grande?

Ruby

Pequenas vitórias são tudo que se pode conseguir quando você é tão ruim na maternidade como eu. Às vezes duvido que tenho qualquer impacto positivo na Bonnie, mas estou experimentando um raro momento de júbilo com o pensamento de que pelo menos uma coisa que eu a ensinei funcionou. É um pouco terrível que eu precise aproveitar esse momento de trunfo com um olho roxo, mas não podemos ter tudo.

Quando saímos da loja eu a levo de volta para o parque. É mais fácil do que ficar com Bonnie em casa, e se passarmos mais ou menos uma hora lá, não me sentirei tão mal se ela assistir à TV pelo resto do dia enquanto eu trabalho do meu escritório, me escondendo daquele rato. Quando chegamos, vejo o mesmo homem de novo. Ele está sentado no mesmo banco, segurando um pacote de lenços umedecidos para bebês. O banco está impecável.

Sinto um certo conforto em saber que outras pessoas estão sofrendo. Tenho o hábito de dizer a mim mesma que estou em uma situação pior que todo mundo. Quando conheço alguém com algum problema físico ou emocional, sinto-me conectada a ele. Acho que faz sentido sentir isso.

Bonnie está brincando sozinha e feliz, chutando folhas e correndo em círculos em volta de uma árvore. Sento-me ao lado do homem. Ele não parece ter problemas comigo sentada no banco, agora que ele está limpo. Suas mãos estão entrelaçadas, seus cotovelos apoiados nos joelhos. Ele olha para o parque, as memórias se repetindo. Como se lembrasse de alguma específica, sorri para si mesmo. Isso o tira do transe e ele me nota ao seu lado.

— Sua filha? — pergunta apontando em direção a Bonnie.

— Sim. O nome dela é Bonnie — respondo.

— Que nome lindo.

— Obrigada — agradeço, mas não digo que me arrependo desse nome, ele não precisa saber. — Já te vi aqui antes.

Ele poderia terminar a conversa aí se quisesse, eu certamente teria feito isso.

— Sim, venho aqui todo dia — responde e vira no sentido da placa no banco. — Esse banco é dedicado à minha filha Verity. Ela morreu quando tinha sete anos. Nós costumávamos vir aqui o tempo todo.

— Sinto muito.

— Sim. Obrigado.

Ficamos em silêncio por alguns minutos e olhamos Bonnie. Sua energia inocente e doce nos cativa.

— Quantos anos ela tem? — pergunta.

— Três anos e meio.

— Ah, essa foi a minha idade favorita.

Tenho a impressão de que poderia ter dado qualquer idade para Bonnie, e, ainda assim, esse homem teria dito que seria a sua idade favorita. Mas se alguém tem o direito de romantizar a paternidade, essa pessoa é ele.

— Que bom que você pode estar com ela durante a semana. Minha mulher insistiu que Verity fosse para uma creche, mesmo não trabalhando. Depois ela foi pra escola. Se pudesse voltar no tempo, eu teria pedido demissão do meu trabalho e teria sido um homem do lar, mas você nunca pensa nisso quando eles estão vivos.

— Acho que não — falo, mas escondo a verdade: passo pouco tempo com Bonnie e estou descobrindo que esses poucos dias, sem ter ajuda para cuidá-la, têm sido incrivelmente difíceis.

— Tenho um banco dedicado a meu pai em Cornwall — comento, querendo que ele saiba que tenho um pouco de experiência com o luto. — Ele morreu quando eu era adolescente. Sei que nós supostamente deveríamos ultrapassar nossos pais, e não estou comparando o que aconteceu com você com o que aconteceu comigo, mas é bom ter um lugar para ir e me lembrar dele. A morte dele realmente acabou comigo.

– Este banco é uma parte vital da minha sobrevivência. Nós jogamos algumas cinzas aqui também. Estou o mais próximo dela que posso quando estou nesse banco. Você vai ao banco do seu pai com frequência?

– Não. Infelizmente eu e minha mãe não nos damos muito bem e viagens a Cornwall se tornaram um pouco raras.

– Sinto muito por isso. Nem todas as mães são boas para seus filhos. Bonnie é sortuda de ter você como mãe.

Quero dizer a ele que ela não é. Que eu não sou uma boa mãe. Se eu fosse honesta com ele, diria que algumas noites eu me deito na cama e tenho medo da manhã seguinte porque minhas interações com Bonnie são geralmente muito estressantes.

Alguns dias, enquanto espero do lado de fora da creche, tenho que respirar bem fundo pra segurar as lágrimas que me consomem enquanto me preparo para as duas horas que tenho para cuidar dela antes de colocá--la pra dormir.

Poderia dizer a ele que eu não sei de verdade do que ela gosta, porque eu raramente pergunto. Ou quando ela chora, eu brigo com ela ao invés de abraçá-la. Poderia dizer a ele todas essas coisas porque ele é um estranho e não se importaria. Mas eu não digo.

– Sim – digo, no lugar de toda a verdade. – Tenho muita sorte de tê-la também.

– Bom, aproveite cada momento – diz, levantando-se. – Foi um prazer conhecê-la.

– O prazer foi meu – respondo sorrindo enquanto ele vai embora.

Espero até que ele tenha ido embora pra tentar levar Bonnie pra casa. Ele não precisa ser lembrado sobre o quanto é difícil ter filhos pequenos.

Beth

Algumas vezes, porque só somos duas e podemos trabalhar remotamente, eu e Risky trabalhamos de um café adorável na esquina do escritório. Cobrimos a mesa com papéis e falamos com pessoas ao telefone, provavelmente para o descontentamento daqueles à nossa volta.

Sempre peço o café da manhã inglês completo, um smoothie e um café descafeinado, mais conhecido como a bebida mais inútil do mundo. Mas eu amo o gosto de café e preciso cuidar dos níveis de cafeína que ingiro, porque ainda estou amamentando.

Risky sempre pede torradas com abacate, mas come apenas metade. Ela toma uns três cafés com leite, grandes. Se Risky tivesse vivido os anos 1980, certamente seria uma fumante compulsiva.

– Olha, é horrível e sinto muito que isso tenha acontecido, mas não foi ninguém da minha equipe, ok? Espero que você descubra quem fez isso. E sim, pode ser amanhã – digo à relações-públicas de Lauren, Jenny, ao telefone, enquanto reviro os olhos na direção de Risky e tento comer um pedaço de salsicha sem fazer nenhum barulho.

Alguém vazou o convite do casamento de Lauren e é claro que Jenny está ligando pra todo mundo de sua lista de contatos e soltando os cachorros. É bem típico da Jenny. A RP de Lauren e Gavin é impossível de controlar, e ela gosta de sentir-se útil gritando com todo mundo em nome deles.

– Do que precisamos para a reunião com Lauren e Gavin amanhã? – pergunto a Risky.

— Meu Deus, eu não acredito que vou conhecer o Gavin – diz, abanando-se com o menu.

— Risky, tenho que me preocupar com você ficando empolgada além do limite?

— Não, não, chefe. Vou ficar bem. Provavelmente não vou conseguir falar uma palavra. Gavin Riley. Minha mãe vai ter um treco, ela está obcecada – diz, começando a transpirar.

— Ele parece ser legal – respondo calmamente.

Já encontrei com ele algumas vezes. Ele é muito bonito. Charmoso. Tudo que você espera de um milionário jovem e gostoso que parece um empreendedor de capa de revista. Ele definitivamente tem um brilho no olhar que acho um pouco suspeito.

— Coitado do Gavin – comenta Risky, acalmando-se, falando como se ele fosse um amigo antigo.

— Coitado do Gavin? Pelo seu negócio de gênio, esposa perfeita ou milhões de libras? – pergunto ironicamente.

O desejo de Risky de ter empatia por absolutamente todas as pessoas do mundo é algumas vezes desconcertante.

— Não, coitado dele por todas as coisas sexuais.

Ah, ela se refere ao escândalo sexual imenso em que ele estava envolvido há alguns anos. Totalmente culpado, eu acho.

— Com certeza a mulher inventou tudo – diz, descendo do pedestal feminista por um minuto. – Como se ele fosse usar uma garrafa de champagne nela. Um clichê e falso. Lauren lidou com tudo isso de uma maneira incrível, ela defendeu seu homem. Eles devem ser muito fortes como casal. Passar por algo assim. Bom, eu sempre acredito nas mulheres, obviamente. Mas ela estava mentindo descaradamente.

— Ou talvez ele seja culpado? – sugeri, me atrevendo a começar um incêndio.

— Beth, o Gavin, ano passado, doou três milhões de libras para uma organização de mulheres refugiadas. Além de ter pagado por uma escola de futebol só de meninas. Sem mencionar a maneira como ele demitiu o último CEO publicamente quando uma funcionária o acusou de assédio. Gavin fez um pronunciamento dizendo que ele e a empresa dele têm uma política de tolerância zero com relação a assédio. Gavin Riley é mais feminista que muitas feministas, nunca que ele trairia sua esposa enfiando uma garrafa de champagne na xoxota de uma biscate.

No fim das contas, #mulheresapoiandomulheres se torna bem difícil quando temos um cara rico e gostoso no meio do caminho. Mas guardo isso pra mim.

— Tá, temos tudo de que precisamos pra reunião de amanhã? Você está com a pasta?

— Sim! — responde tirando a pasta da bolsa.

— Você está controlada?

— Acho que sim — responde soltando o ar.

— Ah, tem uma coisa, Lauren contratou uma fotógrafa, Rebecca Crossly. Aparentemente elas fizeram um ensaio juntas e Lauren amou, então isso já está resolvido. Lauren postou sobre ela de manhã. Olha essa foto que incrível.

Risky enfia o celular no meu nariz. Vejo uma foto de Lauren, pelada, como sempre. Ela parece que realmente foi pega se masturbando.

— As fotos vão sair logo depois do casamento. Ela não tá maravilhosa?

— Sim, ela está — digo virando a cara para a tela.

Na maior parte do tempo me sinto bem com o meu corpo, até que eu olhe para fotos de pessoas magras e lindas no Instagram. É o motivo principal por eu nunca entrar muito na rede: vejo como uma forma de tortura. É como estar dura e passear na sessão de comida da Selfridges[8]. Você não precisa passar por isso.

— Rebecca Crossly — resmungo enquanto digito seu nome no Google.

Fotos com muito Photoshop de mulheres peladas aparecem na tela, parece ser o estilo dela. Nada de casamentos. Mas, se a Lauren a contratou, então imagino que esteja tudo bem. Ela demitiu o fotógrafo dois dias atrás, e a mãe dela recusou todo mundo que eu sugeri. Então agora isso não é mais meu problema.

— Ok, ótimo.

---

8 Selfridges é uma cadeia de loja de departamentos britânica. [N. T.]

Meu celular vibra e é Michael me ligando no FaceTime. Respondo e vejo meu rosto aparecer no canto da tela. Eu definitivamente ganhei uma papada no queixo nesses últimos meses.

– Oi, mamãe, só queria dizer que estou com saudade – ele diz com uma voz de bebê, segurando o telefone no rosto de Tommy.

Uma mulher na mesa ao lado sorri e Risky parece que vai ter uma ejaculação.

– Ei, homenzinho, mamãe também está com saudade – respondo, o rostinho maravilhoso dele fazendo meus peitos incharem e meu coração bater.

Só mais algumas semanas e ficarei com ele o dia todo. Eu vou conseguir.

– Como vocês estão hoje? – questiono.

– Estamos bem – diz Michael, segurando o telefone no seu rosto agora. – Saímos para uma caminhada, agora vamos tomar uma mamadeira e dormir. Seu estoque está acabando, talvez devamos pensar em começar com leite de fórmula?

– Não. Não, temos muito leite materno aqui. Vou levar pra casa – respondo um pouco desesperada.

Amamentar Tommy é como eu lido com o fato de ter de voltar ao trabalho tão rápido depois do parto. Pode ser que não esteja fazendo tudo da rotina com meu bebê, mas estou mantendo-o vivo com meus peitos, e isso é muito importante pra mim agora.

– Ok, só queríamos dizer que te amamos – diz Michael, esmagando seu rosto no de Tommy.

Ele me manda um beijo, e nos despedimos. Ele é sempre tão fofo no telefone, talvez seja porque sabe que não podemos nos tocar fisicamente.

Percebo que Risky está atordoada. Ela está segurando o rosto com a palma da mão, e sorri pra mim.

– Que sonho – comenta, docemente. – Você está casada com o homem perfeito.

Eu sorrio e concordo com a cabeça.

– Chefe, posso te perguntar algo, de mulher pra mulher? – fala pensativa.

Estou esperando uma pergunta sobre o mapa de mesas do casamento ou algo relacionado, e eu quase engasgo com um cogumelo frito.

– Você acha que é estranho que o cara com quem eu estou saindo só quer transar comigo por trás?

– Como?

– É que estamos saindo faz algumas semanas e ele só quer saber de anal. É como se minha vagina não existisse pra ele. Não é certo isso, né?

Sempre me preocupo se estou colocando limites na nossa relação como chefe, ou deixando clara a linha que separa amizade de trabalho. O que fica aparente aqui é que eu, com certeza, não fiz nada disso. Limpo os cantos da boca com um guardanapo e faço o meu melhor para dizer a coisa certa.

– Você já fez sexo anal? – pergunto, como uma avó tentando parecer descolada.

– Sim, claro – responde, como se eu fosse uma idiota.

– Ah, sim, digo, obviamente, claro – completo, fazendo umas caras estranhas e uns sons de *pfffftttt*, pare reiterar que eu acho que sexo anal é completamente normal.

– Assim, eu não ligo. Eu, na verdade, até gosto. Provavelmente a culpa é minha por ter pedido pra ele fazer isso. Mas me pergunto: qual será que é o lance dele? Por que será que ele não está interessado na minha vagina?

– Você pediu pra ele fazer? – pergunto casualmente.

Faz tanto tempo que senti que posso me comportar como uma mulher alfa que esqueci completamente que as mulheres mais jovens pedem o que desejam sexualmente. Eu já fui assim.

– Sim, pedi no... acho que no nosso terceiro encontro. Então, não tão mal.

– Não tão mal? – pergunto sem entender muito o que ela quer dizer com isso.

– Sim, não tão cedo que pareça que sou uma puta. De qualquer forma, é só o que ele quer agora. O que você acha disso? Respeito sua opinião para relacionamentos saudáveis.

Tusso para limpar minha garganta, tomo um gole de café frio, fecho meu computador e tento desesperadamente pensar em algo para dizer.

– Talvez ele seja gay? – digo e imediatamente já me arrependo.

– Que comentário de mente pequena, Beth. Só porque um homem gosta de anal não significa que ele seja gay. De qualquer forma, tenho muitos amigos da comunidade LGBTQ+, e orientações sexuais não me importam. Não sou exatamente 100% hétero – responde, orgulhosa.

Risky ama homens. Ela é a mulher mais romântica e tradicional que eu conheço. Mas a sua geração quer acreditar que eles têm outras opções, então ela ama me contar a única vez que beijou uma garota na escola.

– Minha amiga Casey e eu, uma vez, nos beijamos por dez minutos. Ela até tentou enfiar o dedo em mim.

Sempre me conta a mesma história, e eu aceno com a cabeça e sorrio, porque se começar a fazer perguntas sobre isso eu nunca mais vou parar. Estou com sede de conversas sobre sexo. É uma pena eu só ter minha assistente para conversar sobre o tema.

– Só queria deixar claro que minha vagina também precisa de amor, sabe? Vou falar pra ele hoje à noite.

– Vai? O que vai dizer? – pergunto esperando que eu aprenda algumas coisas sobre comunicação de problemas sexuais dentro de uma relação.

– Provavelmente não vou *dizer* nada. Pensei em usar um vibrador em mim na mesma hora. Sabe, só pra lembrar que o outro buraco está lá – responde orgulhosa de si por ter pensando nessa ideia, acenando com a cabeça algumas vezes. – É, acho que é isso que vou fazer. Ótimo conselho, obrigada.

E volta ao trabalho. A mulher da mesa ao lado está da cor de um molho de ketchup.

Sentamo-nos quietas em nossa mesa, continuando o trabalho. O intervalo da nossa conversa paira no ar como uma fantasia que eu posso agarrar, se me permitir. Respiro bem fundo e expiro rapidamente e com força.

– Você está bem, chefe? – ela me pergunta.

– Sim, com certeza. Só pensando no que vou fazer agora – digo e me levanto, aquecendo meus braços no ar, como se não estivesse pensando em nada.

Caminho calmamente até o banheiro, onde me masturbo ferozmente antes de voltar à mesa. Peço a conta e a chamo para irmos embora.

Ruby

Vi o rato pela cozinha hoje de manhã e quase tive um ataque de fúria. Fui a duas lojas e ambas não tinham ratoeiras, mas uma delas tinha algo como uma fita colante.

– O rato cola na fita e não consegue mais sair – disse o homem calmamente.

– Quê? Então ele fica colado lá? Vivo? – perguntei, tão horrorizada que mal podia falar.

– Sim – respondeu, como se estivesse dizendo: "Não é genial?".

Precisei sair da loja imediatamente porque tinha a sensação de que ratos estavam por todo o meu corpo. Tentei ir para uma terceira loja, mas Bonnie estava impaciente, então voltamos pra casa. Ela está vendo TV e eu buscando no Google maneiras de me livrar de roedores em casa.

Como recomendado, encho todos os buracos da casa com palha de aço. Depois coloco gotas de óleo de hortelã em tudo e crio uma barreira na entrada da cozinha feita de malas, caixas de arquivo e de sapatos. Finalmente paro para relaxar no escritório, que também é o quarto de hóspedes, e tento respirar.

Não consigo parar de pensar no homem do banco no parque. Não posso negar que me sinto um pouco mais leve depois de compartilhar um momento com alguém que está bem pior do que eu. Geralmente meu único consolo é falar com estranhos na internet.

Quando era adolescente e os pelos começaram a aparecer, a internet não era um recurso que eu poderia utilizar, pois ela não existia. E outra, minha mãe deveria ser a pessoa a me consolar. Mas ela já estava no caminho de autodestruição e me oferecia apenas estresse e humilhação.

Não era exatamente uma pessoa que buscava conexão com estranhos para resolver algum problema, então nunca pensei que poderia sair perguntando por aí se mais alguém tinha a mesma condição que eu. E também, naquela época, eu nem sabia que *tinha* uma condição. Só pensava que era uma anomalia da natureza, e minha mãe fazendo piadas sobre isso na frente de outras garotas da minha idade só piorava tudo.

Lembro uma vez que estávamos dando carona a minha amiga Alison na volta do treino de hóquei, o que já era uma experiência traumatizante por si só, pois eu insistia em usar calça e blusa de moletom enquanto todas as outras usavam shorts e camiseta. Sentia tanto calor que ficava com muita tontura e não conseguia mais jogar, o que significa que meus talentos no hóquei, que na verdade eram bem avançados, passavam despercebidos de tanto que eu me preocupava em esconder meu corpo. Quando minha mãe apareceu para nos pegar naquele dia em particular, ela perguntou a Alison se eu tinha tomado banho depois do treino.

– Não. Ruby toma banho em casa – disse Alison.

– Não, ela não toma. Então quer dizer que ela não toma banho na escola também? Ah, Ruby, você precisa lavar todo esse pelo nas suas costas ou eles vão ficar fedidos. Ninguém gosta de uma garota fedida.

Alison riu. Não sei se foi por puro constrangimento ou porque ela e minha mãe eram igualmente más, mas aquela risada me assombrou por anos. A situação do banho já era muito desafiadora, então, para evitar rumores de que eu nunca tomava banho, acabei largando esportes coletivos de vez.

Me comprometi a uma vida me escondendo. Até alguns anos atrás, depois de me separar do Liam e quando meu desespero estava me incapacitando mais do que nunca, resolvi procurar fóruns on-line em que encontrasse outras mulheres que passavam por algum tipo de experiência parecida com a minha. Encontrei muitos. Li inúmeros relatos de como mulheres se escondiam por causa de seus pelos corporais excessivos.

Relacionamentos que não dão certo. Vidas sem filhos. Autodesprezo e autoflagelo, todos são efeitos colaterais comuns. Há um certo conforto nesses relatos. Primeiramente para saber que não estou sozinha e frequentemente para lembrar que o meu caso não é o pior de todos. Não quero dizer no sentido literal. A quantidade de pelos que tenho é extrema, isso não está em jogo. Ainda não vi ou ouvi alguém que tenha uma situação pior. O pelo é grosso e preto, cobre grande parte do meu corpo. Leva horas para tirar na depilação e cresce rapidamente em semanas. É um caso terrível de uma condição horrível, mas o conforto dos fóruns que visito é que, comparado com relatos de outras pessoas que leio, eu não sou depressiva, mesmo com todos os desafios que tenho enfrentado em minha vida.

Minha mãe foi o primeiro. A morte do meu pai, o segundo. Meu desequilíbrio hormonal começou quando eu era uma adolescente e vai durar a vida toda. Isso me atormenta, tira sarro de mim, me impede de dormir e tenta me deixar pra baixo.

Mas, no fim do dia, não me odeio. Não de verdade. Meu trabalho me ajuda. Sou muito boa nele. Sim, é repugnante e nocivo, estou perpetuando padrões corporais que sei que não são reais e deixam mulheres, que não têm condições tão ruins quanto a minha, acreditando que não são suficientes. Mas sou boa nisso, eu sei. É importante pra mim não fracassar em tudo.

Muitas das mulheres dos blogs e *posts* que leio, que também têm excesso de pelos corporais, não conseguem ver saída em nenhum outro aspecto de suas vidas. Carreiras fracassadas e tão desacreditadas que desistiram delas por completo. Eu ainda não cheguei a esse ponto. Me esforço nas roupas que vou vestir, mantenho meu peso baixo e sou excelente no meu trabalho. Nada disso influencia muito na minha autoestima, mas pelo menos ainda tenho forças para tentar.

Um *post* em particular chama minha atenção.

> Não posso sair de casa por causa dos pelos no meu rosto. Sinto muita vergonha, fico constrangida. Minha ansiedade ficou tão ruim por conta disso que não sou boa companhia. As pessoas me odeiam, consigo perceber.

Elas não sabem por que minhas habilidades sociais são tão ruins. Eu já fui engraçada.

Meu marido tenta fazer com que eu saia de casa. Ele é muito amoroso e solícito, e temos um casamento até que estável. Somos muito próximos, mas não importa o quanto ele me tranquilize, não consigo.

Tenho dois filhos, um de seis e outro de quatro anos. Sou muito próxima deles. Falei com eles sobre meu problema e eles entendem como me sinto. Dizem que me amam e que sou uma mãe divertida. Como sair de casa é tão difícil, quando estou em casa me esforço o máximo que posso com meus filhos, brinco, leio pra eles, me deito com eles à noite na cama. É o mínimo que posso fazer, já que eles não são convidados para festas dos colegas, porque os pais não querem ter de falar comigo.

Eu e meu marido estamos bem. Eu consigo transar. Ele diz que me ama e que me acha bonita, mas até quando isso vai durar? Sou reclusa. Não posso forçar ele a ser também. Tenho medo do futuro, quando meus filhos saírem de casa e meu marido conhecer outra pessoa.

Gostaria de poder fazer mais.

É sempre tão estranho ler esses *posts*. Saber que existem mulheres por aí que têm uma pequena ideia do que estou passando. Aqui estamos nós, sendo honestas e nos abrindo na internet. Compartilhando histórias de quão impossível parece o mundo lá fora. É como entrar em um buraco negro e sair em outro universo. Mas temos que deixá-lo pra trás e sobreviver no mundo real. Fico pensando se algum dia gerações próximas de pessoas como eu conseguirão viver vidas completas e felizes on-line. Experimentando solidão física completa, mas com milhares de pessoas como companhia, mas que nunca têm que se encontrar pessoalmente. Comida vai ser entregue por delivery, roupas serão desnecessárias. Você poderia ser o que é sem nunca sentir vergonha por isso.

Clico em "deixar um comentário".

Só queria te dizer que, por mais que não pareça, você está indo muito bem. Sou muito parecida com você, mas nesse processo de autopunição eu consegui afastar de mim o homem que me amava e a relação com a minha filha está tensa. Sinta-se bem pela família que você criou e se apoie neles. Fique bem. Ruby.

Quando estou pronta pra clicar "Publicar", mudo de ideia e apago o que escrevi. Que diferença faria?

Estou usando a babá eletrônica de quando Bonnie ainda era bebê no escritório, assim consigo vê-la na cama e conferir que o rato não está subindo nela enquanto dorme. Tenho trabalho a fazer. Leio um e-mail de Rebecca sobre um novo trabalho de retoque de imagens.

A foto original é de uma mulher jovem, aparentemente uma atriz. Sara Jenkins. Ela teve um bebê ano passado e está posando quase nua para mostrar o corpo pós-bebê. O corpo dela pós-bebê, na realidade, não está incrível. Estrias na barriga e uma cicatriz grande e vermelha abaixo do umbigo. Deveria tirar as estrias, a cicatriz, afinar as coxas, alisar a pele e deixá-la bronzeada. Tudo isso para mentir para outras mulheres e fazer com que elas se sintam um fracasso por não serem perfeitas depois da carnificina de uma cesárea.

Esta mulher, Sara Jenkins, é uma fraude. Dou o bronzeado que ela pede e cubro a cicatriz. Coloco o umbigo mais pra cima, defino sua cintura, suavizo sua pele do rosto. Tento manter alguns sinais de maternidade para deixar um pouco mais realista. Uma marca natural acima da área púbica, apontando pra fora da sua pequena calcinha. Algumas espinhas nas coxas que afino como Rebecca pediu, mas deixo os poros visíveis. Afinal, ela não é feita de plástico.

Envio a imagem final para Rebecca, que responde em menos de dez minutos com mais instruções.

A RP ficou louca com essa marca em cima da pepeca. Alisa mais as coxas. Rápido, por favor. As fotos já deveriam estar prontas desde ontem.

Alguns minutos depois.

Ah, e arruma esse queixo. Tive que dar uísque pra ela relaxar. Ela não queria tirar a roupa. Pqp.

Faço o que sou paga para fazer e removo todos os sinais de vida daquele corpo. Estou cada vez mais consciente da cultura atual e de como as pessoas são responsabilizadas pelas coisas terríveis que fazem ou dizem em um e-mail ou no trabalho. Sempre tento escrever mensagens positivas que me isentem de futuras chantagens ou culpa nesse mundo terrível em que trabalho. Minha indústria está sob fogo. Um equivalente ao movimento #MeToo está a caminho. Quero ter certeza de que não tenham nenhum documento por escrito que me comprometa. Envio as fotos com um comentário.

Seguem anexas as fotos retocadas, Rebecca. É uma pena que tantas alterações tenham sido solicitadas quando as originais estavam demais. Não acho que ela precisava do uísque. Não existe nenhum outro método menos intoxicante que você poderia ter usado? Esperar um pouco? Conversar? Colocar algumas roupas nela?
Sei que é difícil trabalhar com uma modelo e em uma indústria na qual os padrões de beleza são compulsórios, mas se os pedidos estão vindo da pessoa que está na foto, então o que eu posso fazer? Ruby.

Ela responde quase imediatamente.

Ahn, Ok, Ruby. Obrigada pelo sermão. As fotos estão ótimas. Você fez uma vadia bem tensa parecer uma gostosa do caralho. Mais em breve.

Mas eu estou certa. As instruções de retoques de imagens quase sempre vêm de quem está sendo fotografado, mesmo que todas as outras pessoas levem a culpa. Agora há um movimento de muitas celebridades dizendo que não querem suas fotos retocadas, e elas fazem muito barulho sobre como isso é um ataque ao feminismo. Ótimo pra elas. Mas quando elas atacam os editores das revistas no Instagram, massacrando uma indústria que está quase morrendo por odiar mulheres, elas não enxergam o que eu enxergo. As mulheres nessas fotos estão implorando por perfeição. Reenviando as imagens para mim inúmeras vezes, até que a foto esteja tão distante da original a ponto de elas ficarem quase irreconhecíveis. Elas também têm de ser responsabilizadas. Muito do feminismo é sobre derrubar o patriarcado. Mas todo dia eu vejo que são as próprias mulheres que estão ferindo outras mulheres.

O que eu faria pra ter a pele e a confiança delas? Mas talvez elas não sejam diferentes de mim. Elas escondem a verdade assim como eu escondo. Elas apenas escondem de um público maior e com muito menos veludo.

Lauren Pearce – Post no Instagram

OficialLP

A foto é de Lauren e seu noivo, Gavin Riley. Estão de pé em um jardim, ele está de terno, ela com um vestido preto de tecido delicado, ajustado ao corpo, com um decote nas costas. Ela está encostada nele em um abraço um pouco desajeitado, totalmente posado para a fotografia. As mãos dele estão em sua cintura, ela está virando para olhar para a câmera, sua mão esquerda em destaque. O diamante enorme do seu anel de noivado brilha sob o sol.

curtido por **primavera_editorial** e outras 92 pessoas

OficialLP O amor é a resposta, sempre e para sempre. Algumas semanas até o meu casamento com esse homem. Meu amor, meu herói. Talvez eu seja a garota mais sortuda do mundo. Ele é minha vela perfumada, meu banho relaxante, minha jujuba de CBD... hahahaha. Você entendeu o que eu quis dizer, né? Mesmo minha ansiedade não vai me deixar longe dele. Quem você ama tanto assim?

#PanteneShampoodeVolume #publi #oamoréaresposta #saúdemental #encontresuapessoa

Foto: @aMayraPearce – Oi, mãe! =)

Ver todos os comentários

@helpmyfeetshine: Ele é sua vela perfumada? SUA VELA PERFUMADA? Pqp.

@gogerritguuuuurl: META DE CASAL.

@ChattyMacHatty: Um dia vou encontrar um amor assim e serei feliz. Até lá, vou viver esse amor através de vocês.

@Shawnty45: Como pode você sempre tão perfeita?

@bethanybeetsit: Tão feliz por vocês dois. Mal posso esperar pra ver o vestido.

@helenviceP: Ouvi que o Gavin comeu algumas modelos no banheiro enquanto você comia salada no restaurante, é verdade?

Beth

Risky e eu temos uma reunião com Lauren, Gavin e a RP Jenny no Hotel Marriott na Westminster Bridge. Uma localização aleatória, marcada de última hora sob nomes falsos para evitar qualquer interrupção pela mídia. Jenny organizou tudo, e parece um pouco dramático demais. O hotel é um daqueles prédios gigantes com corredores longos e centenas de quartos. Esses lugares me fascinam. Hotéis desse tamanho parecem mundos próprios. Quem saberá o que se passa em um prédio desses a qualquer momento?

Pervertidos sexuais no andar de cima, grandes celebridades no andar de baixo, ninguém com a menor ideia de que o outro está lá. Risky e eu andamos pelo longo corredor procurando por uma porta com o nome "Ralph Knott" escrito nela, lugar onde será nossa reunião com Lauren e Gavin. Risky está ofegante de tanta empolgação: ela ainda não conheceu Gavin. Ela aplicou maquiagem durante toda a viagem de táxi e está agindo como se estivesse prestes a andar no tapete vermelho.

Bato à porta e depois de alguns minutos Jenny aparece. Quando nos vê, ela olha Risky de cima a baixo, de maneira rude, como se a estivesse escaneando para descobrir alguma identificação através do chip que possui no cérebro. Depois olha para o corredor como se tivéssemos um time de jornalistas investigativos atrás da gente, antes de abrir a porta o suficiente para que pudéssemos entrar.

Temos que passar por baixo do braço dela. Imagino que esta localização é para parecer que Jenny tem algum controle sobre a bagunça que a privacidade deste casamento se tornou. Mas não atinge muito esse objetivo, apenas dá uma dor de cabeça danada em todo mundo que fez uma viagem até o centro de Londres durante o horário de pico. Eu seria uma RP melhor que Jenny. A sua falta de organização e habilidades com pessoas é aterrorizante.

– Você viu algum paparazzo no caminho? – ela me pergunta.

– Não. Não notei nenhum.

– Eles devem estar escondidos – diz, checando os corredores mais uma vez.

Acredito que ela, pelo menos, precise tentar fazer com que as pessoas pensem que é importante e competente.

O quarto é grande com painéis de madeira por todas as paredes. Há seis cadeiras formando um círculo no meio. Parece que somos um grupo de depravados tendo uma reunião secreta. Talvez a gente seja exatamente isso.

– Lauren, ótimo te ver – digo, caminhando até ela bem confiante.

Faço o meu melhor para parecer despreocupada com meus clientes celebridades, acho importante para os negócios.

– Oi, obrigada por vir – responde, nervosa.

Lauren se agarra em Gavin como se ele fosse um gotejamento intravenoso, filtrando pequenas quantidades de confiança nela.

– Como está o bebê? – completa.

– Ah, ele está ótimo. Uma fofura.

Jenny faz um som desconfortável e uma cara sentimental. Ela é o que a mídia descreveria como uma grande confusão. Conversas anteriores sugeriram que ela é solteira e sem filhos. Ela tem mais ou menos 45 anos. Veste roupas que não combinam com ela, muito na moda. Saltos muito altos. Vítimas da moda de meia-idade raramente estão bem. Se você não está se vestindo pra você mesmo aos 45 anos, você precisa repensar *tudo*.

Minha camiseta e jeans podem não ser muito fashionistas, mas estou extremamente confortável. Jenny cheira a uma mulher que nunca descobriu quem ela é. Eu, por outro lado, sei exatamente quem sou: gordinha, casada e desesperada por uma trepada.

— Ai, meu Deus, desculpe — diz Risky sem o meu jeito calmo e sereno. — Desculpa, eu só...

Ela nem termina a frase, só abraça Lauren de um jeito desengonçado, depois aperta a mão de Gavin antes de dar um beijo em sua bochecha e pedir desculpas umas dezessete vezes por estar tão nervosa. Jenny revira os olhos pra ela. Dou um sorriso e mantenho minha serenidade.

Gavin é um nome muito importante no mercado financeiro do Reino Unido. Presidente da Riley Ltda., herdou um império multimilionário quando seu pai morreu de repente aos 53 anos. Gavin é jovem, maravilhoso e muito rico. Ele é renomado na cidade desde que tem idade suficiente para trabalhar, mas ficou realmente famoso quando apareceu como um dos jurados no programa de TV *Dragon's Den*[9]. Agora ele é a fantasia de todas as mulheres britânicas, famoso tanto por ser sexy, como por ser rico. Por conexões familiares, imagino, ele conheceu a não-tão-famosa Lauren Pearce, uma modelo de lingerie. Eles vão se casar e agora Lauren foi catapultada para o mundo das grandes celebridades. Tenho a impressão de que ela não sabe muito o que fazer com isso. Por ora, o seu atributo mais valioso é definitivamente seu corpo.

— Superfã do programa — diz Risky para Gavin. — Minha mãe é obcecada. No Natal ela me deu uma daquelas luzes de leitura com os alto-falantes em que você investiu — completa.

— Ah, que ótimo! View-Voice é uma empresa ótima, as pessoas amam — responde Gavin, obviamente muito acostumado com esse tipo de interação.

— Você deveria fazer um vídeo pra sua mãe — diz Lauren, aparentemente muito confortável com Risky venerando seu marido.

— Quê? Você faria isso? Não sei se...

— Claro, qual é o seu nome? — pergunta Gavin.

— Risky.

— Risky. Que fofo — diz Gavin.

---

9 *Dragon's Den* é a versão britânica do programa *Shark Tank*, no qual o participante apresenta uma ideia de negócio para investidores, os quais podem dar apoio financeiro para viabilizá-la. [N. T.]

Risky treme os joelhos e fica vermelha como se uma bacia de tomates fosse esfregada na sua cara.

Notei que celebridades chamam seus fãs de "fofos" muitas vezes. É amável, mas estabelece uma relação de poder. Você nunca chamaria alguém que você admira de fofo, chamaria? Risky está encantada.

– Sim, meu irmão e minha irmã me deram esse nome. Acho que minha mãe se arrepende de não ter guardado essa sugestão para nosso novo cachorro.

Todo mundo ri, ela é ótima. Sinto um pouco de orgulho da minha assistente, especialmente por reconhecer que seu nome faz com que ela pareça com um Cocker Spaniel.

Jenny não está confortável com essa conversa casual e sugere que comecemos a reunião. Tento apagar a imagem de Gavin transando com Risky por trás da minha cabeça. Não faço ideia de onde surgiu isso.

Risky olha pra mim buscando aprovação para tirar uma foto com Gavin. Existe uma linha no seu contrato que diz que ela não pode chatear famosos pedindo fotos, mas eu digo que tudo bem. Todo mundo parece feliz. Deixo passar.

– Oi, Marion, tô aqui com a Risky e só gostaríamos de dizer... – Gavin pausa, olha para a lente da câmera, seus braços em volta de Risky. – Tô fora!

Risky quase desmaia quando ele performa o jargão do programa.

– Minha mãe vai morrer quando receber isso!

Gavin, Lauren e Risky assistem ao vídeo juntos e dão sinais de aprovação juntos.

– Vai ficar incrível com o filtro Aden. Não esquece de me marcar – diz Lauren, completamente no seu mundo.

Risky promete que vai fazer isso. É como se elas estivessem falando em código.

– Bom, vamos começar então? – falo e percebo que poderíamos passar o dia todo assim, fazendo *posts* em rede social. – Ok, quem vai primeiro? Posso começar? Meu nome é Beth e sou viciada em casamentos – brinco e me arrependo imediatamente.

Risky começa a gargalhar, afinal no contrato dela também diz que ela precisa apoiar meu lado cômico.

Mesmo concordando em começar a reunião, Lauren pega o celular e checa as mensagens rapidamente.

– Aquele *post* sobre os sapatos do casamento tiveram 156 mil likes – cochicha Lauren se inclinando até Jenny.

– Você marcou a Jimmy Choo, certo? – pergunta Jenny com entusiasmo.

– Sim, eu nunca mais vou me esquecer de marcar, não depois da última vez.

Ambas fazem uma cara que sugere que o próprio Jimmy Choo deve ter ficado bem aborrecido, e nós finalmente começamos a reunião.

– Ok, temos muitas coisas para revisar – falo, puxando um monte de papéis de uma pasta de plástico e colocando-os no meu colo.

– Começamos pela lista de afazeres?

– Sim, ou talvez pela música? – sugere Lauren, com sua voz gentil.

Ela é muito bonita, mas nada muito fora do normal na vida real. Tem um rosto doce e um sorriso amigável. Ela é tão natural quanto uma mulher de 28 anos com cabelo descolorido e um bronzeado falso pode parecer. Notei que frequentemente ela olha pra alguém buscando confirmação depois de dizer algo, como se suas decisões precisassem de apoio para serem validadas. Dessa vez ela olha para Gavin.

– Tanto faz, amor – diz Gavin, colocando a mão em sua coxa.

Olho pra mão dele na perna de Lauren e sinto um arrepio que começa na minha espinha e continua por todo meu corpo. Ele a toca com muita confiança. Um toque firme. Sua mão permanece lá e se movimenta pra cima e pra baixo. Ela arrasta a cadeira pra perto dele, e ele a envolve como se ela sentisse frio, apesar de esse quarto estranho estar muito quente.

Pra mim, Lauren parece infantil. Diferente da pessoa confiante e animada que ela mostra ser no feed do seu Instagram. Por tudo que vi, sempre há alguém ou alguma coisa a apoiando. Desde contato físico com Gav, apoio emocional de sua mãe ou validação de Jenny, tem sempre alguém encorajando Lauren.

Ela não é a pessoa que você espera conhecer, a pessoa que tira muito a roupa, que fala sobre felicidade e confiança naturalmente. Pra mim, ela parece perdida. Ou talvez esteja só me projetando nela.

A mão na coxa está me angustiando. Não consigo imaginar carinho assim com tanta facilidade. É muito raro que Michael tenha qualquer conexão física comigo. O conceito do meu marido me tocando não deveria ser tão distante da minha realidade.

– Ok, música – retomo o assunto, voltando à realidade. – Agendei o DJ pra mais tarde. Falei com o agente da Bastille, eles estão superanimados pra fazer a primeira dança e um *set* mais tarde. Eles só pediram uns snacks e algumas garrafas de champagne, o que não vai ser um problema. Você gostaria de convidar a banda para o café da manhã do casamento?

– Com certeza – diz Gavin, apertando Lauren em sua direção.

Ele é tão tátil com sua futura esposa. Os rumores de infidelidade que o cercam são muito difíceis de acreditar quando parece impossível pra ele tirar as mãos dela.

Lauren sorri, timidamente. Gavin continua acariciando sua coxa e preciso de muito profissionalismo para manter o foco no trabalho. Uma vez ouvi que ele comeu Felicity Smithe, uma modelo, no banheiro do restaurante durante o almoço enquanto Lauren estava esperando por ele na mesa. Aparentemente, uma garçonete os viu entrar juntos e sair momentos depois. É uma daquelas fofocas de celebridade que todo mundo parece saber, mas nunca saiu na mídia.

Na verdade há inúmeros rumores pairando no ar sobre Gavin. Não é impossível de imaginar que eles possam ser verdade. Fisicamente ele é quase perfeito. E além de tudo há o dinheiro e o poder. As mulheres devem se atirar em cima dele o tempo todo. Ainda assim ele escolheu se casar com Lauren Pearce. Tenho tantas perguntas que planejo nunca fazer.

Mas sempre me pergunto: Se eu sei de sua infidelidade, ela também deve saber? Quem contaria pra ela esses rumores? Tenho a impressão de que ela não tem muitos amigos reais. Toda vez que perguntava sobre madrinhas de casamento, ela nunca tinha certeza de quem ou quantas ela teria. Optou por algumas modelos que são suas "besties" de acordo com o seu Instagram. Um desses rumores dizia que Gavin tinha feito um *ménage* com duas delas.

De repente a porta se abre.

— Espero que não tenham começado sem mim — diz Mayra, a mãe de Lauren, enquanto entra no quarto.

Ela é alta, uma loira deslumbrante, provavelmente nos seus cinquenta anos, mas que poderia ter qualquer idade e eu não ficaria surpresa. Ela fez muitas plásticas, está sempre vestida impecavelmente e também é vegana.

— Oi, mãe — diz Lauren com um leve tom de sarcasmo, insinuando que Mayra, de fato, percebeu a sua importância.

— Senta direito, Lauren — ela diz. Levanto as sobrancelhas para o resto do grupo. — Meu Deus, 28 anos, a futura esposa de um magnata e ela ainda precisa de sua mãe para corrigir sua postura.

Ela se senta na sexta cadeira e puxa um caderno. Toda vez que Mayra chega a uma reunião, todo mundo começa a trabalhar sério. É como se ela fosse a agente de Lauren, e claramente exerce um forte poder sobre Lauren e sua carreira. Ela microgerenciou todas as seleções de menu da festa, me forçando a comer diferentes tipos de sobremesa que ela mesma não comeria. Eu felizmente obedeci.

— Estou grávida. Se não posso me permitir agora, quando poderei? — dizia.

Depois de dez quilos de permissão, penso que talvez devesse ter me permitido menos.

— Ai, meu Deus! Como fui tão idiota? — diz Mayra, caminhando em direção a Gavin.

Ela coloca uma mão em cada bochecha de Gavin e o beija dos dois lados do rosto.

— Meu querido, elegante como sempre.

Gavin parece acostumado com isso. Mayra não demonstra o mesmo carinho pela filha e se senta novamente. Acho que pego Lauren revirando os olhos. É bem desconfortável.

— Ok, podemos voltar ao trabalho? — sugiro.

Risky chacoalha a cabeça com entusiasmo, ainda tremendo.

Conforme a reunião caminha, tenho certeza de que pego Mayra ajustando seu decote e piscando pra Gavin.

Ou talvez tenha só imaginado.

Ruby

Ainda não encontrei uma nova creche para Bonnie. Tinha intenções de enviar e-mails ontem depois de terminar os tratamentos nas fotos de Sarah Jenkins. O processo levou muito mais tempo do que eu esperava, com todos os padrões de qualidade de Rebecca, então Bonnie está no sofá assistindo à TV de novo. Ela provavelmente vai ficar lá até o fim do dia. O que me deixa muito mal, mas não sei mais como agir. Tenho muito trabalho a fazer.

Pensei no rato durante toda a noite. Tinha certeza de que ele rastejaria sobre mim durante a madrugada. Teria filhos no meu travesseiro, morderia meus dedos dos pés. Eu realmente não deveria ter buscado no Google "O que é a pior coisa que pode acontecer a você se tiver um rato em casa". Os resultados eram o equivalente a assistir ao filme *A Bruxa de Blair* no caminho de uma viagem para acampar. Estou tensa, no mínimo.

Cuidadosamente movo as malas, arquivos e caixas de sapatos para entrar na cozinha. Estou vestindo legging preta justa com minhas botas e uma camisa polo de gola alta. Geralmente não visto roupas justas nessa fase do meu ciclo, pois o pelo pode sair pelas tramas do tecido, que é uma das coisas mais nojentas que posso imaginar depois de ter um rato preso dentro de sua saia ou manga. Por isso, estou usando um tipo de macacão da mulher gato. Não há nenhum ponto de entrada para meu corpo. Um rato me tocando é o meu maior medo.

Entro cautelosamente na cozinha. Não há sinal do rato. Coloco um pão na torradeira. O que acontece depois é a experiência mais traumatizante de toda a minha vida.

O rato pula de dentro da torradeira. Como uma bola saltitante, ele viaja pelo ar e cai fazendo um barulho no chão da cozinha. Eu grito como se um assassino empunhando um machete tivesse saltado de dentro da torradeira e subo em uma cadeira. Meu coração está batendo muito rápido, minha respiração está ofegante. Vejo o rato imóvel no chão. Penso se ele está morto. Ele provavelmente deve estar se perguntando a mesma coisa.

Então ele se recompõe e dispara para sua rota de escape usual. Ele corre sem parar, dando cabeçadas, desesperado para romper a palha de aço, mas não consegue passar por ela, não importa o quanto tente. Ele gira em torno do perímetro da sala e desaparece por baixo da gaveta em que guardo todos os meus pratos.

Me dou conta de que Bonnie está parada na entrada da cozinha. Me assusto e grito com ela. Claro que isso faz com que ela saia correndo e suba as escadas chorando.

– Bonnie – grito por ela. – Bonnie, me desculpa!

Ela está no quarto e é melhor que fique lá por um momento. Preciso resolver meu problema com o rato.

Pesquiso no Google "ratoeiras feitas em casa". De acordo com a internet eu preciso de um balde, um bastão e manteiga de amendoim. Tenho acesso a todos os itens. Coloco o balde no meio do chão da cozinha. De acordo com as instruções, espalho bastante manteiga de amendoim no fundo do balde. Depois coloco "opcionais" 60 ml de água. O bastão está apoiado no chão e na beirada do balde. Aparentemente o rato vai correr pelo bastão procurando o cheiro da manteiga de amendoim, cair dentro do balde e se afogar. Se eu não colocar a água ele vai ficar preso no balde sem conseguir sair. Ambos os métodos pegam o rato. Então acho que fica ao meu critério o quanto eu quero que o imbecil morra.

Olho pra água e imagino o rato morto boiando lá dentro. Por que isso é tão insuportável?

Pulo ao notar Bonnie parada ao lado da mesa na cozinha. Dessa vez consigo não gritar de susto.

– O que você tá fazendo? – me pergunta Bonnie.

– Volta pro sofá, por favor – respondo.

Ela não se move.

– O que você tá fazendo?

– Bonnie, tem um rato na cozinha e estou tentando pegar ele.

– Um rato? – pergunta com entusiasmo.

Continuo construindo a ratoeira.

– O que é isso?

– É uma armadilha.

– Por que uma armadilha?

– Assim eu consigo pegar o rato.

– Por que tem água aí?

– Porque... porque aí quando cair no balde... porque senão tiver água não vai...

Esvazio o balde novamente. Não faço ideia de como vou lidar com o rato vivo dentro do balde, mas de certa forma a ideia dele afogado me parece bem pior. Se Bonnie vir primeiro, ela vai ficar chateada. Se conseguir pegá--lo vivo e ele não conseguir sair, talvez possa colocar um pouco de pão e Liam pode se livrar dele quando vier pegar Bonnie na sexta. Não importa, provavelmente nem vou conseguir pegá-lo. Esta armadilha é ridícula.

– Posso ficar com ele? – Bonnie pergunta, se aproximando.

– Não.

– Por quê?

– Porque é um rato, eles são sujos e eu os odeio.

– Você não deveria falar que odeia. Você tem tantas outras palavras, por que você diz que odeia?

– Não é que você não pode dizer que odeia, é que você devia somente usar essa palavra para coisas que realmente odeia. Por exemplo, eu realmente odeio ratos. Eles me assustam.

– Te assustam? Por quê?

Ai, meu Deus do céu.

– Eles me assustam porque são muito pequenos e rápidos. E fazem sons horríveis e estridentes, e fazem xixi em tudo. Espalham doenças e são peludos e...

Sinto um arrepio. Preciso parar de falar deles. Posso senti-los subindo pelo meu corpo.

– Mas eu gosto de coisas peludas – diz Bonnie, confusa. – E você é peluda.

Congelo. Então antes de vomitar ela notou meus pelos. Espero para ver se ela vai dizer algo a mais, algo cruel, mas seu foco é todo no rato.

Pego o balde e coloco no canto da cozinha.

– Vamos, Bonnie, vamos sair daqui. O rato nunca vai sair se a gente ficar parada aqui.

Juntas reconstruímos a barreira na entrada da cozinha e voltamos pra TV.

Lauren Pearce – Post no Instagram

◆ OficialLP

A foto é de Lauren abraçando um pequeno cachorro. Está em um sofá, rindo, como se o cachorro estivesse fazendo cócegas nela. Física e figurativamente. Não é claro quem está tirando a foto.

curtido por **primavera_editorial** e outras 97 pessoas

OficialLP Ser a mamãe desse cachorrinho é tudo. Como é possível amar tanto algo tão pequeno? Enquanto eu tiver esse carinha, tudo vai ficar bem. Quem também ama um #pet

#amorpróprio
#dogsofinstagram
#mulheresapoiandomulheres
#AMOR #felicidade #publi
#CuteyCollars

Ver todos os comentários

@heliumhater: Esse cachorro parece um par de pantufas.

@didshereallydoit: Ahhh, ele é muito fofo. Amo o quanto você ama ele. Você vai ser uma mãe incrível um dia.

@flippeditthreetimes: Mais *posts* com o Gavin. Mais posts com o Gavin.

@soletrader: Você tem silicone?

@queerearforthehateguy: Você trabalha???

@helenofOhBoy: SUA VIDA É PERFEITA.

Beth

Não existe melhor sensação no mundo que sentir os lábios do meu filho nos meus mamilos. Usar a máquina de tirar leite é exaustivo e me sinto uma vaca, mas tenho que continuar fazendo isso. Não é sempre que tenho tempo para esses momentos.

Quando chego em casa do trabalho consigo dar a última mamada do Tommy antes de ele dormir. Meu corpo relaxa e meus peitos ficam gloriosamente vazios. É um sentimento que máquina nenhuma consegue alcançar. A descarga de endorfina de saber que estou no lugar que deveria estar me deixa emotiva, mas eu dependo disso. Não há motivos pra ficar triste, eu vou ter meu tempo com o Tommy quando esse trabalho acabar. Até lá, não vou reclamar das mamadas noturnas, vou valorizá-las. Adrenalina é o que me faz continuar. Na realidade me sinto muito bem, tirando o fato de que meu marido me acha repulsiva, claro.

– Como foi o seu dia? – pergunto ao Michael enquanto desço as escadas e entro na cozinha.

Vesti meu roupão e coloquei um sutiã e uma calcinha bem bonitos, mas ele ainda não sabe. Eles estão me apertando um pouco, mas ainda acho que estou bem gostosa. Não tinha percebido que ele estava no telefone; ele coloca o dedo sobre a boca, pedindo silêncio.

– Ok, mãe, o jantar está quase pronto, então preciso ir. Tchau, falamos amanhã – diz, levando a conversa para o final e olhando pra mim como se eu tivesse que esperar. – Ah, desculpe por isso – completa, me liberando pra falar.

Não sei por que a minha presença em casa é tão terrível pra mãe dele saber.

— Tommy teve um bom dia hoje. Terminou todas as mamadeiras, fez cocô duas vezes, uma escorreu até o começo das costas e gastei metade de um pacote de lenços umedecidos pra limpar. O outro foi bom e duro — diz, pra me atualizar.

Ele sabe que gosto de todos os detalhes.

— Adoro quando você fala sujo — digo, em um tom de flerte.

Ele olha pra mim com curiosidade enquanto me serve uma taça de vinho e vira pro lado.

— O que você está cozinhando? — pergunto. O cheiro é delicioso.

— Espaguete à bolonhesa. Você precisa manter o nível de proteína alto se vai continuar amamentando — diz enquanto mexe o molho com carne.

— Sim, doutor.

Ele se importa comigo. Consigo ver isso.

Olho pra ele, virado de costas pra mim. Ele está um pouco maior do que costumava ser. Seu cabelo castanho agora está quase totalmente branco. Ele está com um guardanapo enfiado no bolso da calça jeans e outro no ombro. Prova o molho, acrescenta um pouco de sal e prova novamente. Chego mais perto e coloco meus braços em volta de sua cintura. Sinto seu corpo endurecer, como se tivesse acabado de morrer e estivesse no estado *rigor mortis*[10].

— Te amo — sussurro em seu ouvido, apertando sua cintura um pouco mais forte.

— Te amo também — responde, carinhosamente. — E estou orgulhoso de você. Você está com muitas responsabilidades em um momento em que deveria estar deitada no sofá na frente da TV por alguns meses. Quem disse que as mulheres não podem fazer tudo?

— Obrigada. Ter um marido em casa ajuda.

— Ter um empregador progressista ajuda — completa, me lembrando de que assim que esse casamento acabar ele vai voltar ao trabalho.

---

10 *Rigor mortis* é um termo da medicina legal que significa rigidez do corpo. Ocorre cerca de sete horas após a morte, devido ao endurecimento muscular, e desaparece no período de um a seis dias, quando tem início a decomposição do corpo. [N. T.]

Abraço com um pouco mais de força, apertando meu corpo nas suas costas. Ele passa a mão no meu antebraço como se eu fosse um porquinho-da-índia no zoológico. Gentilmente, como se eu fosse mordê-lo ou passar pulgas. Palavras gentis sempre saem dele com facilidade, mas carinho físico parece ficar entalado.

– O que você está fazendo? – diz, com ênfase no "ennnnn" em um tom de brincadeira.

– Não sei – cochicho, desamarrando meu roupão e virando seu corpo em minha direção.

Seguro o roupão aberto pra que ele veja minha calcinha e meu sutiã. Sei que meu corpo já foi melhor, mas ainda me sinto muito sensual. E se me sinto tão sensual, por que meu corpo deveria importar? Minha mãe era uma mulher muito aberta. Quando eu era uma adolescente insegura, ela me disse que homens acham confiança a coisa mais sexy em uma mulher. Deixei essas palavras me guiarem por toda a minha vida. Somente agora estou começando a duvidar delas. Duvidar de mim.

– Beth, por favor – diz, fechando meu roupão. – Aqui não.

– Aqui não? Não na nossa casa?

– Beth, por favor. Estou cozinhando.

– Desliga. Vai, vamos fazer aqui, em cima da tábua de corte.

Subo na ilha da cozinha e abro minhas pernas. Estou de calcinha, então não é necessariamente uma imagem de filme de adulto, mas ele ainda não consegue lidar com isso.

– Beth, por favor. Por favor, vai, não seja... não seja...

– Não seja o quê? Vai, diz – pressiono Michael, presumindo que dirá algo idiota.

– Não seja nojenta.

– Nojenta? – repito, meus olhos não conseguem piscar. – Você me acha nojenta?

– Não, você não é nojenta, mas tudo isso... é um pouco... – completa, mexendo as mãos, gesticulando e apontando para meu corpo.

– Nojento. Você disse.

— Eu estava no telefone com a minha mãe, você não pode entrar aqui e implorar por sexo sendo que acabei de falar com a minha mãe.
— Isso não é implorar, é oferecer, Michael. Tem uma diferença grande. Estou oferecendo meu corpo pro meu marido e eu gostaria que ele aceitasse.
— De qualquer forma parece um pouco... desesperado, não?
Ele voltou a mexer no molho à bolonhesa.
Desesperado?
Depois de um tempo vendo Michael mexer o molho e eu, sem saber muito o que fazer, ele quebra o silêncio.
— O que nós vamos assistir durante o jantar?
Sério? Ele vai seguir a vida assim tão fácil?
— Não me importo — respondo tentando não soar chateada.
Amarro meu roupão e me jogo no sofá, triste e desesperançada. Enquanto procuro na Netflix algo bom o suficiente pra me distrair do desastre que é minha vida sexual, ele coloca a comida na minha frente, em cima da mesa de centro.
— É massa integral. Saudável.
— Ok — digo, sem fome.
— Bom, achei que algumas opções saudáveis não poderiam fazer mal. Te amo — completa e volta pro seu próprio prato.
Como toda a cumbuca.

Ruby

— Acredito que a gente aprende com exemplos sobre como cuidar dos filhos, não acha? — digo para o homem no banco.

Trouxe Bonnie de volta pro parque, torcendo pra que ele estivesse aqui. Ele está. Estou contente em vê-lo. Estava pensando bastante nele.

— Eu acho, mas também espero que não. Penso que é ainda mais importante pegarmos as experiências dos nossos próprios pais e ajustarmos pra nós mesmos. No fim das contas a gente só tenta dar o nosso melhor, não é? — ele diz.

Olho pra Bonnie e me dou conta de que isso é exatamente o que não estou fazendo com ela: dando meu melhor.

— Minha mãe é uma mulher horrível. Ela era uma mãe horrível — digo, me perdoando um pouco, enquanto conto os fatos. — Ela era cruel comigo. Ainda é.

— Que terrível. E injusto. Mas você diz que pais agem por exemplo? Claramente você não.

— Eu tento.

— Ela é adorável.

Não sou cruel para Bonnie como minha mãe era comigo. Não a chamo por apelidos ou a provoco. Não faria isso. Mas também não sou legal. E na maior parte do tempo ela está brava comigo ou com medo de mim. Um dos dois. E isso é completamente minha culpa.

— Como era a Verity? — pergunto, sem saber quais são as perguntas adequadas.

– Ah, ela era um doce. Calma, gentil. Gosto de pensar que ela era como eu, não queria ser o centro das atenções. O exato oposto da minha outra filha, que é muito mais como a mãe dela. Elas são bem difíceis de lidar algumas vezes.

– Ser pai não é difícil de lidar algumas vezes?

– Sim, verdade. O mais difícil de ser pai é se dividir. Quando você está sofrendo, é difícil amar outra pessoa. Ter que ficar inteiro pra eles e não deixar a dor ser um problema deles. Essa é a parte difícil. Leva uma vida toda pra se aprender, e quando você finalmente aprende, já é tarde demais. Eles já cresceram ou... – se interrompe, parecendo perdido, olhando para o horizonte como se eu já não estivesse mais ao seu lado.

– Tudo bem – digo. – Você não precisa terminar essa frase.

– Não. Bom, preciso ir, foi um prazer vê-la novamente.

Ele levanta e estende sua mão.

– Ross.

– Ruby.

– Tenha um bom-dia – diz e vai embora.

– Você também – respondo, pensando se um "bom-dia" é possível depois de passar pelo que ele passou.

– Bonnie, melhor a gente ir – digo enquanto me aproximo dela, preparando-me para um escândalo, que não acontece.

Ela sobe no carrinho.

– Mamãe? Podemos vir pro parque juntas mais vezes?

– Sim, pode ser. Sim. Ahn, sim, podemos.

Estou tentando fazer o meu melhor.

#5

♡ ◯ ▽

Ruby

Coloquei sobre a mesa uma lata de Elnett[11], que eu pretendo espirrar diretamente no rato caso ele entre no meu escritório. Percebo que isso pode ter um fim muito traumático, mas não sei o que mais posso fazer. Antes de olhar mais um e-mail da Rebecca, preciso resolver a situação da creche. Busco na internet por creches locais e envio o mesmo e-mail a todas elas:

> **Olá, acabei de me mudar para a região e estou buscando uma nova creche pra minha filha querida, Bonnie (três anos e meio). Ouvi coisas muito boas sobre vocês e gostaria de saber se tem algum lugar disponível.**
> **Desde já agradeço,**
> **Ruby Blake.**

Próximo da lista: salões de beleza. Existem tantos que é impossível saber qual escolher. Yelp ajuda bastante, mas nunca vou entender por que

---
11 Elnett é uma marca de produtos para cabelos da L'Oréal. [N. T.]

as pessoas deixam avaliações nesses sites. Por que você se importa se não for pra reclamar? Não consigo imaginar, em nenhum momento da minha vida, que eu deixaria uma avaliação com elogios no Yelp por um serviço pelo qual paguei. Essas pessoas devem estar bem entediadas.

> Fiquei muito feliz com o serviço. Kaitlin foi uma fofa, foi a primeira vez que depilei a virilha e não doeu. Com certeza voltarei, especialmente depois de ver a cara do meu namorado quando ele viu a depilação =)

Por que você escreveria isso? O que ela quer? Um "bate aqui" por ter depilado sua vagina?

> Lugar incrível. Amei os produtos que usaram. Minhas pernas estão maravilhosas, como seda e com um cheiro incrível.

Por que ela quer pernas cheirosas?

> Esta foi a minha primeira depilação. Eu sei, eu sei, 39 anos e eu sempre raspei, mas, como vou me casar semana que vem (uhuuu), quis me dar esse presente. Amei. Viciada.

Assim que eu me senti uma semana antes do meu casamento. Depilação fresca, empolgada. Bem fora do comum. Talvez o marido dela também vá humilhá-la.

> Acabei de terminar a terceira sessão da depilação a laser na virilha. Dói, mas vale a pena. Chega de gilete!

Olha, que corajosa. Tentei laser. Você não consegue fazer se o pelo não tiver crescido, então, entre as vinte e poucas sessões que eu teria que fazer, teria sido forçada a ficar peluda por meses a fio. Não consegui encarar. Além disso, dói mais que dar à luz. Achei que a dor ia me matar. Era como se ela estivesse segurando um maçarico na minha pele. Quando imaginei essa dor no meu mamilo, vi que não ia conseguir. Vera conseguiu chegar ao meu calcanhar esquerdo antes de eu falar pra ela parar.

Quando conheci o Liam, finalmente encontrei um namorado que entendeu que não poderia ver meu corpo por três semanas, e ele estava feliz com a nossa vida sexual acontecendo na janela entre as depilações. Sempre garantia que eu estaria sem pelo durante a minha ovulação, e de alguma forma consegui engravidar. Não consigo imaginar sentir o mesmo agora, foi um momento de loucura a que me submeti por completo. Dizem que o amor é uma droga – bom, certamente me deixou louca.

Meu telefone vibra... por um momento, meu coração para e penso que é o rato e espirro um pouco de Elnett nele.

– Ruby, é a Bec.

– Oi, Rebecca. Tudo bem com as fotos?

Tiro um pelo do queijo usando uma pinça e um pequeno espelho que deixo na minha mesa. Deixo vários deles espalhados pela casa; sempre existe pelo pra tirar.

– Sim, tudo bem. Então, você já checou seu e-mail?

Dou a desculpa de que acabei de chegar em casa do médico e digo que já vou olhar.

– Ok, bom, eu acabei de fazer uma capa grande com a Lauren Pearce, sabe quem ela é?

– Não – respondo, mesmo sabendo quem é.

Não presto muita atenção nas celebridades e tenho orgulho disso. Não estou interessada nas suas vidas narcisistas e que precisam de atenção. No entanto, é impossível não saber quem é Lauren Pearce, ela está em tudo. Rebecca não parece impressionada, ela parece irritada.

– Ela é uma modelo, humm, meio influenciadora. Vai se casar com Gavin Riley, o milionário do *Dragon's Den*, em duas semanas e acabou de demitir o fotógrafo porque ela acha que ele estava vazando coisas do casamento pra imprensa. Fiz um ensaio com ela essa semana, ela gostou e me pediu pra fotografar seu casamento. Ela não aceitou a proposta da *OK! Magazine*, mas fechou parceria com uma marca de champagne que vai pagar pelo casamento se ela marcá-los nas fotos durante a cerimônia. Isso significa que precisamos de você lá para tratar as imagens comigo. Topa?

– Ela me quer no casamento?

– Sim. Assim, não como uma convidada. Você deveria provavelmente trazer um sanduíche, mas, sim, você estaria no casamento. Eu sugiro que fique em um quarto nos fundos e eu levo os cartões de memória pra você quando terminar as fotos. Ela quer aprovar todas para postar no dia.

– Ela quer aprovar as fotos no dia do casamento?

– Sim – diz Rebecca, como se não tivesse tempo pra perguntas como essa e esperava que eu dissesse "sim" logo.

Não quero ir ao casamento, especialmente um casamento de alguém que não conheço. Não me sinto confortável em grandes eventos e nem consigo imaginar o estresse de tudo isso. Não quero ser gerenciada e ficar cercada de pessoas. Gosto de trabalhar sozinha. Em casa. Casamentos me dão pesadelos. Bom, era o esperado, depois de como acabou o meu.

– Ela está pagando muito bem, uma bolsa de marca no mínimo. Sei como você ama uma bolsa.

Ela sabe disso porque eu costumava usar bolsas bem impressionantes quando trabalhava com publicidade. Bolsas de couro. Para combinar com todo o veludo.

– Tá, eu faço. Presumindo que será em um fim de semana, certo? – pergunto enquanto entro no site *Net-a-Porter* e começo a olhar as novas bolsas da Chloé.

– O fim de semana depois do próximo. Como você não sabe disso? É só o que as pessoas estão falando.

– Não as pessoas com quem eu falo – digo com orgulho, percebendo que na verdade eu não falo com ninguém. – Ok. Me manda um e-mail com os detalhes – adiciono.

– Ok. Ah, e eu também te enviei as fotos que fiz da Lauren, elas precisam de bastante ajuste. Ela me deu uma lista também, vou enviar. Consegue me enviar amanhã? Quinta no máximo?

– Farei o possível. Minha filha está em casa doente...

– Ruby, tenho que pedir pra outra pessoa?

– Não, não. Vou fazer.

– Ok – responde, como se eu tivesse que me achar sortuda.

Rebecca acha que eu tenho que agradecê-la por todo o trabalho que ela me passa. O que faz com que eu me sinta inferior, quando sei que nessa indústria o meu trabalho é mais importante que o dela. Qualquer pessoa faz uma foto boa com seu iPhone agora; eu que faço a mágica acontecer. Ela que deveria me agradecer. Estou sempre disponível, trabalho nos fins de semana e meu trabalho é impecável. Desligo o telefone.

Lauren está nua nas fotos. Está posando na cozinha, sala de estar e no jardim. Ocasionalmente uma foto do casal. Ele, com roupas, firme e bonito, e ela pendurada nele como um gato pelado, ou em algo elegante. Essas fotos aparentemente sairão em uma revista uma semana após o casamento. Ela escolheu um ensaio sem roupa para acompanhar uma matéria sobre estar apaixonada. Pra mim parece algo sobre posse, um aviso pra que outras mulheres fiquem longe do seu homem.

Talvez ir ao casamento deles vai ser uma experiência interessante. Mesmo Rebecca planejando me esconder em um quarto nos fundos.

Vou conseguir ver como a outra metade de nós vive. Ver um feixe de luz na realidade dessas pessoas. Mas uma coisa eu sei com certeza, a confiança que Lauren Pearce tenta mostrar é uma mentira absoluta. A lista de mudanças que ela pediu no seu corpo são ridículas:

Ok, Ruby, aqui está a lista de mudanças da Lauren. Bec.
– Preencher as raízes do cabelo;
– Bronzear o corpo todo;
– Tirar a veia estranha do pé;
– Bolsa nos olhos;
– Aumentar lábios;
– Deixar os olhos mais brancos;
– Deixar a clavícula mais à mostra;
– Tirar o pelo loiro;
– Remover tatuagem.

Olho novamente para as fotos. A tatuagem é um "V" no quadril. Provavelmente alguma coisa com um ex-namorado, ela é ridícula o suficiente pra fazer algo do tipo. Os "pelos loiros" que ela diz é uma penugem bem fina e clara no seu antebraço, nas coxas e um pouco acima dos lábios. Se esse fosse todo o pelo do meu corpo, minha vida seria completamente diferente. Eu teria aqueles pelos até em preto. Que idiota, vaidosa e falsa essa mulher é. Acho deplorável. É esse tipo de mulher que nos distancia tanto umas das outras, promovendo seus corpos como moeda de troca.

Eu a vi no *Loose Women*[12] se defendendo de um artigo do *Daily Mail*[13] que dizia que mulheres que posam nuas não são feministas. Ela disse que tinha orgulho do seu corpo e queria mostrá-lo, que isso a faz sentir-se bem e a deixa poderosa. Ela disse também que queria encorajar outras mulheres a sentirem o mesmo. Ser donas do próprio corpo e se empoderar de sua sexualidade.

"Empoderada" é a palavra mais subjetiva do dicionário. Quando mulheres dizem que nudez as deixam empoderadas, elas fazem milhões de mulheres que têm um medo real disso se sentirem estúpidas. Minha nudez é meu maior pesadelo. Se eu tirasse minhas roupas em público, as pessoas sentiriam repulsa. Eu pareço um macaco anoréxico. Se alguém me dissesse para abraçar meu corpo e me amar, eu diria a eles para passarem uma semana vestida como um macaco gigante e ver o quão zen elas estariam no final.

Se todo mundo mantivesse as roupas no corpo, o mundo seria um lugar mais feliz.

Começo a trabalhar nas fotos de Lauren como se ela fosse um hambúrguer. Preciso deixá-la o mais deliciosa possível.

Não posso me excluir do problema.

– Mamãe! – Bonnie me chama da escada.

Ignoro a primeira chamada, ela não parece tão desesperada.

– MAMÃE! – ela grita novamente, dessa vez é impossível não sair gritando.

– O que foi? – pergunto descendo dois degraus por vez.

– O rato está no balde!

---

12 *Loose Women* é um talk show britânico exibido diariamente, durante a semana, das 12h30 até as 13h30. [N. T.]

13 *Daily Mail* é um tabloide britânico, o jornal mais popular depois do *The Sun*. [N. T.]

Beth

Depois de eu alimentar o Tommy com os peitos matinais, Michael se deita na cama e o faz arrotar no seu ombro. Geralmente ele desaparece lá pra baixo enquanto estou me arrumando, então aproveito essa oportunidade pra ser sutilmente sugestiva. Entro no banheiro e deixo a porta levemente entreaberta, assim ele pode me ver pelo reflexo do espelho preso atrás da porta. Tiro minha camisola bem devagar.

Puxo por cima da cabeça, encolho minha barriga e projeto meu bumbum pra cima pra acentuar minha cintura. Deixo meu cabelo cair nas costas, mexo minha cabeça de um lado pro outro, fazendo com que meu cabelo faça cócegas em minha pele, como fazem as mulheres nos comerciais de shampoo. Checo com cuidado se ele está me olhando entrar no banho. Ele não está.

Saio do chuveiro e noto que ele ainda está na cama. Vejo isso como progresso e continuo com a minha performance. Me enxugo. Aponto meus dedos do pé pra fora, passo creme nas minhas pernas fazendo movimentos circulares pra cima e pra baixo, bem sensuais. Viro pra trás para passar creme na minha barriga, pois parece que estou amassando pão, mas faço com que ele tenha uma boa visão do meu bumbum, que é a melhor parte do meu corpo nesse momento.

Dou tudo de mim, minhas mãos passando e serpenteando por todo meu corpo, na ponta de pé para me deixar com a melhor silhueta. Aplico uma quantidade desnecessária de creme, torcendo para que ele esteja gostando de assistir a minhas mãos passeando pelo meu bumbum, ombros e cintura. Me sinto sexy enquanto faço isso. Sei que ainda estou com tudo, mesmo depois de ter tido um filho.

Pelo espelho tento sutilmente ver se ele está me olhando, mas ele desapareceu da cama. Talvez ele esteja se despindo e planejando entrar no banheiro? Apoio na pia do banheiro e coloco um pé no vaso. Não, isso é demais pro Michael, vai assustá-lo. Coloco de volta no chão. Coloco um pouco de cabelo sobre meu ombro, fazendo cócegas no meu mamilo. Encolho uma perna e coloco meu pé no pedestal. Encolho a barriga. Ouço seus passos no quarto. Vou transar, estou sentindo no ar.

Esse é o momento em que meu marido vai me arrebatar. Meu coração está disparado. Lambo meus lábios. Estou muito pronta. E aí, PÁ! A porta do banheiro fecha com tanta força que o vidro na janela faz barulho. Fico imóvel, uma parte de mim esperando, a outra muito chocada pra se mexer. Claramente ele não fechou a porta em mim, certo?

– Michael? – digo gentilmente através da porta. – Tá tudo bem?

Ele bate a porta do quarto também. O espelho cai da parede.

Lauren Pearce – Post no Instagram

OficialLP

A foto é de Lauren em roupas de ginástica caras, fazendo a postura do cachorro. É uma selfie; ela está de alguma forma conseguindo tirar uma foto do seu reflexo no espelho.

curtido por **primavera_editorial** e outras 114 pessoas

OficialLP Por que #seamar é tão difícil? Alguns dias sofro com a imagem que vejo no espelho, com o que as outras pessoas veem. Sabe esses dias? Vou me casar em alguns dias. Será o dia mais feliz de minha vida e mesmo assim hoje me sinto estranha. Com medo, até. Não do amor, não das minhas escolhas, mas de mim mesma. Hummm, desculpa, só pensamentos passando pela minha cabeça que eu provavelmente não deveria compartilhar. Como está o seu dia?

#questões #amorpróprio #felicidade #diascomoesse #diasruins #ansiedade

Ver todos os comentários

@regretmenog: Você é muito real. Eu me identifico muito. Foco naquele homem maravilhoso e veja o quão sortuda você é.

@everymanforherself: É, deve ser muito difícil ser milionária. Coitada. Posso te dar um tapa na cara pra te animar?

@kellyannconwaynemiisis: Mulheres como você são o motivo pelo qual o mundo é liderado por homens. SÓ ACHO.

@gillyvanilli: Querida, te entendo. Não consigo #meamar hoje. Sou médica, então te prescrevo uma soneca e sexo com aquele seu homem...

Beth

Lauren pediu que eu fosse até sua casa para discutir os detalhes finais do grande dia. Isso quase causou um ataque nervoso na Jenny, mas não havia muito que ela pudesse fazer. É uma casa gigante no bairro de Highgate, logo depois de uma pequena praça. Essa parte de Londres é como um outro mundo.

Lauren e eu estamos na cozinha. Ela está impecável com seu cabelo enrolado perfeitamente e sua maquiagem sutil, sempre pronta para o Instagram. A cozinha é imensa, branca, aberta, com design moderno e pronta pra estar nas capas de revista. Há um forno duplo e fogão de seis bocas, e assim que entramos ela já pediu desculpas por saber apenas operar a chaleira elétrica e a torradeira.

Ela não tenta ser uma deusa do lar. Um *chef* prepara suas comidas com poucos carboidratos, ou com pouca gordura, todos os dias. A sua única exigência para o café da manhã do casamento eram as opções decentes de comida vegana. Ela deixou Mayra escolher o resto, comigo.

– Podemos fazer uma selfie? Ainda não fizemos isso – pergunta Lauren.

– Ah, ok – respondo, não vendo nada de ruim nisso.

Ela fica de pé ao meu lado e coloca seu rosto perto do meu. Seu rosto está perfeitamente inclinado para a esquerda, os ossos da bochecha aparecem mais salientes assim que ela faz um biquinho, os olhos franzidos, como se ela estivesse olhando seu amante nos olhos. Não sei como ela consegue fazer essa foto ficar sensual, mas ela faz. Fico pensando se ela e Gavin

transam o tempo todo. Dois jovens, bonitos, sem filhos. Aposto que se eu tivesse uma luz infravermelha conseguiria ver esperma por toda parte.
— Você tem Instagram?
— Na verdade não. Quer dizer, temos uma conta da empresa e posto fotos lindas dos nossos eventos. Tenho uma pessoal, mas só para amigos e família, quase nunca entro lá.
Ela não está prestando atenção, digitando rapidamente no seu celular.
— Como eu acho você??
Levo um tempo pra lembrar, Risky é quem faz nossos *posts*.
— Humm, @BFFWeddingConsultancy – respondo.
— Te achei! BFF significa *"Best Friends Forever"*[14]?
— Sim. Quando comecei as pessoas me diziam que eu parecia a melhor amiga delas, fácil de falar e trabalhar. Achei que poderia ser um nome legal, fazer as pessoas acreditarem que era um serviço amigável.
Na verdade eu me arrependo um pouco do nome do meu negócio, é um pouco bobo. E também antes eu gostava muito de ser a melhor amiga das pessoas, mas não foi minha intenção que até meu marido me enxergasse dessa maneira.
— É fofo – diz Lauren.
— Obrigada.
Ela se concentra bastante por um segundo ou dois.
— Ok, te marquei. Me avisa quantos seguidores você vai ganhar, sempre fico interessada em saber. Eu postei o cachorro da minha amiga Dany e ela teve tantas mensagens que criou uma página pro cachorro e ele já tem 420 mil seguidores. Você deveria seguir, é @DiggettyyDogetty. É engraçado.
— Legal. Posso me sentar aqui?
— Claro.
Sento-me à mesa de doze lugares. Vejo um pequeno cachorro dormindo dentro de uma cesta, embaixo da mesa. Lauren tira outra selfie, levantando a mão esquerda e admirando com amor seu anel de noivado.

---

14   *Best Friends Forever* em inglês significa Melhores Amigas para Sempre. [N. T.]

– Meus fãs gostam de saber quando estou fazendo coisas do casamento – comenta Lauren.

Ela digita algo no celular e senta comigo à mesa, deixando o celular com a face para cima. Vejo que as notificações do celular estão inundando a tela principal. Só tenho 73 seguidores e desliguei as notificações porque elas me deixavam maluca. Por que alguém com 2 milhões e 100 mil seguidores não faria o mesmo?

– Então, como vai o negócio de patrocínio? Tem alguma coisa que eu possa fazer pra ajudar? Com certeza deve ser um arranjo bem específico? – pergunto com relação ao contrato milionário com a marca de champagne Veuve Clicquot, o qual ela ofereceu postar no Instagram durante todo o dia do seu casamento, mostrando a marca diversas vezes e com o maior número de fotos possíveis do casal feliz.

– Sim, é bem deliberado – ela diz, e eu não tenho certeza do que isso significa, dá pra ver na minha cara. – Assim, pra mostrar que eu não tenho problema nenhum pra falar de champagne.

– Ahhhhhhhh.

Agora entendi que ela está se referindo ao rumor de o Gavin ter enfiado uma garrafa de champagne em uma garota.

– Também eu sou uma das primeiras a fechar um negócio desse tipo. É bem empolgante. Claro que o Gav disse que eu não precisava fazer, mas gosto de mostrar a todo mundo que eu não dependo do meu marido. Terei controle total das fotos. Minha fotógrafa terá uma pessoa tratando as imagens, e elas poderão trabalhar nas fotos, eu posso aprovar e minha mãe vai postar com um comentário.

– Tem certeza de que tudo bem sua mãe fazer isso? Ela não vai querer aproveitar o dia?

– Você já conheceu minha mãe?

– Sim, conheci. Ela certamente sabe o que é melhor pra você.

– Sim, pode ser uma maneira de olhar pra isso. Qualquer coisa pra mostrar ao mundo como a nossa vida é perfeita.

Lauren abaixa a cabeça, com um olhar triste, e eu não consigo dizer se ela está fingindo enquanto nos sentamos nessa cozinha gigante e linda.

— Meu contrato pede 25 fotos durante o dia, mas pode ser mais. Temos que dar aos meus seguidores o que eles querem.

— Você fala deles como se fossem seus bebês — brinco.

— Penso neles assim. Eu não existiria se não fosse por eles.

— Você não existiria sem eles? Claro que existiria.

— Não, eu não existiria. Não em um sentido real.

— Em um sentido real?

— Eu não era exatamente a Bella Hadid quando conheci o Gav. De repente eu fiquei extremamente famosa, mas por quê? Por me casar com alguém rico? Meu feed do Instagram e publis com as marcas me dão algo para existir além de ser a noiva do Gavin. Meus seguidores significam muito pra mim. Você deve achar que eu sou uma idiota. Você tem um bebê, você não precisa de seguidores.

— Ter um bebê não significa que de repente você não precisa mais de ninguém. Você quer filhos?

— Desesperadamente. Sempre quis. Gavin também. Provavelmente é o motivo de ele estar se casando comigo. Ele sabe que quero começar uma grande família o mais rápido possível. Ele precisa de alguém pra passar tudo isso adiante.

Ela sorri e olha em volta pra sua cozinha gigante. Não consigo dizer se ela está feliz ou não, sempre há um pouco de dor por trás do prazer. Ela não se encaixa como a senhora de uma casa dessas.

— E, claro, os likes. Eles dão uma sensação boa – diz, voltando pro Instagram.

— Sim, deve ser bem viciante. Tive treze likes em um *post* que fiz sobre batata frita semana passada. Foi eletrizante.

Lauren ri. Percebo que foi a primeira vez que vi isso acontecer.

— Vamos ver como o seu *post* está indo? — ela diz, pegando o celular novamente.

Ela conseguiu ficar dois minutos longe do celular.

— Não, a gente não precisa ver. Eu não sou famosa. A única opinião pessoal com que tenho que me preocupar é a do meu marido.

— Tenho certeza de que seu marido deve ser maravilhoso.

Eu minto e digo que ele é.

— Assim como o meu – confirma e me pergunto se ela está dizendo a verdade. – Olha, já temos 1.345 comentários.

— Quê? Não pode ser.

Estou genuinamente surpresa. Ela faz uma dancinha pra mim e nós duas olhamos para a tela do celular. Estou terrível na foto, meu rosto está vermelho e minha pele brilhando. Minhas bochechas estão bem maiores do que eram antes, e eu preciso muito de um corte de cabelo. Não tinha percebido quanto tempo se passou desde o meu último corte. A legenda diz: "Essa é a Beth, a pessoa responsável por planejar meu casamento. A mulher que está transformando todos os meus sonhos em realidade".

— Foi muito legal você escrever isso. Obrigada.

— De nada. Olha, esse cara sempre me escreve a mesma coisa em todos os *posts*: "Esse Gav, espero que ele dê valor ao que tem". É fofo.

Ela continua olhando todos os elogios sem fim sobre como ela está linda, como ela é perfeita. Como todo mundo está com inveja, como gostariam de ser ela. Alguns sobre Gavin, algumas pessoas dizendo que o amam.

— Seus fãs te amam. Agora consigo entender por que você fica tanto no celular.

— Eu bloqueio os *haters*. É como tentar matar mosquitos: você consegue matar um e, assim que ele morre, outro aparece. Mas no geral as pessoas são legais. Instagram é bom... para alguém como eu – diz, timidamente.

— Alguém como você? – pergunto gentilmente, sem querer ultrapassar nenhuma barreira, mas fascinada.

— Alguém que está tentando preencher um vazio – ela responde, como se isso não fosse uma resposta chocante que me deixa com vontade de saber mais.

Ela fica de pé ao meu lado e passa por todos os comentários. Alguns são maldosos, mas a maioria é sobre como ela é maravilhosa, sexy, sortuda. Ela sorri enquanto lê, e penso se por acaso aquele vazio que ela mencionou fica um pouco menor. Então vemos um comentário que arruína o momento: "Claro que ela é uma planejadora de casamentos, parece que ela ama um buffet. #gordinha".

— Ah... – digo, mas desejando ter fingido que não vi.

– Ah, que idiota. Quem ele pensa que é? – comenta, levantando e colocando o celular no balcão da cozinha. – Pessoas como ele não importam. Algum solitário estranho que não tem nada melhor a fazer do que postar coisas na internet. Ignora.

Será que ela vê a ironia do que acabou de dizer?

Endireito minha coluna e encolho minha barriga. De repente me sinto como uma bolha de flacidez.

– Tudo bem. Eu com certeza amo um buffet, ele não está errado – digo a ela.

Ela acha engraçado.

– Gosto de você – completa Lauren, como se estivesse pensando um milhão de coisas, mas só disse uma delas.

– Também gosto de você. Podemos voltar ao casamento? – respondo sorrindo desconfortavelmente.

– Sim, vamos.

– Então, sobre o convite que vazou. Tem algo que eu possa fazer pra ajudar?

Ela revira os olhos.

– "Convite vazado", claro. Como se sua mãe entregar diretamente seu convite para o editor de entretenimento do *Sun* qualificasse como um "convite vazado". Tudo bem, era inevitável.

– Sua mãe fez isso?

– Minha mãe faz o que puder pra chamar atenção.

– E tá tudo bem pra você? Quer dizer, eu tive que assinar muitos contratos de sigilo, mas sua mãe simplesmente entrega o convite?

– E o que eu deveria fazer, pedir pra ela assinar um também? – diz Lauren, um pouco irritada comigo. – Talvez também pedir pro Gavin assinar um, pra parar ele...

Ela muda de assunto. Não digo nada, mas desesperada pra ela terminar a frase. Ela não termina.

– Como está o bebê? – ela pergunta, mudando de assunto.

– Ele está bem, tão fofo. Obrigada por perguntar.

– Você gosta da sua babá? Fico preocupada que nunca vamos achar a pessoa certa quando o momento chegar. Você escuta tantas histórias horríveis – comenta Lauren, como se essa fosse a maior preocupação sobre ter filhos. – Quer dizer, não deve ser nada fácil ter que viver com uma outra pessoa. Ainda bem que temos o anexo – ela aponta para o jardim e para uma pequena casa.

– Na verdade eu não tenho uma babá – respondo, me sentindo um pouco plebeia. – Meu marido cuida dele, conseguiu tirar uma licença-paternidade de três meses. Vou tirar um mês ou dois quando seu casamento acabar, e depois acho que vamos tentar uma creche. Mas está funcionando por agora.

– Uau. Seu marido está cuidando do seu filho? Ele tirou três meses de licença do trabalho? Uau. O Gavin nunca faria isso. Quer dizer, ele vai ser um ótimo pai, com certeza. Mas se ele faria isso? Com certeza não. Você é muito sortuda.

Pelo tom da conversa, acho que ela também não pretende fazer nada disso. Não sei por que estou a julgando por isso, afinal estou aqui sentada choramingando porque um cara me chamou de gorda no Instagram, enquanto meu filho está tomando leite de uma mamadeira em vez dos meus peitos.

– Sim, acho que é o que todo mundo acha – digo com um pouco mais de sarcasmo do que deveria.

– Ah, é? Não é tão perfeito quanto parece?

– Alguma coisa é?

Ela sorri e eu chacoalho a cabeça.

– Talvez nunca, se tem algum homem envolvido – completa Lauren.

– Você também é muito sortuda, e tenho certeza de que vai achar a pessoa perfeita pra te ajudar.

Lauren sorri e toma um gole de água.

– Sortuda? – pergunta, como se eu tivesse que explicar pra ela do outro lado da mesa de mármore gigante, em sua casa gigante, em um dos metros quadrados mais desejados da região norte de Londres. – Acho que depende do que você considera sorte. Nada disso veio de graça.

– Não, eu tenho certeza de que você e Gavin trabalham muito duro. Mas, assim, sortuda de ter uma casa bacana, um futuro marido maravilhoso. Uma carreira. Pode dar trabalho, mas ainda assim te faz sortuda. Não é todo mundo que deseja isso que consegue.

Nossa conversa é interrompida por Mayra entrando com tudo na casa.

— Beth, isso é uma reunião do casamento sem mim? O que está acontecendo?

— Oi, Mayra, nós só estamos revisando algumas coisas. Um pouco mais de uma semana pro grande dia, que emocionante – respondo.

— Sim, mãe, é meu casamento, lembra?

Como se Mayra tivesse sido lembrada que tem mais gente ali, ela muda para sua versão pessoa legal.

— Claro, muito emocionante. Tá tudo tranquilo, Beth?

— Sim, ótimo. Tudo está nos eixos – respondo desconfortavelmente.

Ela tem a tendência de deixar você se sentindo assim.

— Melhor eu ir. Tudo bem se eu usar seu banheiro um minuto?

— Claro, final do corredor, terceira porta à direita – diz Lauren.

É interessante fazer xixi no banheiro de Gavin Riley.

Quando volto pro corredor escuto as duas conversando baixinho. A conversa não parece nada agradável. Espero silenciosamente do lado de fora da cozinha, esperando a conversa acabar.

— É o meu Instagram, mãe, eu digo o que quiser.

— Mas toda essa coisa de não se sentir feliz. E estar assustada. Você não pode falar disso publicamente, não é bom pra marca. Você faz com que a gente pareça instável.

— Para a marca? Mãe, é como eu me sinto. Se você fosse responsável por tudo, a minha vida inteira seria falsa.

— Acho que podemos fazer uma foto de nós duas, seu cabelo está tão lindo. Vamos dar algo bonito pra eles verem, vamos?

— Mas por quê? Tá tudo bem dizer que não está tudo perfeito. Eu...

Tusso alto para anunciar meu retorno. Lauren está visivelmente triste. Mayra está mais impassível do que nunca. Mas talvez seja o botox.

— Bom, então é melhor eu ir – digo embaraçada, e pego minha bolsa. – Vou indo. Me liga se precisar de algo. Tudo bem, Lauren?

— Ela vai – responde Mayra com um sorriso falso.

○ ○ ○

Enquanto caminho pelo bairro de Hampstead Heath, respiro fundo e deixo o ar preencher meus pulmões. Eu poderia fazer mais exercício, e é tão raro que eu esteja completamente sozinha. Com a Risky no escritório, telefonemas contínuos, reuniões de última hora e visitas a locações, eu não tenho um segundo pra mim mesma. Digo pras minhas noivas se cuidarem na reta final do casamento. Pra relaxarem e focarem nas suas rotinas de amor-próprio. Talvez seja um conselho que eu mesma deveria praticar, mas quando exatamente vou conseguir fazer isso?

Quando estou em casa tenho a companhia de Michael e Tommy, as mamadas noturnas, as conversas cansadas, o desconforto da hora de dormir. É demais. Não importa onde eu esteja, sempre tenho a sensação de que estou dando atenção para apenas uma parte da minha vida e negligenciando a outra. Preciso encontrar mais equilíbrio. Dentro dessa agenda caótica preciso encontrar tempo pra mim e para as minhas necessidades. O que quer que elas sejam. Nem sei mais.

Eu me perco um pouco, entrando no parque a partir de uma colina estranha, com várias rotas se ramificando no final dele. Sem me preocupar muito, e só querendo caminhar, viro à esquerda. Parece um pouco mal-assombrado, mas sei que há pessoas por perto caso eu precise gritar. Em uma clareira, à minha esquerda, eu vejo de longe algo que me faz piscar intensamente, pensando que pode ser uma invenção da minha imaginação.

Dois corpos nus apoiados no capô de um Ford Fiesta sofrido. O carro está estacionado em uma rampa pequena que você precisaria saber que está lá pra encontrar. Ou talvez encontrar por acaso, como eu. Eu rapidamente me escondo atrás de uma árvore.

Não tem ninguém por perto, este não é o caminho principal pra entrar no parque, mas de qualquer forma eles não parecem estar tentando se esconder. Eles estão gritando em silêncio, mas freneticamente. A mulher está apoiada no carro e o homem está batendo forte por trás. Estou tentando me passar despercebida, mas não consigo tirar meus olhos deles.

Eles estão sendo muito atrevidos e devem saber que pode ser que pessoas estejam vendo. Eu assisto sutilmente do mais longe que posso. Eu deveria continuar andando, mas por algum motivo não consigo me mexer. De repente, recebo uma enxurrada de mensagens no meu celular.

Merda.

Tiro o celular da bolsa. É Risky, me dizendo algo sobre a conta do Instagram da empresa tendo mais de 2 mil novos seguidores em cinco minutos. Ela continua me enviando mensagens com números mais altos: 2.040, 3.200. Acho que Lauren, de fato, tem esse poder, o *post* dela me deixou famosa. Rapidamente consigo colocar o celular no silencioso e coloco-o de volta na bolsa. O homem olha pra cima e me vê. Eu volto atrás da árvore, mas é tarde demais. Me desculpo, abaixo a cabeça e me afasto.

Tento agir como se não me importasse e gesticulo que eles deveriam continuar o que estivessem fazendo. É o meu problema estar lá, não o deles. Eles não parecem se preocupar. Ele gesticula com a cabeça pra eu ficar. Ele dá um tapa nas costas da mulher e aponta pra mim quando ela olha pra cima. Ela também sorri, depois fecha os olhos como se minha presença tivesse dobrado seus níveis de prazer.

Agora eu sinto que seria mal-educado ir embora.

Ainda atrás da árvore continuo vendo o casal e eles continuam transando como dois animais selvagens na natureza. Estou perto o suficiente para ver a carne de suas nádegas mexendo quando bate com força nas coxas dela. Perto o suficiente pra ver os mamilos eretos dela entre os dedos dele enquanto ele acaricia os seios dela com as mãos. Perto o suficiente pra ver o cabelo dela nas suas mãos enquanto ele puxa seu rabo de cavalo. Perto o suficiente pra ver os pelos de sua vagina quando ele sai dela, a vira e começa a chupá-la enquanto se masturba até gozar no seu peito.

É obsceno. Tão real. Duas pessoas normais tendo um sexo genuinamente gostoso. O melhor pornô. Não é muito comum conseguir ver algo assim e muito menos ver assim, a olho nu... Estou com tanto tesão que nem sei muito o que fazer comigo.

Eles voltam pro carro, colocam suas camisetas e vão embora. Então percebo que não sou a única que estava assistindo. Vejo um outro casal saindo detrás de um arbusto e um outro homem cujo rosto eu não vejo. É estranhamente não ameaçador. Não parece tão estranho assim.

Estou extremamente excitada. É errado? Eu acho que sim. Michael não gostaria disso. Mas eu gostei. Eu gostei bastante.

Volto pra casa correndo, preciso colocar essa energia sexual toda onde ela pertence. Assim eu consigo acreditar que eu ter gostado daquilo é ok.

Ruby

Entro na cozinha e vejo Bonnie por cima do balde, olhando dentro dele. Ela está sorrindo. Quando me vê, ela aponta.

– Um rato! – ela exclama com uma alegria completa.

Sua coragem é surpreendente.

– Bonnie, longe do balde – digo, encostando-me na parede, medindo o perímetro da cozinha em câmera lenta.

No fundo eu não imaginei que a armadilha funcionaria, só precisava sentir que eu estava fazendo alguma coisa. Mas acabou pegando essa merda de coisa em menos de um dia. Agora acho que vou ter que lidar com isso.

– É fofo – diz Bonnie, demonstrando a diferença das nossas personalidades.

Ela estica a mão para tocar o rato.

– NÃO, Bonnie, não encosta – grito, a assustando novamente. – Bonnie, eles parecem fofos, mas são sujos. E podem te morder, tá? Você tem que tomar cuidado.

Ela parece entender e tira a mão, até dá um passo pra trás, o que é um alívio pra mim. Se o rato pulasse nela, não sei se eu conseguiria protegê-la. Provavelmente sairia correndo e deixaria ela lidando com aquilo sozinha. Eu odeio tanto ratos. Meu Deus, quando eu os vejo, eu quase vomito de medo. O rabo comprido e nojento, o corpo pequeno, os dentes, os olhos cor-de-rosa.

Respirar é quase impossível, meu coração está disparado. Eu preciso tirar ele de dentro da cozinha.

– O que a gente vai fazer com ele? – pergunta Bonnie, sem conseguir tirar os olhos do rato.

A maneira como ele está correndo dentro do balde é horrível. Eu deveria ter afogado essa coisa. Agora está presa aqui e me aterrorizando. Eu tinha planejado deixar assim até sexta-feira quando o Liam viesse buscar a Bonnie, mas não posso deixar isso aqui. Não consigo. Não vou conseguir entrar na cozinha. Preciso tirar isso da minha casa.

– Temos que deixar ele ir embora – digo a Bonnie.

Por um ou dois segundos penso o quão terrível seria tentar dar descarga nele.

– No jardim? – pergunta Bonnie.

– Não, senão ele vai voltar aqui pra dentro.

– No parque?

– Não, Bonnie, é muito longe.

Vou dar descarga nele, penso.

– Onde então?

Ela olha pra mim. Os olhos desesperados, sua carinha tão adorável, com a qual eu nem consigo lidar. Ela raramente me olha assim, ela está tão sensível à presença de outro ser vivo na casa. É uma pena que seja um roedor.

– Por favor, mamãe?

Estou maravilhada com ela por um momento, a doçura no seu tom de voz, a delicadeza do seu rosto. Isso tudo me faz querer responder exatamente o que eu deveria, e não o que a minha natureza brilhante geralmente decide que é normal.

– Ok – digo, dando um passo à frente. – Vai buscar seus sapatos, vamos levar ele pro parque.

Coloco luvas de borracha e pego um rolo de papel-filme de dentro da gaveta. Retiro o bastão e jogo pra fora da janela da cozinha. Abro o rolo do tamanho suficiente para cobrir o balde, e é mais difícil do que parece usando luvas de borracha. Devagar vou me aproximando. Qualquer movimento errado e eu posso derrubar o balde. Minhas mãos estão tão próximas do rato que quero fechar os olhos, mas isso poderia resultar no rato entrando nas minhas roupas. Viro meu rosto pro lado e abro os meus olhos o suficiente pra enxergar e coloco o papel-filme em cima do balde, apertando as laterais para selá-lo.

Solto o ar. Essa foi a parte um. Vou adicionando camadas do papel-filme, cada vez mais longas para que não saia com facilidade. Espremo as laterais, apertando o mais forte que posso. Termino tudo com uma camada gigante de papel-alumínio e faço alguns furos com alfinete para o ar circular. Agora não consigo mais ver o rato. Bem melhor.

Levanto o balde e coloco na parte de baixo do carrinho de Bonnie. Milagrosamente ele cabe muito bem.

– Bonnie, rápido – grito.

Ela vem correndo pelo corredor. Coloco ela no degrau da escada, nela os sapatos e o casaco. Fecho as travas dela no carrinho, e ela não resiste, nem um pouco. Abro a porta e caminhamos até o parque o mais rápido que posso. Todo o momento penso que ele pode saltar do balde e pular no meu pé. Mas seguro a emoção, consigo não ser atropelada e logo chegamos ao parque.

– E lá? – diz Bonnie, apontando para uma área de arbustos.

Acho que é um bom lugar como qualquer outro seria. Bonnie senta quieta em seu carrinho até chegar ao local. Tiro as travas de segurança, e ela sorri pra mim. Parece que ela é outra criança.

– Ok, vou pegar o balde – digo, pegando novamente as luvas de borracha.

Bonnie espera pacientemente. Mais uma vez, não parece minha filha.

– Não estou com medo do rato – exclama.

Posso estar errada, mas sinto um tom de proteção na voz dela. Como se ela estivesse me dizendo pra também não ter medo.

Tiro o balde do carrinho e levo até os arbustos como se fosse uma bomba prestes a explodir com qualquer movimento brusco. Coloco no chão. Bonnie me segue como se eu estivesse segurando uma barra de chocolate.

– Espera, espera, não podemos errar.

Ela faz o que digo. Começo a tirar as camadas de papel-filme. O rato começa a se mexer na base do balde quando vê a luz entrando. Eu quero chutar e sair correndo. Eu odeio muito isso.

— Mamãe, você está tremendo — diz Bonnie colocando sua mão em meu braço.

Meu instinto é afastá-la, mas consigo me segurar e deixo sua mão encostar no tecido do meu vestido, que está levantado por conta dos pelos.

— Tô bem, só estou com frio.

— Mas não está frio.

Ela me olha daquele jeito novamente. De uma maneira que parece que ela se importa comigo. Ela me olha por mais um tempo, e sinto um raio quente de algo doce dentro de mim, e me encontro não querendo que esse momento termine.

— Não estou com muito frio. Tô com medo.

— Do que você tem medo?

É assustador quando te perguntam isso, mesmo vindo de sua filha de três anos. É difícil não responder com a lista de coisas, tirar tudo isso do peito, só porque alguém, qualquer pessoa, se importa.

— Do rato.

— Não fica com medo, mamãe, é só um rato.

Só um rato? Você pode dizer qualquer coisa dessa forma, não é mesmo? É só um pai morto. É só uma mãe sem amor. É só um casamento falido. É só um trabalho que te faz culpada. É só um corpo cheio de pelo. É só uma existência sem conexões íntimas. É só morrer sozinha.

— Vamos então? — pergunto a Bonnie, sabendo que a resposta será sim.

Com as luvas de borracha, viro o balde para o lado oposto a mim, claro. O rato não sai imediatamente, talvez tenha algo confortável no balde. Mas aí ele aparece, cheirando calmamente enquanto descobre um novo chão. Olha pra lá, pra cá, cheira aqui, lá. Aí ele ganha a confiança necessária e sai correndo na direção de um arbusto e desaparece. Bonnie berra de alegria. Eu recuo e assisto. Talvez, somente talvez, com um pequeno sorriso aparecendo no meu rosto também.

Lauren Pearce – Post no Instagram

OficialLP

A foto é de Lauren e sua mãe. As duas bonitas e loiras. As duas com calça jeans e blusas, bem arrumadas. Elas estão se abraçando, com sorrisos enormes. A combinação perfeita de mãe e filha.

curtido por **primavera_editorial** e outras 81 pessoas

OficialLP O que seria de mim sem essa mulher? Forte, engraçada, minha inspiração. Te amo, mãe!

#mulheresapoiandomulheres

Ver todos os comentários

@usertype: Eu transaria com as duas. O Gavin já transou?

@essenceturbo: Ahhhh, nada como o amor de mãe. Que precioso. Ela deve estar muito orgulhosa.

@wednesdaydays: Lindas! Que saudade da minha mãe, aproveite cada momento.

@isolatetheday: Maravilhosas! Muito feliz por vocês duas.

#6

♡ ○ ▽

Ruby

Bom dia, Ruby. Muito obrigada pelas palavras gentis sobre nossa creche. Nós temos sim uma vaga para Bonnie e ela está disponível para começo imediato. Você pode trazê-la amanhã se quiser, por duas horas, para adaptação. Se você puder, nos vemos amanhã. Por favor, preencha a ficha anexa. Maria.

Obrigada, meu Deus. Finalmente recebi resposta de uma das creches para as quais escrevi. Com sorte essa bagunça da creche vai ser resolvida o mais rápido possível. Respondo pra Maria imediatamente.

Sim, incrível. Nos vemos amanhã às 9h. Obrigada.

Vou deixá-la amanhã e dizer que volto em duas horas, mas ao invés disso vou ligar e dizer que estou presa em uma reunião e eles vão dizer que está tudo bem, e que ela pode ficar o dia todo. Foi o que fiz na última creche. Ela não precisou de nenhuma adaptação, ela não via a hora de ficar longe de mim.

Volto pro Yelp para procurar salões de beleza. Um deles tem quase todas as avaliações cinco estrelas e está do outro lado de Londres (ótimo, menos chances de eu encontrar por acaso qualquer pessoa de lá). Marco um horário de manhã na próxima semana pelo site e torço para que a pessoa que vai fazer a depilação já tenha visto algo pior do que o que ela vai encontrar quando eu tirar a roupa.

Desenvolvi um interesse irritante pela página do Instagram da Lauren Pearce. A mulher é ridícula, vergonhosa e cativante, tudo ao mesmo tempo. Um *post* recente sobre não se amar me deixou furiosa. Ela está em uma pose de yoga que ela faz parecer tão fácil quanto ela é bonita. Fala sobre não se sentir bem ou feliz, e ao mesmo tempo está sensacional e zen pra caramba na foto. O único propósito dessa foto é fazer com que meros mortais escrevam elogios nos comentários. Bom, eu não vou fazer isso.

O que uma loira de 28 anos, linda, magra, rica e noiva de um cara da TV e do mercado financeiro sabe sobre autoaversão? É tirar sarro de pessoas como eu, que têm razões reais para não se gostar. Saúde mental é o último *zeitgeist*[15]. Celebridades usam como uma moeda. Entram no trem de popularidade da depressão, esperando ser chamadas de "corajosas" por admitir não estar feliz, ao mesmo tempo que mostram exemplos da vida perfeita.

Ou ela está fingindo felicidade e aquele *post* revela um pouco da verdade ou ela está fingindo pra ganhar atenção. De qualquer forma, ela é uma fraude. Mas, por algum motivo bizarro, não consigo parar de olhar.

– Mamãe, vem brincar comigo – Bonnie grita na escada.

– Agora não, Bonnie, por favor! Mamãe está muito ocupada.

– Ahhhhhhhhhhhhhhhhhhhh – escuto, ao mesmo tempo que a caixa gigante de Lego cai no chão da sala. Ela não grita.

Continuo a vasculhar o perfil da Lauren no Instagram. É horrivelmente viciante.

---

15 *Zeitgeist* é um termo alemão cuja tradução significa "espírito do tempo". [N. T.]

Beth

Encontro-me consumida pelo desejo de ter um orgasmo. Estou dividida em saber se o que experienciei hoje foi uma traição ou não. Ser testemunha acidental de sexo não é infidelidade, mas escolher não se afastar é o quê? Se encontrar magnificamente excitada depois, é esse o problema? Não podemos nos esconder de sexo, está em todos os lugares.

Pra todos os lugares que olho tem algo que me excita. E esse anseio de ser desejada está me transformando na pessoa que Michael pensa que eu sou. Talvez ele esteja certo. Talvez eu tenha um problema.

Digo a mim mesma que vou me sentir menos culpada se meu marido fizer parte disso. Se ele for a pessoa que vai me levar ao clímax. Então o que eu vi foi para o bem do nosso relacionamento, certo?

Quando entro em casa, Michael está na poltrona que fica de frente pra porta. Seu computador está no seu colo, sua cabeça pra trás, os olhos fechados. Está exausto de cuidar de Tommy o dia todo. Não é do seu feitio, mas acho que está tirando um cochilo antes do jantar. A casa tem um cheiro delicioso. Entro na ponta dos pés e me dou conta de que ele não está dormindo. Está se movendo. Seu braço está se movendo. De repente ele abre os olhos, e eles viram de volta pra tela do computador. Seu lábio enrolado, os braços mais rápidos.

– Meu Deus, Michael, você está...

Pânico toma conta de seu rosto. Ele coloca seu pênis de volta no jeans, senta-se na poltrona, mas mantêm o computador no colo para cobrir sua genitália.

— Beth, o que você está fazendo aqui tão cedo?
— Eu... eu... terminei... O que você estava vendo? – pergunto.

Será esse o momento que eu estava esperando? Ele está com tesão, eu estou com tesão, será que podemos fazer algo juntos?

— Nada. Coisas do trabalho – responde, seu pênis obviamente ficando mole o suficiente para ele arriscar levantar.

Ele coloca o computador na sua frente e vai até a cozinha, não me olhando, e sutilmente levanta o zíper da calça. Eu sei exatamente o que está acontecendo.

— Michael, tá tudo bem. O que você estava vendo?
— Coisas do trabalho, já te falei.

Olho pro computador em cima da mesa. Do que será que ele gosta? Se eu soubesse, talvez eu pudesse fazer aquilo pra ele?

Chego por trás dele. Coloco as mãos no seu quadril. Ele afasta e começa a cuidar da panela com molho que está no fogão. É tão estranho vê-lo sendo sexual, mas também me excita. Ele ainda tem tesão, isso é bom. É um progresso.

— Como foi o seu dia? – me pergunta.

Sua linguagem corporal e seu tom de voz indicando que ele não quer discutir a sua masturbação.

— Michael, tá tudo bem. Vem aqui, eu também estou com vontade.
— Beth, por favor. Tira as mãos de mim ou eu vou queimar o jantar. vai sentar no sofá, tá pronto.

Faço o que ele diz, como se eu tivesse sido mandada sentar do lado de fora da sala da diretoria. Não me atrevo a dizer uma palavra. Ele coloca a refeição na minha frente. Chili com carne. Dessa vez, sem arroz. Só uma salada verde.

Ligamos a TV e assistimos a um episódio de *Killing Eve* enquanto comemos. Não consigo me concentrar. Ele se masturba, mas não podemos transar? O que isso significa, e o que ele estava assistindo?

— Assistimos a mais um episódio? – ele me pergunta assim que um acaba.

Digo que não, estou cansada e quero ir pra cama.

— Eu também – diz enquanto limpa os pratos e os coloca na máquina de lavar. – Tommy não dormiu hoje, estou exausto.

Ele gosta de me dizer o quanto está cansado antes de a gente se deitar. Fase um da sua sequência de desculpas para se livrar de transar comigo – e acontece toda noite. Mas talvez essa noite ele esteja com tesão. Talvez hoje seja diferente. Talvez ele também esteja tentando melhorar.

No quarto eu me deito na cama, pelada. Ele coloca os pijamas depois de passar um tempo desnecessário escovando os dentes, provavelmente torcendo para que eu adormeça.

Aparentemente um casamento é considerado sem sexo quando o casal transa menos de dez vezes por ano. Nós não transamos desde meu quarto mês de gravidez. Tommy tem agora quatro meses. Percebo que o parto é uma desculpa perfeita para os dois não quererem, mas eu não estou mais grávida. Já é hora. O gelo precisa ser quebrado logo, e Michael sabe disso.

Ele se deita na cama e imediatamente amassa seu travesseiro e alcança o livro de maternidade que está lendo.

– Vou ler sobre a mudança para fórmula. Acho que devemos começar – diz lambendo o dedo e procurando a página certa.

– Não, eu não estou pronta. Você sabe disso.

– Ok, mas não vai machucar ler um pouco sobre isso – completa, fingindo ler.

Rebolo pra perto dele.

– Você está pelada – diz, como se fosse uma surpresa tão grande como eu estar vestida com uma fantasia de palhaço.

– Sim. Você gosta?

Levanto as cobertas para que ele veja. Ele olha rapidamente.

– Cuidado para não vazar no lençol – adiciona.

– Vazar por onde? – digo, tentando ser engraçada.

– Não seja...

– Nojenta?

– Não, não disse isso. Não seja... ah, não importa. Diz aqui que deveríamos misturar o leite do peito com o leite de fórmula e introduzir aos poucos dessa maneira. O que acha?

– Não vou ter essa conversa agora. Não! – Retiro o livro de suas mãos e jogo no chão.

Ele continua na mesma posição, como se o livro não tivesse saído de suas mãos. Me levanto e vou pra cima dele. Ele está de cara com meus peitos. Cheios de leite o suficiente para estarem fantásticos, mas não o suficiente para esguichar na cara dele. Alimentei o Tommy antes de deitar, vou alimentar mais uma vez às 23h. É o momento perfeito para transar.

– Estou com saudade – cochicho sedutoramente.

– Está com saudade? Como assim? Te vejo todo dia de manhã e toda noite.

– Quis dizer, estou com saudade de sentir você dentro de mim.

Começo a mexer o quadril pra cima e pra baixo. Ele está olhando para meu umbigo, o último lugar possível que eu gostaria que ele estivesse olhando depois de ter um bebê. Coloco suas mãos nas minhas coxas e guio sua cabeça pra cima.

– Olha pra mim – digo a ele, sorrindo com carinho. – Olha pro meu rosto.

Ele para no meu queixo.

Consigo sentir seu pênis brincando com a ideia de ficar duro. Estou deixando a parte de baixo do pijama dele encharcada com a minha vagina. Estou orgulhosa de mim por ter esperado deitar na cama com meu marido mesmo estando completamente tomada por tesão desde que vi os dois no parque. Isso é exatamente onde a minha energia sexual deveria ser direcionada. Na minha cama, com o homem que amo. Me permito mover com mais liberdade.

Imagens do que vi no parque aparecem como flashes na minha cabeça. Uso as imagens para potencializar o momento, mas fico presente. Meu marido é a pessoa que está me aliviando. É sobre mim e ele. O pênis do Michael está ficando cada vez mais duro. Os olhos dele começam a revirar, os lábios dele começam a se mover com os meus. Ele está comigo agora, aqui estamos. Vamos conseguir. Estico a mão e abaixo seu pijama o suficiente para o pênis dele ficar livre. É um belo pênis. Sempre amei. Agora eu o tenho. Beijo o marido que eu amo.

Nossas línguas rodopiam dentro de nossas bocas, as respirações quicam nos nossos rostos. Me esfrego nele. Meu orgasmo se construindo como lava subindo dentro de um vulcão, pronta para jorrar e explodir. Eu endireito o corpo e as imagens do parque voltam à minha mente. Estou com eles agora. Vendo o homem batendo suas coxas nas nádegas da mulher, enquanto bate com força seu pênis dentro dela.

Lembro da maneira como ele a virou e a chupou como se ela fosse a coisa mais deliciosa que ele provou. Mexo meu quadril imaginando a língua dele no meu clitóris, os grandes lábios inchados ao redor de sua boca. A excitação de assistir aos líquidos saindo dela como um limão sendo espremido. Minhas mãos encontram o caminho da minha vulva e eu esfrego com força, minha boceta inteira tensionada para liberar tudo em cima do pênis maravilhoso do meu marido, que está serpenteando dentro de mim, e é tão gostoso. Eu gozo com tanta força que parece que eu o engoli pra dentro de mim pra sempre. Minhas pernas espasmam, minha vagina pulsa. Minha respiração está curta e desesperada.

Cada parte de mim cedeu, e eu fiz isso com meu marido. Fiz a coisa certa. O orgasmo aconteceu no lugar certo, com a pessoa certa. Ele está deitado debaixo de mim e me deixa ter um momento pra mim. Sorrio, sabendo que a vez dele vai chegar. Vou fazer ser algo maravilhoso pra ele, ele merece exatamente o que eu tive. Abro os olhos. Espero encontrar a cara de êxtase do meu marido.

Não é o que eu vejo.

Vejo uma cara aterrorizada. Uma lágrima rolando na sua bochecha. Um tremor em seus rosto enquanto começa a chorar. Sinto seu pênis desaparecer debaixo de mim. Ele me empurra, senta e coloca os pés no chão. Deixa o rosto cair em suas mãos e começa a chorar.

– Michael, me desculpa, eu...

Ele vira para me olhar como se eu tivesse abusado sexualmente dele. Estou puta comigo por ter pedido desculpas. Desculpas por quê?

– Não sei mais quem você é.

– O quê?

– Quando você se comporta assim. Esta não é a mulher com quem me casei. Tão... vagabunda.

– Vagabunda? Eu queria sentir você dentro de mim.

– Não, Beth. Por favor, não fala dessa maneira. Existe muito mais em um relacionamento que... que... sexo – ele diz sexo em voz baixa, como se a mãe dele estivesse escondida embaixo da cama.

Algumas vezes eu penso que talvez ela esteja.

– Estou cansado disso.

– Desculpa. Eu só queria fazer amor com meu marido – refaço a observação, isso não deveria ser tão difícil.

Levanto da cama e visto meus pijamas. Ele não me olha.

– Estou cansado – me diz novamente. – Cuido do Tommy o dia todo, é muito trabalho. E aí você chega em casa e exige isso de mim. Não é justo.

Peço desculpas novamente. O que me deixa mais chateada de todas as partes dessa discussão. Ele não acha que estou cansada também? Trabalhando o tempo todo para esse casamento, e ainda alimentando o Tommy à noite? Eu poderia dormir de pé, mas estou tentando muito não reclamar. Sei que sou sortuda, as pessoas sempre me dizem.

– Vou lá embaixo – digo a ele. – Volto pra cama depois da mamada das 11 horas.

– Eu te amo, sim – me diz antes de eu sair do quarto.

Eu o torturo não respondendo nada. É o único poder que tenho no momento.

◎ ◎ ◎

Lá embaixo na cozinha eu abro o computador de Michael.
Pornô extremo hardcore. Foda com a MILF[16] cheia de porra quente

E ele acha que *eu* sou a pessoa que tem um problema.

---

16   MILF – Abreviação de *Mother I Would Like to Fuck* (Mães Com Quem Eu Gostaria De Transar). [N. T.]

Lauren Pearce – Post no Instagram

OficialLP

A foto é de Lauren no seu banheiro. É uma selfie dela se olhando no espelho. Ela veste lingerie preta e seu cabelo está molhado. Ela está com uma máscara facial verde no rosto. Ela está com rímel nos cílios e lábios brilhantes.

@kellykimes: MUITO FELIZ POR VOCÊ, você merece!

@hailysimms5: Você tem a vida perfeita.

@geraldy9: Eu literalmente deixaria meu marido amanhã pra me casar com Gavin Riley.

@feelitdealitownittwice: Eu usaria os olhos de Gavin como um sutiã.

@pauldovey: Por que você está esfregando salada na cara, meu amor?

@hideousfacepalm: Vocês vão se casar com separação de bens????

curtido por **primavera_editorial** e outras 99 pessoas

OficialLP Quem diria que felicidade assim existe? Não falta muito pra eu me tornar a Senhora Riley. Os olhos azuis profundos do meu marido podem ser o meu "algo azul"? Me diga, Instagram! Eu amo essa máscara de abacate e pepino da #BrighterYou.

#publi #amor #amorpróprio #casamento #TheOne #mebelisca

Ver todos os comentários

Ruby

— Minha mãe ameaça suicídio desde que tenho dezesseis anos – conto pra ele enquanto vemos Bonnie correr em volta de uma árvore atrás da amiguinha que fez no parque.

Estou de volta ao banco do parque com meu confidente improvável. Não consigo ficar longe dele. É mais fácil falar com alguém que tem uma agonia tão profunda, faz meus problemas parecerem corte feito com papel.

— Isso é brutal, não é fácil, certo? – o homem pergunta.

— Não, não é fácil.

— Como ela está agora?

— Ela é uma obesa mórbida e alcóolatra que vive em Cornwall e se comunica comigo por *posts* no Facebook, e eu raramente entro lá.

— É difícil não levar uma ameaça de suicídio a sério, eu cometi esse erro.

— Ah, é? – pergunto, pensando se ele está se referindo a sua esposa.

— Minha outra filha. A que eu e minha mulher conseguimos negligenciar enquanto lidávamos com o luto da Verity. Ela nos lembrou que estava viva tentando se matar no que seria o aniversário de 21 anos da Verity. Com muita sorte ela não conseguiu concluir, mas certamente isso me acordou para o que ela precisava.

— Do que ela precisava?

— Ela precisava da gente. Tudo que as crianças querem é que seus pais digam que vai ficar tudo bem. Mas quando você é um pai e não sabe se vai ficar tudo bem, é difícil fingir.

— Sim – respondo.

— Mas, pelo menos, ela tem você agora. Nunca subestime isso. Só tive meu pai até meus dezesseis anos, mas esse breve tempo com ele é a única razão por eu ter um lado mais doce. A influência dele está dentro de mim em algum lugar. Ele morreu antes de o aumento de peso da minha mãe transformá-la em uma grande filha da puta.

— Uow, palavras fortes – diz o homem, e torço pra que ele não tenha se ofendido.

— Desculpa, eu não costumo usar palavrões dessa maneira, somente quando eu realmente preciso das palavras extras.

— Sua mãe era realmente tão ruim assim? – me pergunta, talvez pensando que sou amarga e exagerada.

— Sim, pior ainda. Toda noite ela bebia até dormir e passava os dias exibindo sinais claros de transtorno bipolar que até hoje está sem diagnóstico. Ela era cruel e detestável. Sei que nunca é "culpa" de alguém quando se é assim. Uma vez ela estava tão bêbada que fez um comentário sobre como seu avô a tocava dentro da banheira. Ela nunca mencionou esse fato de novo, mas tenho certeza de que provavelmente aconteceu.

— Meu Deus, que coisa horrível. Coitada da sua mãe – ele diz, e provavelmente está certo, ela nunca pediu pra ser abusada.

Mas eu também não.

— Eu sofri tanto quanto ela por conta do abuso que ela passou. A única coisa que nos conectava era o desejo mútuo de não sermos vistas. O que não favorece uma ligação muito forte entre mãe e filha.

— Por que uma mulher tão linda como você não gostaria de ser vista?

— Eu... humm... Eu...

Não consigo pensar em algo para dizer. Parte de mim quer dar um tapa na cara dele, acusá-lo de ser um pervertido. Afastar o elogio como se fosse uma faca tentando me esfaquear. Outra parte de mim está maravilhada como um homem tenha a capacidade de ser tão gentil depois do que ele viveu, e eu deveria aceitar esse elogio, e não transformar o seu dia em algo mais difícil do que já é.

— Que gentil – digo. – Tenho uma condição que afeta minha autoestima. Estou trabalhando nisso.

— Uma condição? — ele pergunta.

— Sim, é na maior parte apenas estética. Se você não se importar, não vou entrar em detalhes.

— Claro. Olha, se sua condição afeta sua autoestima isso é uma coisa, mas transformá-la em um problema para sua filha, aí já é outra. Você aprendeu como isso pode ser prejudicial. Todo mundo tem alguma coisa, mas nunca é culpa dos seus filhos. Sua mãe falhou com você. E isso é uma merda.

— Sim, é.

— Eu percebi que estava estragando minha outra filha em tempo. Minha ex-mulher, no entanto, ainda precisa se ajustar.

— Ela não é gentil?

— Ela não é gentil e não a apoia. Ela não é um monte de coisas. Seu luto é complexo. Nunca quis filhos. Algumas vezes acho que eu a forcei. E aí uma de suas filhas morre. Ela enfrenta o luto de uma pessoa que ela nunca quis. Agora ela é obcecada por criar um mundo de perfeição para mascarar a dor. É uma pressão imensa na minha filha, forçada a sufocar seus reais sentimentos. Você pode se considerar sortuda. Você e Bonnie têm uma à outra. Você pode contar com ela, e ela pode contar com você. Você está fazendo tudo certo.

Ela pode contar comigo? Penso nisso o tempo todo. Quando penso em minha mãe, sinto que ela é a criança e eu a adulta. Sempre imagino se eu deveria tentar ajudá-la mais. Pensei em ir para Cornwall, pegar as coisas dela e trazê-la para Londres, e ela poderia morar no quarto de hóspedes. Mas o passado me lembra de que isso é uma ideia terrível.

— Bom, é melhor eu ir — diz o homem.

— Tenha um bom-dia.

— Vou tentar — digo enquanto ele vai embora.

Ele realmente é bem bonito.

#7

♡ ◯ ▽

Beth

Busco no Google "fazer sexo em lugares abertos com pessoas assistindo" pra ver se há mais gente que também gosta disso e descubro que isso se chama *dogging*. Encontro diversos sites listando lugares para realizar essa atividade, falando deles como se fosse um lugar de encontro para passeadores de cachorro que querem se reunir para uma xícara de chá. A linguagem é tão casual. Coisas como: "Muitos *doggers* gostam de ficar dentro do seu carro, outros gostam de fazer sexo no capô dos carros ou apoiando em alguma árvore próxima".

Indivíduos do mundo todo estão fazendo isso nos seus horários de almoço. Aparentemente para pessoas casadas que gostam de assistir a estranhos transando, é a melhor hora para fazê-lo, pois não compromete o tempo com a família. Uau.

Os *doggers* dirigem até um local conhecido e transam dentro de seus carros ou fora deles. Alguns só assistem, outros participam. Claro, eu já ouvi falar de *dogging*, mas sempre soou muito mais sinistro do que o que experimentei. Além do fato de o sexo em lugar público não ter sido muito sinistro. Pareceu excitante.

Não consigo parar de pensar nisso. A maneira como o homem me olhou, a maneira como ela não queria que ele parasse. Eles sabiam que eu estava lá. Esse era o ponto. Aparentemente, por fazer isso em um lugar público eles estavam potencialmente convidando outros para se juntarem a eles. Não consigo parar de pensar em como teria sido se eu tivesse feito isso.

– Beth, você terminou o arranjo da entrada?

Estou em um site em que uma mulher conta que viajou o país fazendo *dogging* e gosta de sexo com o maior número de estranhos possível. Uma vez ela foi amarrada a uma árvore e deixada lá, então quem passasse por lá poderia dar uma rapidinha com ela. Não havia menção nenhuma de como ela desceu de lá.

Acho tudo isso um pouco extremo.

– Beth, Planeta Terra para Beth, os arranjos da entrada. Você fechou as flores?

– O quê?

– As flores para a entrada – diz Risky, um pouco impaciente.

– Ai, não! Você pode fazer?

Ela se levanta detrás de sua mesa e caminha até a minha. Ela está vestindo uma outra blusa cropped. Estou tentada a pedir para que ela pare de se vestir de forma tão sedutora para vir trabalhar. Mas percebo que isso não seria legal.

Fecho meu computador rapidamente.

– Beth, tá tudo bem? – ela pergunta, preocupada.

– Sim, tudo ótimo. Por quê?

– Você parece um pouco distraída.

– Eu? Não. Só ocupada. Ocupada, ocupada, ocupada – faço um barulho de zumbido como de uma abelha.

Risky me olha com um olhar empático, como se eu estivesse perdendo a noção das coisas.

– Sabe, eu consigo segurar as pontas aqui se você precisar de um dia de folga. Vai pra casa, dorme um pouco, passe um tempo com o Tommy e o Michael.

– Por quê?

– Porque é intenso. Ter um bebê, trabalhar o dia todo, dar de mamar, retirar o leite com a máquina o dia todo. Você está exausta e sem foco. Quando minha irmã teve um filho, ela não percebeu que tinha um problema por meses.

– Um problema? Que problema? Eu não tenho um problema – digo, na defensiva.

Será que ela, de alguma forma, consegue ver o meu histórico de buscas? Jesus, eu só fiz *dogging* uma vez, e foi um acidente. Só estou buscando no Google pra saber como eles chamam isso.

– Você deve sentir muita falta do Tommy e do Michael, a data desse casamento foi muito injusta com você. Te admiro muito por não ter desistido. Você é uma inspiração pra mim, você sabe.

– Uma inspiração?

Penso como ela ia me achar inspiradora se soubesse que eu fantasio trair meu marido. Como estou tão cansada que não consigo lembrar se dei um nome do meio ao meu filho ou não. Como tudo em que eu consigo pensar é na bunda daquele homem batendo naquela mulher por trás. Mas, claro, sou uma inspiração total.

– Você deveria pensar mais em você – diz Risky, cruzando os braços e levantando uma das sobrancelhas.

– Vou procurar no Groupon e ver se consigo achar um preço bom de spa pra você, tá? Você está tão frenética. Já pensou em meditar?

– Não, não pensei.

– Ok, bom, você poderia baixar esses aplicativos.

Ela me passa um post-it com os nomes "Tempo pra você" e "Viaje em você" escritos. Com certeza ela já tinha escrito os nomes havia um bom tempo e estava esperando a oportunidade de me entregar.

– Você precisa de um equilíbrio melhor entre trabalho e vida pessoal. Se as mulheres querem ter tudo, elas vão ter que cuidar um pouco mais delas.

– Sabe de uma coisa? Talvez eu vá pra casa hoje.

Eu deveria tentar acertas as coisas com Michael. Nós temos um bebê. Não podemos desmoronar.

– Acho que você deveria. Eu te ligo se precisar, mas tá tudo sob controle.

— Ah, mas o irmão do Gavin vem mais tarde para pegar o enfeite do bolo. Aparentemente, ele mora aqui perto e pode passar para pegar.

— Chefe, acho que consigo lidar com o enfeite do bolo. Sério, tira um dia de folga, vou ficar bem — completa Risky, e sei que ela é capaz.

— Ok, obrigada. Sou muito sortuda de ter você — comento enquanto coloco meu computador na bolsa.

Sou mesmo. Ela é uma ótima assistente. Uma romântica nata e uma pessoa legal de verdade. Tirando o papo do anal, o que me faz pensar se ela tem algum lado sombrio. Ou pessoas doces também fazem sexo anal? Só sei que eu aceitaria na hora se alguém estivesse me oferecendo.

— Também sou sortuda de ter você. Agora, vai ser uma mãe durante a tarde, você merece.

Ruby

Quando acordo, meu primeiro pensamento é em minha mãe. É muito ruim ser programada para me preocupar, quando meu desejo é me esquecer dela completamente. Mando uma mensagem só pela minha paz de espírito.

Bom dia, mãe. Uma foto da Bonnie no parque, de ontem.

Anexo uma foto de Bonnie brincando. Minha mãe não responde, mas a mensagem aparece como lida. Ela não está morta. Agora posso continuar com meu dia.

Surpreendentemente, Bonnie não tenta brigar comigo enquanto a coloco no carrinho. A parte de se vestir não é horrível, o café da manhã não vai parar no chão. Ela assiste à TV enquanto estou me arrumando e não grita quando tento desligar o aparelho depois. Dou algumas passas pra ela comer no caminho até a creche e ela agradece. O que quase faz meu cérebro explodir.

— Onde você acha que o rato está agora? — ela pergunta no caminho.

— Provavelmente com a família dele — digo, confiante mas arrepiada, pensando que um grupo de ratos pode invadir minha casa.

— Por que estamos indo nesse caminho? — pergunta, percebendo a mudança de rota.

— Você vai para uma creche nova hoje, que legal! — digo.

— Por quê?

Não respondo.

Chegamos ao lugar e vejo uma porta velha com um interfone. Aperto o botão e a porta abre. Imediatamente sinto um cheiro forte quando entro.

– Pfff, o que é isso? – grita Bonnie, segurando o nariz como no desenho animado.

– Não sei – respondo, também cobrindo o meu nariz.

O cheiro é horrível, mas a sujeira no chão é pior. O lugar não é limpo, parece depressivo e todas as crianças, muito mais jovens que Bonnie, parecem zumbis com ranho verde pendurado no nariz. Uma jovem mulher se aproxima de nós, suas roupas cobertas de tinta. Seu cabelo está oleoso. Tenho vontade de perguntar a ela se já ouviu falar de shampoo a seco. Eu notei que não havia uma avaliação no site, mas presumi que era porque o lugar tinha acabado de abrir. Nada aqui parece novo.

– Oi, eu sou a Maria. Vocês são Ruby e Bonnie? – ela pergunta.

– Sim... – respondo. – O que é esse cheiro?

– Ah, nós estamos com um banheiro entupido. Vamos consertar hoje, eles ficam cancelando. Mas disseram que vêm hoje, então, que bom.

– Por quanto tempo esse cheiro está assim?

– Só três dias. Oi, você deve ser a Bonnie.

Bonnie vira a cara pro outro lado, de repente muito tímida. Ou nervosa. Ou com nojo.

– Fala oi, Bonnie.

Ela não fala. Tento tirar as alças do carrinho, mas ela fica dura como pedra.

– Vamos, Bonnie – digo gentilmente.

– Você quer brincar com as crianças?

Depois de olhar para as outras crianças ela chacoalha negativamente a cabeça. Pergunto de novo. Dessa vez ela grita que não e joga os braços no meu pescoço, quase me enforcando. Não consigo tirar ela dali.

– Bonnie, vamos, esta é sua nova creche.

O fedor é horrível, mas estamos aqui e eu preciso trabalhar. Não consegui achar outro lugar, então, por ora, é o que temos. Eles vão consertar o cheiro, talvez o cara da limpeza esteja doente. Vou sugerir pagar semana por semana, já que estamos no meio do semestre.

– Bonnie, por favor, vamos.

Mas ela não solta. Está chorando como se estivesse com dores e gritando. Não é o chilique usual, é mais desesperado. Mais genuinamente chateada do que tentando a sorte.

– Isso acontece bastante – comenta Maria. – Ansiedade de separação. É normal quando a criança ficou sozinha com a mãe até agora. Ela vai se acostumar, algumas vezes demora uma semana mais ou menos, mas eles se acalmam.

Ela acha que eu e Bonnie ficamos sozinhas até agora? Não a corrijo.

Olho em volta do lugar novamente. As crianças estão brincando com alguns brinquedos. Não há risadas, ou qualquer outro movimento acontecendo. Mas são só 8h30. Talvez as outras crianças ainda não tenham chegado.

– Ahh você vai sentir saudade da mamãe? Eu sei. Mas a mamãe tem coisas pra fazer. Vem aqui com a Maria. Eu tenho Barbies, você gosta de Barbies?

Mais uma vez, Bonnie chacoalha negativamente a cabeça. Ela nunca teve Barbies. Não quero bonecas dentro de casa.

– E Lego? – sugiro.

– Não.

– Massa de modelar? – Maria interfere.

– Não.

– Um livro?

– Não.

– Você quer andar de bicicleta?

– Não.

– Comer um lanche?

Maria está um pouco desesperada.

– Talvez seja melhor você ir. Te vejo em duas horas.

Tiro Bonnie de mim, Maria a puxa em sua direção. Ela não quer ficar, não quer que eu vá embora. Eu gostaria de ficar em um lugar novo que tem cheiro de esgoto? Não. Mas é uma creche, ela está segura aqui. Vão consertar o banheiro, vão varrer o chão, e eu preciso trabalhar.

Caminho em direção à porta sem olhar pra trás. O som dos gritos de Bonnie me acompanham enquanto desço pela rua. Pela primeira vez, acho que entendo o que as pessoas chamam de culpa materna. Nunca imaginei que seria o tipo de pessoa a sentir isso.

Lauren Pearce – Post no Instagram

OficialLP

A foto é de Lauren em uma banheira com espuma. Há um nível absurdo de espuma. É no meio do dia. Velas estão acesas e a beirada da banheira é visível e feita de mármore. Há uma taça de champagne ao seu lado. Não dá pra saber quem tirou a foto.

curtido por **primavera_editorial** e outras 77 pessoas

OficialLP Gente, autocuidado é tudo, quem concorda? Se não tirarmos um tempo pra nós mesmas, o que vamos fazer? Me sinto abençoada pela vida que tenho, mas isso não muda as vozes dentro da minha cabeça dizendo que eu não mereço isso. Minha ansiedade é uma batalha diária. Acordo, tomo um suco verde, me exercito, faço tudo que você deve fazer para ter uma vida melhor e aí, PÁ! Quando não estou esperando, o medo vem e domina meu dia. Uma voz me diz que não mereço isso. Estou vivendo a vida de outra pessoa e a qualquer momento vou perder tudo. Tento ser forte. Todo dia digo a mim mesma: "Você está viva, você tem tudo, você é amada", mas as minhas dúvidas tentam tirar tudo isso de mim. A batalha é real. Talvez toda essa espuma possa me ajudar a enfrentar o dia.

#publi #amorpróprio #autocuidado #VeuveCliquot #espuma

Ver todos os comentários

@TeddyFerrington12: Vou te dar algo pra te deixar ansiosa, querida.

@LaurensGirl: Gostaria de te abraçar e dizer que vai ficar tudo bem. Eu poderia, se você respondesse sua DM. Te enviei meu número. Me liga. Vamos ser amigas.

@Gapetour40: ME NOTA.

@uptowncreek: Certeza que o Gav adora te comer. Eu gostaria.

@policypipeline: Não estou tentando ser engraçada, mas você acha que é apropriado falar sobre resolver sua ansiedade com álcool? Não é a mensagem correta pra passar para as suas seguidoras mais jovens, certo? Por favor, seja mais responsável se você for se apresentar como um modelo a ser seguido.

@Adriannaspeaky: Obrigada por falar sobre ansiedade, mesmo que você, na verdade, não seja ansiosa.

Beth

Quando abro a porta da minha casa, escuto sons de risada. São de Michael e sua mãe, eles estão no sofá. Ela está massageando os pés dele. Tommy está na sua cadeira de descanso, no chão.

– Oi – anuncio, calmamente.

– Beth, você está em casa.

Michael pula do sofá e me dá um beijo. Ele parece nervoso. Janet relaxa, levanta as mãos e as deixa cair, batendo nas coxas, como se dissesse: "Bom, era isso".

– Sim, pensei em tirar um dia de folga. Queria ver você e o Tommy. Oi, Janet – digo com educação, balançando a cabeça em sua direção.

– Beth – ela diz, mal forçando um sorriso.

Ela mal pode olhar pra mim depois do episódio do vibrador.

Caminho até Tommy e o pego no colo. Ele começa a chorar imediatamente.

– Ele está com fome – informa Janet.

– Eu sei, é hora de amamentar, por isso corri pra casa.

– Nós estamos esquentando uma mamadeira – diz Janet, levantando-se pra pegar.

Michael fica todo estranho.

– Tudo bem, mãe. Beth pode amamentar ele, já que está em casa.

– Mas eu estava tão ansiosa pra dar a mamadeira pro meu neto. Ahhhhhh – ela diz, como se eu estivesse andando até ela com um sorvete e derrubado no chão antes de colocar em sua boca.

– Beth, tudo bem se minha mãe der a mamadeira pro Tommy? – pergunta Michael.

Meus peitos estão tão cheios, terei que usar a máquina. O que parece muito estúpido quando estou no mesmo lugar que meu filho. Mas qualquer coisa pra facilitar a vida com Janet.

Ela vem até Tommy com a mamadeira, pega ele no colo e começa a dar a mamadeira. O leite da mamadeira parece estar com uma cor diferente.

– Espera, esse leite está muito branco – digo, sabendo que o leite materno é um pouco mais amarelo.

Olho pra cozinha e vejo um pacote de leite de fórmula aberto no balcão.

– Aquilo é fórmula?

Michael não diz nada.

– É bom para bebês grandes. Eles precisam. Eu não amamentei Michael.

Sei disso porque ela repete o tempo todo. Toda vez que nós a vemos, na verdade. Não é normal a mãe de um homem de 44 anos falar repetidamente sobre não ter amamentado seu filho. Acho que ela se sente horrível por isso e passa a vida toda do Michael tentando compensar sendo extremamente dominadora e fazendo massagens nos pés dele.

– Michael, nós não tínhamos combinado? Estou como uma louca tentando manter os estoques de leite. Tem um monte no freezer, por que você está dando fórmula? NÃO, Janet, tira a mamadeira dele agora. Essa é a primeira ou você tem dado fórmula sem eu saber? – pergunto.

– É a primeira – diz Michael, e sinto alívio de ter interceptado no momento certo.

Tommy começa a chorar. Eu o assustei e ele está faminto. Janet está hiperventilando como se eu a tivesse atacado.

– Michael – ela chia, e eu nem a toquei.

– Nós combinamos de continuar com o leite materno até que ele completasse seis meses. Por mim tudo bem continuar usando a máquina para estocar leite. Por que você não está de acordo com isso? – pergunto a Michael.

Ele parece uma criança que sofreu *bullying*, sendo forçada a admitir algo para um professor rígido.

– Minha licença-maternidade está chegando. Quero amamentar meu bebê quando não estiver trabalhando, em algumas semanas. Podemos manter nosso plano? É só isso que tem me mantido bem por ficar tão longe do Tommy.

– Eu nunca amamentei nenhum dos meus filhos e eles estão perfeitamente bem – diz Janet, recuperando o fôlego.

– Ah, estão? – eu surto. Quero explicar a ela como incrivelmente fodido das ideias o filho dela é, mas me controlo. – Bom, esse não é seu filho – digo gentilmente, tirando o Tommy dos braços dela.

Sento-me no sofá, abro os botões da minha camisa e começo a amamentá-lo. Estou tremendo. Estou muito brava. Janet caminha até mim e coloca um cobertor em cima do meu ombro.

– Pronto. Para proteger sua modéstia.

Eu tiro o cobertor imediatamente. Ela rosna pra mim, e depois dá um sorriso passivo-agressivo.

– Eu só não queria deixar você exposta, vejo que você não voltou ao corpo que tinha antes de o bebê nascer. Veja, você sempre foi um pouco...

Em vez de usar palavras, ela deixa suas mãos falarem. No ar ela desenha o contorno de um corpo bem curvilíneo.

– Estou bem orgulhosa das minhas curvas, muito obrigada – respondo enquanto solto a outra alça do meu sutiã e deixo meu outro peito pendurado e livre.

Amamento meu filho bem na frente dos dois. Meus dois peitos pra fora em plena luz do dia. Estou na minha própria casa e este é o meu filho. Se eles querem ter um problema com o meu corpo, então eles podem sair e sentar lá fora.

Alguns momentos de silêncio. Os barulhos do Tommy engolindo são os únicos que conseguimos escutar. Mas eu ainda não terminei.

– Você não pode tomar decisões assim, sem mim, Michael. Não é justo.

– Não é justo? – diz Janet, pronta pra brigar. – Você acha justo abandonar seu filho logo depois de ele nascer?

– Eu não abandonei meu filho. Estou trabalhando.

— Coitado do Michael, tendo que fazer tudo sozinho. Isso não é justo — fala com uma voz de bebê, colocando a mão em seu ombro, como uma amante dando apoio.

— Ah, então se eu tivesse que sacrificar meu negócio, seria justo?

— Você é a mãe dele. É seu trabalho.

Janet é a antítese de uma feminista. Mulheres misóginas são piores que qualquer homem. Literalmente lutando contra sua própria espécie. É um outro nível de escrotidão pra conseguir ser assim.

— Algumas de nós têm vida além dos nossos filhos, Janet. A longo prazo significa que eles estarão bem melhores.

— O que isso quer dizer? — ela pergunta, perplexa.

— Beth, por favor. Mamãe só veio ver o Tommy — Michael responde desesperado.

Ele não consegue lidar com conflitos com sua mãe. Ele morre de medo dela. Eu não. Se "o pior" acontecesse e ela nunca mais quisesse me ver, por mim tudo bem. Esta não é uma situação de que tenho medo. Enquanto isso, durante o intervalo entre esse dia maravilhoso e hoje, eu não vou aceitar conselhos de maternidade de alguém que eu considero um exemplo terrível.

— Quer dizer, ela era só uma mãe. Ela nunca trabalhou. Ela não entende como equilibrar carreira e um filho — digo a Michael, deliberadamente indo direto na jugular.

Michael olha pra mim como se fosse ter um colapso nervoso.

— Seu estilo de maternidade é muito diferente do meu, Janet. Tenho uma empresa de sucesso. Eu sou a provedora desta família e isso é algo de que Michael e eu temos muito orgulho. Certo, Michael?

As duas mulheres de sua vida o encaram, ambas precisando de sua aprovação. Sempre suspeitei que ele falava mal de mim pra ela, e agora eu tenho certeza disso. Ele tem reclamado de cuidar do bebê. Como ele se atreve? Estou fazendo o meu melhor.

— Só uma mãe? SÓ uma mãe? — diz Janet, lágrimas de crocodilo aparecendo.

Me sinto culpada. Mas é isso que ela faz. Ela faz com que as pessoas se sintam culpadas e, no final, eu sou uma pessoa legal que odeia confronto.

– Olha, eu vou terminar de amamentar e voltar ao trabalho. Mas, por favor, não dê fórmula pra ele, ok? Tem bastante leite estocado. Se você acha estranho dar esse leite pra ele, então, Michael, você pode dar?

Ele concorda. Levanto Tommy e o levo para outro quarto, onde termino de amamentar com privacidade.

Me sinto tão desapontada pelo Michael. Me sinto egoísta e cruel. Como ele se atreve a reclamar para sua mãe? Que traição.

◎ ◎ ◎

Chego de volta ao escritório, sentindo-me triste por basicamente ter sido forçada a ir embora da minha própria casa. Estava empolgada para passar um tempo com Tommy, mas, na verdade, é muito confuso pra todo mundo se eu tentar moldar trabalho e maternidade juntos agora. Só preciso tirar esse casamento da frente e aí vou poder ficar com o meu bebê. Sozinha. Sem o Michael, sem a Janet. Cabeça erguida, foco. Posso fazer isso.

Conforme vou subindo as escadas, escuto Risky gemendo. Um som abafado. Corro até a porta. Será que ela está sendo atacada, sendo assassinada no escritório? Entro com tudo.

– Que merda é essa?

Risky está na minha mesa, sua calça jeans no chão e sua blusa cropped no pescoço. Ela está transando com o irmão de Gavin. É tão estranho que eu não consigo fazer nada além de encarar. É como entrar no sonho de outra pessoa.

– Beth – ela berra, empurrando-o e juntando sua roupa.

O irmão do Gavin, Adam, puxa o zíper da calça, enquanto Risky freneticamente se veste. Seu rosto está vermelho, seus pequenos seios me encarando como crianças assustadas. Adam se veste todo atrapalhado, depois pega o enfeite do bolo ao lado. Vira para Risky e educadamente beija sua bochecha antes de sair.

– Desculpa. Não foi legal – diz antes de sair.

Mas não antes de virar e piscar para Risky uma última vez. Absolutamente nada disso faz sentido.

○ ○ ○

— Você gostaria de uma xícara de chá?
— Não — eu surto.
Risky tem feito o seu melhor pra ser uma funcionária exemplar nesta tarde, mas eu mal consigo olhar pra ela. Eu vi o pênis do irmão do Gavin saindo de dentro dela. Eu vi o brilho daquele pênis enquanto ele puxava suas calças pra cima. Ontem ela era minha assistente doce, romântica meio cabeça de vento. Sim, com uma inclinação pra sexo anal, mas nunca pensei que ela seria o tipo que transaria com o irmão de um cliente em cima da minha mesa. O que ela estava pensando?

E, sim, eu entendo.

— Beth, por favor, me deixa explicar — ela diz, desesperada. — Eu amo esse trabalho e eu...

— Ah, eu sei que você ama — digo como uma professora. — Você ama tanto que esfregou sua vagina em todos os contratos.

Pego um pedaço de papel da minha mesa com dois dedos, como se tivesse sido batizado com algo perigoso.

Estou agindo como se estivesse bem irritada. De uma forma estou. Ela quebrou um contrato, poderia demiti-la. Mas, na verdade, eu estou com muita inveja. Queria perguntar o que ela sentiu. Parecia muito bom. Seu rosto, perdido em prazer. O pênis dele, perdido dentro dela. Os dois tão bonitos, o sexo tão libidinoso. Parte de mim queria ter ficado quieta, assistido e capturado uma memória pra mim mesma, como fiz no parque. Mas dessa vez com pessoas bonitas, que fariam valer a pena eu me masturbar.

Mas eu sou a chefe. É meu trabalho ficar irritada.

E também não posso envolver minha assistente nas minhas fantasias. Isso não é nada ok.

— Você vai me demitir? — ela pergunta, com medo.

Espero um tempo para responder. Para estabelecer minha autoridade.

– Sorte sua que esse casamento está próximo. Não posso ficar sem você agora. Vamos terminar esse trabalho, e terminar bem, e aí vou analisar como prosseguimos, ok?

– Ok – diz e caminha até sua mesa com a cabeça baixa.

Um e-mail aparece na minha caixa de entrada segundos depois.

Me desculpa, chefe. Eu estava me sentindo tão insegura com esse cara com quem estou saindo, que só quer anal. Minha vagina precisava de um pouco de amor também, sabe?

Ah, eu sei muito bem como é quando sua vagina precisa de um pouco de amor, mas não posso dizer isso a ela. Nos sentamos em silêncio enquanto ela espera por uma resposta. Espero o máximo que posso.

– Pelo amor de Deus, Risky. O que você estava pensando, que tem que viver seu nome literalmente? – digo enquanto saio detrás da minha mesa e caminho até a dela. – Adam é o irmão do nosso cliente. O padrinho do casamento. Ele pode contar ao Gavin isso, e não seria nada bom para o meu negócio. Soa como se isso fosse parte do serviço.

– Eu sei. Mas ele chegou aqui tão fofo. Disse que o Gavin falou de mim pra ele. Quer dizer, Gavin Riley falou de mim? Eu me senti tão bonita. Estava segurando o enfeite do bolo nas mãos e quando percebi já estávamos nos beijando. Ele é tão sarado.

– Você não pode dormir com todos os padrinhos bonitos com quem a gente trabalhar, ok?

– Eu sei, mas ele é irmão do Gavin Riley. Eu estava fascinada. Ele estava implorando por sexo e eu...

– Ele implorou?

– Ok, não, ele não precisou implorar. Quer dizer, ele só olhou pra mim e talvez eu...

– Talvez você o quê?

– Tenha pulado nele?

– Você pulou nele?

– Sim. Vi a oportunidade e agarrei. Quer dizer, quem não faria isso?

– Hummm... Alguém que leva seu trabalho a sério?

Risky parece estar arrasada.

– Desculpa, chefe. Não vai acontecer de novo, ok? Por favor, não sei o que aconteceu comigo.

– Eu sei exatamente o que estava prestes a acontecer com você – comento enquanto volto pra minha mesa tentando parecer serena. – Então... como você *pula* em alguém? – pergunto enquanto pego alguns contratos e finjo olhar pra eles.

– Você só se joga pra cima dele, eu acho. Quer dizer, é bom ter uma ideia de que ele está a fim. Mas ele, com certeza, estava. Então eu só me joguei pra cima dele e comecei a beijá-lo.

– E aí o que aconteceu?

É isso, estraguei tudo. Já desci do patamar de chefe para o de melhor amiga e não tem como voltar atrás. Mas eu preciso saber.

– E aí a gente deitou e rolou, eu acho. Tudo gira em torno de autoconfiança, certo?

– Ah, é? – pergunto.

Penso no meu corpo e se, depois de ter ficado com o mesmo homem por dez anos e ter tido um filho, teria coragem de simplesmente "pular em alguém". O que estou pensando? Não posso "pular em alguém", tenho um marido, um bebê e leite saindo dos meus peitos. Mas é só nisso que consigo pensar: sexo com estranhos. Sei que não vou conseguir apagar a imagem de Risky e Adam da minha cabeça. Isso vai estar em meus sonhos hoje à noite, e não há nada que eu possa fazer pra parar.

– Bom, tenta não pular em nenhuma outra pessoa quando você está no trabalho, ok?

– Não vou.

Não passou nem um minuto de silêncio e outro e-mail aparece na minha caixa de entrada.

Só pra ficar claro... posso pular nele quando não estou no trabalho?

– Não, Risky. Por favor. Não pule nos clientes em ocasião alguma, ok? – respondo, levantando-me da cadeira.

– Ok, chefe. Sem problemas.

– Ótimo. Agora pode encontrar o contrato para os mágicos, por favor? Preciso checar se eles sabem que não podem trazer nenhuma pomba. Mayra tem medo de pássaros.

– Pode deixar, chefe.

Ela faz o que eu peço. Sento-me na minha mesa e imagino se eu experimentaria de novo a sensação de espontaneidade descontrolada. Com certeza não será com meu marido.

Mas e se conseguir com outra pessoa?

#8

♡ ◯ ▽

Ruby

Eu gosto de apertar cada abacate e cheirar cada pé de alface, por isso que comprar no supermercado pela internet não vai funcionar pra mim. Leva tempo selecionar meus produtos. Acredito que isso seja bem importante quando se come tão pouco como eu. Minha dieta básica consiste em ovos cozidos, folhas verdes, ocasionalmente algumas fatias de um pão integral de qualidade, sopa feita em casa e peixe. Claro que como outras coisas, mas raramente muda muito dessa lista. Para Bonnie a lista é bem mais excitante e amigável para crianças: salsichas, palitos de peixe frito, pizza e até, de vez em quando, Pop-tarts[17].

    Tenho dois motivos para fazer isso. Por mais que eu me importe com sua saúde, se oferecer a ela qualquer coisa que não tenha queijo derretido, molho doce ou cobertura de açúcar de confeiteiro polvilhado ela jogará tudo no chão e entrará em greve de fome. Em segundo lugar, eu sirvo comidas deliciosas pra ela agora, pois um dia ela será uma adolescente, e, se ela for estigmatizada com as mesmas aflições que eu, comida se transformará no

---

17 Pop-tarts é um biscoito pré-cozido recheado produzido pela empresa Kellogg's. [N. T.]

inimigo. E isso pode se transformar em autonegação, como eu faço. Ou ela pode exagerar na comida, como faz minha mãe. De qualquer forma os anos de alimentação até a pré-adolescência serão os melhores de sua vida, antes da vaidade, do controle de peso ou da saúde, arruinando sua relação com a comida pra sempre.

Tomar sorvete na praia com meu pai é uma das minhas memórias favoritas. O gosto saboroso, alegria abundante. Consigo me levar de volta pra lá se eu me concentrar bastante. O som do mar, famílias felizes na praia. Eu e meu pai lambendo nossos sorvetes e as gotas que escorrem pelo cone. Sem desperdiçar nada da sensação divina de nossos petiscos doces ou da alegria que encontrávamos um no outro. Consigo sentir o gosto do sorvete. Para mim era sempre baunilha, pra ele, chocolate.

– Não conta pra sua mãe que eu te dei duas bolas – ele diria.

E eu manteria aquele segredo como um bilhete de amor guardado no meu bolso. Meu pai era divertido. Em algum lugar dentro de mim, a influência dele ainda brilha.

No caminho do mercado pra casa, passo na frente de uma loja de brinquedos. Geralmente sou muito conservadora com relação aos brinquedos que tenho em casa para Bonnie. Não suporto visitar a casa de alguém e pensar se adultos vivem ali mesmo por conta da quantidade grotesca de parafernália infantil que entulha a sala de estar. Bonnie tem os brinquedos essenciais: Lego, livros, uma pequena estação de arte, bichos de pelúcia e uma cozinha bem-cuidada que Liam montou pra ela a meu pedido. Ele é mesmo muito bom. E habilidoso. No entanto, fiquei triste quando a Bonnie a viu. Eu paguei por tudo, pesquisei a cozinha perfeita que atenderia todas as necessidades dela para ser divertido e as minhas de ser bem organizada. A montagem demoraria horas e Liam se ofereceu para ajudar na tarefa. Quando estava pronta, fantástica no canto da sala, Bonnie estava entusiasmada. Ela abraçou o pai e o agradeceu.

– A ideia foi da mamãe – ele disse, percebendo que Bonnie estava me excluindo de sua manifestação pública de gratidão. – Dá um beijo na mamãe e um abraço e fala muito obrigada.

Mas ela não o fez, e não fará, porque com dois anos de idade ela não ligava para a importância das ideias e transações financeiras. Tudo que ela viu foi o pai bufando, trabalhando para criar um brinquedo que ela amasse. Até onde ela sabia, eu não tinha nada a ver com isso.

Dentro da loja de brinquedos havia um grande rato de pelúcia. Não gosto dele. Até um brinquedo de um roedor me dá arrepios. Mas antes de negar a minha filha mais alegria por conta dos meus medos ilógicos, eu pego da prateleira e pago. Em casa, o coloco em cima da mesa da cozinha. Depois no sofá. E na mesa de centro. Nenhum lugar parece certo ou emocionante o suficiente. Por fim, coloco em cima de sua cama. O rato de pelúcia debaixo das cobertas, sua cabeça horrível descansando no travesseiro. Decido que é o lugar mais divertido pra Bonnie encontrá-lo.

Depois de uma sessão de *spinning* na minha bicicleta, tomo banho e tiro os pelos do meu rosto com uma pinça. O meu pelo corporal está no pior nível possível. Tenho uma sessão de depilação agendada pra semana que vem no novo salão, e mal posso esperar. Estou nervosa sobre como a depiladora vai ser, mas estou desesperada. Não há chance de eu aparecer assim no casamento de Lauren Pearce. Fiquei com muito calor na bicicleta e, mesmo tendo um ventilador diretamente apontado pra mim, foi um esforço. Diminuo a aula de quarenta e cinco minutos para quinze e como um jantar simples de folhas verdes e camarões para compensar, antes de continuar o trabalho nas fotos de Lauren.

Ela está tão perfeita quanto me pediu, e devo admitir, gostei bastante de trabalhar nas fotos dela. Provavelmente ela nunca nem ouviu o meu nome, mas eu tenho um papel vital em sua vida. As suas selfies no Instagram são tão encenadas. O ângulo que ela escolhe é a própria edição, na verdade. Não são como as fotos para uma revista, ou as fotos profissionais que serão tiradas no seu casamento – ela vai precisar de mim pra essas. Sou como sua parceira no crime, uma investidora silenciosa para manter seus negócios em atividade. Gosto bastante de ter esse poder.

Fico me perguntando: será que ela está empolgada para seu casamento ou apavorada como eu estava no meu? Não queria toda a atenção, não queria um evento tão grande. Sabia que algo daria errado, sabia e me senti tão idiota quando aconteceu. Nunca mais fui tão idiota desde aquele dia. A única maneira de se magoar muito é deixando as pessoas se aproximarem de você. Não cometerei esse erro novamente.

Abro a pasta no meu computador chamada "Diário Menstrual". Na pasta, algumas das fotos do meu casamento. Imprimi as de que eu remotamente gosto. As fotos de nós trocando os votos são legais. Pareço feliz, na verdade, muito feliz. E eu estava. Achei que tinha encontrado o amor da minha vida. Alguém a quem eu daria tudo que estava disposta a dar. Há fotos de nós dois dando as mãos na entrada da festa. Estou sorrindo em quase todas. A câmera flagrou várias cenas de Liam me olhando. Realmente acredito que ele me amou. Não o suficiente para ele arriscar quebrar nosso código de confiança.

Abro uma das fotos no Photoshop. Sou eu, ao lado de Liam. Estamos olhando para algo distante. Não lembro se estamos posando para a foto, ou se havia algo chamando nossa atenção. Liam está tão bonito. Ele é mais alto que eu, o que eu gosto. Ele tem um corpo magro, um rosto bonito com uma barba grossa e preta, e cabelo preto e curto, de uns dois centímetros. Tem covinhas que poucas pessoas sabem que existem, pois ele não faz a barba com frequência. Nós não parecemos muito um casal. Ou talvez agora eu não consiga me imaginar no relacionamento que tínhamos.

Liam era uma pessoa gentil, amigável e sociável. Seus amigos nunca gostaram muito de mim. Tenho certeza de que o levei para uma vida muito mais divertida enquanto estávamos juntos. Ele não parecia se importar, nunca o impedi de sair com os amigos. Nós tínhamos jantares longos em que conversávamos por horas e horas. Pensava que um relacionamento baseado no interesse genuíno um no outro era realmente maravilhoso.

Nos conhecemos quando eu trabalhava com publicidade. No geral as pessoas eram detestáveis, mas Liam era um designer *freelancer* que geralmente estava copiado nos e-mails. Ocasionalmente todos eram chamados para reuniões presenciais, e o conheci em uma delas. Ele me seguiu depois pela rua e me chamou para um drink. Obviamente, eu disse não, mas ele foi persistente. Tinha meu e-mail, então me chamou mais tarde naquele mesmo dia. Depois de inúmeras tentativas, eu cedi. Programei o primeiro encontro para logo depois de uma depilação, e, para minha surpresa, nós nos divertimos bastante. Nos encontramos novamente alguns dias depois, e tudo ficou silencioso até minha próxima depilação. Eu o encontrava a cada cinco semanas, por quase um ano. Ele nunca perdeu o interesse.

Tudo parecia extremamente diferente de qualquer outra coisa que já tinha sentido em minha vida. Só permitia que transássemos nas duas semanas após uma depilação. As luzes tinham que estar apagadas e, na maior parte das vezes, eu ficava de blusa. Disse a ele que eu tinha um problema menstrual que deixava o sexo doloroso durante alguns momentos do meu ciclo. Ele respeitosamente nunca questionou. Escondi meu corpo dele, me fazia de difícil, e quando meu corpo estava como eu queria, ia pra cima com força. Era o melhor que eu podia fazer.

Aí ele me disse que me amava.

Eu me afastei. Disse que não queria vê-lo de novo. Que os sentimentos não eram recíprocos. Se isso se tornasse um relacionamento de verdade, pensava, não poderia mais me esconder por semanas. Teria que contar a verdade, ou pior, mostrar pra ele meu corpo.

Ele ficou muito triste uma noite e me perguntou se eu ainda me sentia atraída por ele.

— Tentei tanto me aproximar de você. Não sei o que mais posso fazer. Você não parece me querer fisicamente e quero saber o que posso fazer para melhorar.

O fato de ele ter presumido que o problema estava com ele me deixou arrasada. Sabia que tinha que contar a verdade, talvez até mostrar a verdade sobre meu corpo.

Respirei fundo.

— Tenho uma condição chamada ovário policístico — disse, olhando pro chão.

Sentia que eu estava contando a ele que uma doença vergonhosa me afligia e que eu havia causado tudo isso.

— Significa que eu posso ter problemas para engravidar. Significa que estou em uma batalha constante com meus hormônios. Significa que... significa...

Ele me esperou terminar a frase. Ele era bom assim, nunca falava por cima de mim. Sempre me dando espaço para ser eu.

– Significa que tenho um pelo grosso por todo meu corpo. É repulsivo e entendo se isso não te excitar. Depilo com a maior frequência que posso.

Levantei a saia do meu vestido e mostrei a ele minhas pernas peludas. Ele riu e me senti uma idiota.

– Vem cá, Ruby – disse, me chamando pra cama.

– Tenho pelos por todo meu corpo também. Você me acha repulsivo?

Disse a ele que não. Ele tentou fazer amor comigo, mas eu disse que não podia. Que levaria tempo para eu me deixar levar nesse sentido, que não poderia garantir que eu conseguiria em certas fases do meu ciclo. Ele respeitou. Estava aliviado. Só queria que eu o amasse.

Aí ele me pediu em casamento.

○ ○ ○

Estou tão magra nas fotos do meu casamento. Pálida. Abatida. Meu vestido era lindo, eu achava. Inspirado em um vestido vitoriano que encontrei. Arrumei meu cabelo e fiz minha própria maquiagem, claro. Mas não fiz muito bem. No Photoshop eu deixei os tons do meu rosto mais quentes, deixei minhas bochechas mais fofas, preenchi as olheiras. É uma diferença sutil, mas me deixa bem mais bonita. O vestido tem babados por toda a frente. Escolhi isso para distrair o fato de que tenho seios pequenos. Deixei-os um pouco mais proeminentes, aumentando um tamanho ou dois. Parecem mais bonitos.

Por que parar aí? É só para os meus olhos, mesmo.

Puxo meu quadril pra fora, e fico com uma silhueta mais cheia, muito mais do que eu me permitiria ter, mas com a qual sempre sonhei. Uma forma voluptuosa, uma bunda que os homens admirariam. Fica bem em mim, não posso negar. Aliso as veias das minhas mãos, diminuo o tamanho dos meus dedos um pouco, os deixo mais fofos. Coloco um pouco mais de brilho no meu cabelo, diminuo o tamanho dos meus pés e tiro as veias do meu pescoço.

Estou linda. Uma imagem que teria me deixado orgulhosa. Acho que se minhas fotos fossem vistas por milhões de pessoas, eu também gostaria que esse trabalho fosse feito nelas. Talvez Lauren Pearce não seja tão louca quanto eu pensei. É legal olhar pra fotos de você mesma, eleva a autoestima. Mas, claro, isso não é real.

Olho pra foto por um momento, pensando em que vida diferente eu poderia viver se pudesse fazer essas mudanças em mim de verdade. Seria melhor, não tenho dúvidas. Eu seria mais feliz. Provavelmente ainda estaria casada.

Meu celular toca. É a creche. Eles continuam ligando e eu continuo deixando cair na caixa postal. Desta vez me sinto mal e escuto a mensagem.

Oi, Ruby, é a Maria de novo. Por favor, você pode me dizer quando consegue pegar a Bonnie? Ela realmente não está tendo um bom-dia...

Desligo o meu computador e termino de me arrumar para sair. Amanhã é sexta-feira, Liam chega às 6h. Estou ansiosa para o fim de semana em que eu só precisarei cuidar de mim mesma.

Olho mais uma vez para as fotos do casamento retocadas e saio de casa.

Beth

— O quê? — diz Risky, atendendo o celular.

É muito agressivo pra ela. Finjo não notar e volto meu olhar para a tela do computador.

— Sim, e eu estou falando sério. — Levanta e caminha até a janela. — Eu disse porque precisava ser dito.

Ela começa a andar de um lado para o outro. Quem quer que seja do outro lado do telefone está deixando-a irritada. Continuo fingindo que não notei.

— Por quê? Como assim, *por quê?* Porque não parece certo, por isso.

Ela cobre o telefone com a mão e solta um som de frustração e revira os olhos pra mim.

— Você não pode ignorar isso — continua. — Não, você tem que, pelo menos, reconhecer isso. É como se nem estivesse lá. Bom, é claro que importa, é a porra da minha vagina.

Ah, uau. Ela está falando sobre sexo. Levanto-me devagar. Vou entrar de fininho no banheiro, até ela terminar. Mas ela me vê, levanta apressada e coloca a mão no meu braço, apertando bem forte conforme a frustração aumenta.

— Eu não odeio, eu gosto, mas esse não é o ponto. Não é tudo que eu quero. Você está me deixando complexada com a minha vagina. Não preciso disso na minha vida, ok? Tem alguma coisa de errado com ela? Por que você não quer transar com ela?

Checo para ver se ela não está tirando sangue do meu braço, está doendo bastante.

– Ah, é? Então acabou, ok? Não posso mais fazer isso. É tudo que você quer, e eu respeito isso. Você sabe o que também quer respeito?

Eu e o cara do outro lado do telefone esperamos firmes por uma resposta.

– MINHA VAGINA.

Ela desliga na cara dele, solta meu braço e grita pro telefone.

– Bom, parece que tudo correu bem? – pergunto.

– Eu amo anal, Beth. Mas minha vagina precisa também – diz, completamente desamparada. Muita conversa de vagina pra uma tarde só.

– Vamos terminar algumas coisas de trabalho então? – sugiro. – Estamos com um prazo apertado, Risky.

Ela anda lentamente até sua mesa, sua mente ainda claramente anda focada em sexo. Ela se senta, pega o celular e começa a enviar mensagens, furiosa. Aí ela começa a sorrir, e o celular toca. É fascinante.

– Oi – diz, voltando pra perto da janela. – Sim, eu também. Sim, acho... Quer dizer, se você quiser?

Ela está fazendo movimentos com as pernas de uma maneira meio doida, mexendo no cabelo com o dedo.

– Ha-ha, ah, você quer? Mesmo? – diz com uma risadinha. – Ah, é? Eu também. O quê? Agora? Adam, estou no trabalho.

– ADAM! – digo em um cochicho alto.

Ela dá de ombros, como se não pudesse evitar.

– Não, aqui não – completa. – Não... Ok, ok, me dá um segundo.

Risky pisca pra mim. Qualquer autoridade que eu tinha como chefe já evaporou. Ela pega o consolo cor-de-rosa de dentro da sua bolsa e vai para o banheiro.

– Ok, ok, estou quase lá – diz a ele. – É preta... de renda... não estou usando nenhuma. Não estou!

Ela fecha a porta. Estou sozinha na minha mesa, no meu escritório, enquanto minha assistente vai bater uma no banheiro, pelo telefone, com o irmão do meu cliente. Como é que raios isso está acontecendo?

A porta do escritório abre de repente.

– Michael, o que você está fazendo aqui?

– Tommy queria surpreender a mamãe no trabalho – responde Michael, entrando no escritório com meu bebê no colo.

— Entendi, humm, que delícia – digo.

— Onde está Risky? – ele pergunta.

— Ela está no banheiro. Ela vai demorar um pouco. O almoço foi grande. — Desejei não ter dito isso.

— Tá tudo bem? – ele pergunta.

Eu deveria estar mais feliz em vê-los.

— Sim, sim, tudo bem.

— Ai, meu Deus! – diz Risky, saindo do banheiro.

Que rápida, penso.

— Não estava preparada pra esse ataque de fofura.

Ela tira Tommy dos braços de Michael assim que ele solta os cintos do Canguru.

— Oi, bebê maravilhoso. Ai, ele tem os seus olhos, Beth. E seu nariz, Michael. Ele é a mistura perfeita de vocês dois.

Risky faz caras e bocas. Tommy sorri.

— Que delícia receber vocês. – Por que estou soando tão formal com meu marido? – Quer dizer, você deveria ter ligado antes, assim a gente teria arrumado a bagunça – comento, dando um beijo na bochecha de Michael.

— Ai, meu Deus, assim vocês me matam – diz Risky. – Eu sempre falo pra Beth que vocês têm o casamento dos sonhos. Você é muito especial, Michael. Cuidando do bebê assim enquanto sua mulher trabalha. Um homem tão moderno.

— Ah, obrigado – diz Michael, ficando vermelho. – É o que tem de ser feito, né?

— Acho que sim, mas nem todos os pais estariam dispostos a fazer.

O elogio de Risky me deixa enjoada. Um pai fazendo o que pais devem fazer não significa que ele seja um herói.

— Você deu leite pra ele? – pergunto.

— Não. Achei que você gostaria de fazer isso.

— Ótimo. Risky, você pode trazer ele aqui?

Ela faz o que eu peço.

— Vem aqui, rapazinho, vem com a mamãe.

Ele agarra meu peito direito e nós dois nos soltamos. Eu o amo tanto. Todo mundo disse que eu sentiria um amor que nunca senti antes, mas nunca pensei que seria tão diferente de tudo que senti por qualquer pessoa no mundo.

– Quão linda a Beth está pra alguém que acabou de ter um bebê, né? – Risky pergunta a Michael. – Sempre digo a ela como ela está uma mãe gostosa, mas ela não acredita em mim.

– Risky, por favor! – digo, esperando que ela cale a boca.

Não quero forçar o Michael a me notar, pra depois mentir sobre como ele se sente.

– Sim, sim, ela está ótima – responde Michael, cem por cento menos empolgado que Risky.

– E esses melões? – diz, apontando para os meus seios. – Aposto que não é justo eles estarem tão bonitos, mas você não poder tocá-los.

Ela pensa que é engraçada. Risky tem orgulho de dizer o que quiser e ser muito aberta sobre sexo. Pra ser justa, ela está falando com um casal que não deveria achar tudo isso tão doloroso.

– Sim, eles são legais – diz Michael, sem saber pra onde olhar.

Ele olha pra todos os lados exceto pra mim.

– Ah, olha só, todo tímido. Olha, Beth, ele tá vermelho!

Finjo cuidar do Tommy. Não consigo olhar pro Michael. Qualquer pessoa dizendo a palavra "gostosa" perto da gente se tornou insuportável.

– Entãããão, vocês acham que vão ter mais um? – Risky pergunta ao Michael. – As pessoas sempre perguntam isso para as mulheres, e não é justo, então sempre pergunto aos homens também.

– Hummm... Não sei, a gente tem que...

Penso se Michael vai dizer "transar". Mas claro que ele não vai.

– ... se mudar, provavelmente. Precisaríamos de outro quarto. E nós não queremos nos mudar, né, Beth?

– Não, não queremos nos mudar – encaro Risky, encorajando que ela cale a boca, mas ela não entende.

– Bom, acho que a alegria de ter apenas um é que você recupera seu casamento bem fácil e rápido. Você ouve tantas histórias horríveis de relações que desmoronam depois de ter bebês. O marido de uma amiga da minha mãe terminou com ela depois de vinte anos porque ela perdeu toda a libido depois do terceiro filho.

– Ok, Michael, acho que o Tommy está cheio – digo, levantando.

Pobre Tommy não entende o que está acontecendo e começa a chorar histericamente.

– Desculpa, meu amor, nós temos uma reunião importante em vinte minutos e eu preciso me preparar. Você pode levar ele pra casa?

Michael não pode colocar Tommy no carrinho mais rápido que isso. Ele está gritando e quer mais leite. Risky está enrolando, ela não consegue lidar com um bebê chorando. Ninguém consegue, é um som horrível e traumatizante. Mas nada é pior pra mim agora que Michael estar aqui e Risky tentar começar uma conversa sobre nossa vida sexual.

– Tchau, meu amor, vejo você depois do trabalho – grito na escada sobre os berros de Tommy.

Meus mamilos estão jorrando e encharcando minha blusa. Eu quero chorar com o pensamento do que nosso casamento se transformou.

– Foi agradável – diz Risky, quando volto ao escritório.

– Sim, agradável – respondo, sentando-me de volta à mesa.

– Aqui – diz, me entregando um lenço de papel para meu peito encharcado. Limpo por fora da blusa e enfio uns protetores de mamilo dentro do sutiã.

Risky recebe outra mensagem de texto. Ela dá um sorriso largo e responde com entusiasmo. Parece que ela está com tesão de novo.

Finjo não notar.

Ruby

Quando pego Bonnie na creche, às 17h, ela está sentada em um canto sozinha, com os olhos bem vermelhos e um rosto esgotado.

– Ela não se acalmou o dia todo – diz Maria. – Teria sido muito melhor se você a tivesse pegado quando eu te liguei.

Me desculpei, disse que foi impossível sair do trabalho. Maria disse que segunda-feira teria que ser diferente.

– Bonnie está com ansiedade de separação e precisa ir se acostumando aos poucos.

Ela nunca viu nada assim de uma criança de três anos, aparentemente. Ela pediu por mim o dia todo.

Minha garotinha pedindo por mim? Eu me resignei a isso nunca acontecer. Frustrante ouvir que ela não se acalmou, mas bom saber que ela precisa de mim. Essa semana não foi inteiramente ruim. Bonnie assistiu bastante TV no tempo que estávamos juntas, mas também tivemos bons momentos. Mais nesses últimos dias que tivemos em meses. Talvez Bonnie esteja respondendo a isso, ela quer ficar mais comigo.

Tento não pensar muito nisso, porque isso também significa que eu a tenho negligenciado por muito tempo, e que quando eu me esforço mais pelo nosso relacionamento, o comportamento dela comigo muda. É uma realização frustrante.

Bonnie se recusou a entrar no carrinho. Somente porque queria que eu a carregasse até em casa. Ela me agarrou e não queria mais soltar. Sua cabeça apoiada gentilmente no meu ombro. Minhas costas estão doloridas de carregá-la por mais de um quilômetro e meio, mas eu não a colocaria no chão nem que ela me pedisse. Não lembro a última vez que ela se agarrou em mim dessa maneira. Isso nos deu uma dose inesperada de conforto.

– Tenho um presente pra você em casa – cochicho no seu ouvido para animá-la.

Ela me abraça ainda mais forte.

– O que é, mamãe? – Bonnie pergunta com entusiasmo.

– Você vai ter que esperar pra ver.

Seus maravilhosos olhos azuis estão brilhando só de pensar no presente, a empolgação ajudando a esquecer a agonia do dia.

– Está no seu quarto – digo enquanto abro a porta da frente.

Bonnie corre escada acima, o mais rápido que pode, e eu a sigo. No quarto ela olha por todo lado, depois na caixa de brinquedos.

– Talvez na sua cama? – sugiro, e ela imediatamente encontra o bichinho de pelúcia debaixo das cobertas.

– Um rato – diz, puxando debaixo das cobertas, abraçando tão forte que quase esmaga o bichinho.

– Você gostou? – pergunto.

– Eu amo ela.

– Ah, é "ela"?

– Sim, e o nome dela é Mamãe.

Ela está encantada com a sua escolha de nome. Preferia que não fosse um rato, de todas as coisas, mas não é hora de expressar isso.

– Ótimo, bom, fico feliz que você tenha gostado. Por que você não vai brincar com a Mamãe enquanto eu preparo o jantar?

– Quero brincar com a mamãe, mamãe – diz, colocando o rato de volta na cama.

– Ok, você faz isso e eu te chamo quando o jantar estiver pronto.

– NÃO, eu quero brincar com você.

– Comigo? Por quê? – pergunto.

Nunca brinco com Bonnie. Sempre tive muito orgulho da sua habilidade de brincar sozinha. Não sou uma dessas mães que se sentam de joelhos no chão e montam torres de Lego.

— Vamos brincar de loja — diz, pegando um estojo cheio de itens de comida de plástico e uma máquina registradora.

— Bonnie, eu preciso preparar seu jantar...

— Você não pode cozinhar meu jantar se você não foi na loja, né?

— Acho que não.

Sento-me no chão, encosto as costas em sua cama enquanto ela arruma as coisas no que ela considera ser uma loja suficientemente boa para satisfazer sua imaginação.

— Ok — diz, olhando pra mim como se eu soubesse o que fazer depois.

Levo um minuto para entrar no personagem.

— Ok, vamos lá. Quero um tomate e um pepino, por favor.

— Não. Você quer o macarrão — diz, vigorosamente.

— Ok, gostaria do macarrão e do molho de tomate — respondo, entrando na brincadeira.

— NÃO! Você quer o macarrão e o queijo — diz, tirando o tomate falso da minha mão e forçando o queijo de plástico no lugar.

— Ok, Bonnie — digo calmamente. — Vou querer o macarrão e o queijo, por favor — completo, determinada a brincar.

— Mas *eu* quero o queijo, mamãe — insiste, cruzando os braços.

— Bonnie...

— NÃOOOOOOOOOOO, EU QUERO O QUEIJO — grita, sem motivo, direto para um nível oito de chilique.

Mantenho minha voz calma. Não quero chateá-la, mas também não quero que ela fale comigo dessa maneira. Ela acha minha resposta insuportável e sai do quarto, batendo os pés escada abaixo. Sento-me no chão, cercada de comida de plástico, e tenho uma epifania. Bebês são malucos, não importa o que você faça. A culpa não é minha.

○ ○ ○

Enquanto Bonnie brinca com sua cozinha no andar de cima, preparo um jantar de salsichas e purê de batata. Ela come na sua cadeira, com uma almofada grande nela, enquanto toca o audiolivro *O Grúfalo* na Alexa.

Pergunto se ela quer mais, mas ela chacoalha a cabeça para o lado como se eu tivesse dito a coisa mais cruel do mundo. Eu começo a rir. Não acho que alguma vez ri de uma situação como essa, mas a maternidade está aos poucos fazendo sentido pra mim. Não é fácil, mas não significa que eu não deveria tentar. Tudo que tenho que fazer é pensar no Ross, e tudo que ele passou. Aposto que ele trocaria sua agonia por apenas mais um dia com Verity, mesmo se ela estivesse tendo um chilique.

Deixo Bonnie assistir à TV mais um pouco antes de brigar com ela pela hora do banho. Ela se recusa a entrar na banheira, depois se movimenta tanto que escorrega e bate a cabeça na lateral. Nenhum estrago feito, mas o chilique é elevado ao nível nove. Tentar colocar o pijama é como vestir um polvo. Ela está na cama, história lida, luz baixa no quarto; um vaporizador emite um cheiro de lavanda. Ela dorme em minutos, segurando o rato Mamãe como se dividissem uma vida inteira de amor.

Olho pra ela da porta. Talvez o truque da maternidade não seja gerenciar as reações dela, ao contrário, mas tentar gerenciar as minhas próprias. E, além de tudo isso, pelo menos minha filha está viva. Talvez eu seja mesmo sortuda no fim das contas.

Lauren Pearce – Post no Instagram

OficialLP

A foto é de Lauren em roupa de ginástica, sentada na posição de yoga de Dandasana. Ela mesma tirou a foto, usando o reflexo do espelho. Ela está sorrindo. Está arrumada e maquiada. Um suco verde está no chão, ao lado do tapete de yoga.

curtido por **primavera_editorial e outras 108 pessoas**

OficialLP Estou melhor. Muito melhor hoje. Que boba fui de deixar o momento me levar e dividir isso com vocês. Como se não tivessem que lidar com seus próprios problemas. Ansiedade é algo que todos temos, em diferentes níveis. Todos nós temos que aprender a lidar com isso. E eu posso, e vou. Menos de duas semanas até o dia do SIM para o homem que eu amo. Me sentindo grata a ele e a todas as pessoas que tenho por perto. E também muito grata pelas coisas grandes e pequenas que me trazem alegria. Tudo, desde o meu smoothie, meu cachorro, as roupas no meu corpo. Sou grata por estar viva. Todas deveríamos estar.

#seame #secuide #mulheresapoiandomulheres #sucoverde #yoga #vegan

Ver todos os comentários

@quincybones: É isso aí, garota. Vamos movimentar esse assoalho pélvico, e vamos animar essa porra!!!

@delorously: Eu gosto quando você compartilha algo sobre ansiedade. Se alguém como você também tem, então sinto que não sou tão bagunçada assim.

@reason675: Meu Deus do céu, por favor, cala a boca, sua egocêntrica do caralho.

@eagerbeaveronly: Respeito por você. RAINHA. Você é linda por dentro e por fora.

@lovelollyed: Literalmente nunca amei nenhum outro ser humano como amo você.

Ruby

Com a Bonnie dormindo como um anjo lá em cima, sento no sofá para olhar as fotos de Lauren. Fico alternando entre as originais e as que editei. Claro que a deixei mais bonita. Na realidade, eu a deixei perfeita. Mas ela não estava tão mal assim. Há muitas fotos dela e de Gavin, sem tratamento, saindo de festas no tapete vermelho. Seus vestidos sempre são muito justos. Ou seus peitos ou pernas estão à mostra, algumas vezes ambos.

Ela é exatamente o estereótipo da esposa troféu. Um pouco cabeça de vento, carregada de roupas de designers famosos, quando está vestindo alguma coisa. A internet é cheia de frases que sua RP fala em seu nome. Frases prontas sobre empoderamento, ansiedade, como se ela tivesse alguma ideia do que são essas coisas. Ela precisa passar uma semana com a minha mãe, aí ela vai entender um pouco sobre saúde mental.

Ela é uma fraude. Mas também é a minha fonte de renda nesse momento, e tudo isso vai me comprar uma bolsa novinha, e muito possivelmente um novo quadro para minha sala de estar. Qual é a expressão mesmo? "O lixo de uns é o tesouro de outros." No meu caso é mais para: "A insegurança de uma mulher é o lucro de arte da outra". Não deveria fazer piada disso. Doença mental não é algo leviano. Por isso, é tão ofensivo pra mim Lauren Pearce usar desse tópico para tracionar a sua carreira.

Envio uma mensagem de texto pra minha mãe.

Mãe, como estão os gatos hoje?

"Enviada" se transforma em "lida" imediatamente no iMessage. Por sorte ela nunca percebeu que pode desligar essa função, e é muito útil saber se ela viu a mensagem, e que ela não está morta. Volto para as fotos de Lauren.

Meu trabalho é fazer algo que não é real não parecer falso. É preciso ter muitas habilidades. Quando trabalhava para uma agência de publicidade, o que era horrível, nunca havia a preocupação de algo não parecer falso, tudo que precisávamos fazer era criar uma imagem que mentia o quanto sua vida iria mudar a partir daquele produto. Meu trabalho era sempre fazer uma modelo anoréxica com cabelo ralo ter os cachos de uma deusa grega para vender algum shampoo que não funciona (sei disso porque eu testava todos os produtos), mas o que importava pra todo mundo era como o cabelo estava incrível.

Um nível de cabelo tão incrível que é literalmente inatingível por qualquer coisa que não fosse uma peruca. Cheio, brilhante, sem pontas duplas. Eu criava o cabelo impossível para promover o produto impossível. E as pessoas por trás disso eram repugnantes. Eles falavam das mulheres como se elas fossem uns pedaços de carne idiotas. Idiotas o suficiente para acreditar que elas conseguiram se parecer com uma foto digitalmente criada. Me deixava muito desconfortável. Rebecca trabalhava bastante para eles também, mas ela acabou migrando para ensaios com celebridades para revistas, e me levou com ela. Nunca foi uma decisão moral para ela, não tenho certeza se ela tem moral com relação a seu trabalho, mas até aí eu também sou parte de uma máquina, então o que posso falar?

Rebecca me enviava uns e-mails terríveis naquela época. A agência contratava modelos que eram tão magras, pareciam doentes. Consigo ver uma modelo com distúrbio alimentar a quilômetros de distância. Uma vez, as fotos de uma pobre garota eram tão difíceis de olhar. A propaganda era de uma marca de jeans. A marca prometia que as calças te dariam o bumbum perfeito. Essa mulher não tinha bumbum nenhum. Ela estava abatida, pálida e suas pernas mal conseguiam mantê-la em pé. A pessoa que a contratou deveria ser demitida, mas aparentemente ela era uma modelo famosa e a marca teve sorte.

Rebecca me enviou as fotos com uma simples mensagem: "Faça com que ela não pareça estar morrendo". Partiu meu coração. Eu sentia pena dela conforme ia deixando sua pele mais corada, tirava suas olheiras, colocava mais carne em suas coxas e dava a ela o bumbum que a marca prometia dar a todas as mulheres. O que dei a ela faria seus problemas ainda piores. Ela estava incrível no final, o que significava que ela seria contratada para outras fotos. Sua credibilidade como modelo só aumentava, e ela continuaria se matando de fome.

Sempre me perguntei como as modelos se sentiam sabendo que elas seriam "consertadas" depois. Que alívio seria saber que não importa como você está, porque alguém como eu alteraria sua aparência de qualquer forma. Ou será que isso as destruía, ver que sua imagem real nunca era suficiente, e que precisava ser retrabalhada em um computador para que pudesse ser impressa? De qualquer forma, toda a experiência com publicidade foi torturante. Hoje em dia eu só trabalho para as demandas que a pessoa fotografada me pede, no entanto Rebecca também solicita mudanças e a pessoa fotografada nunca contesta. Não tenho motivos para me sentir mal. Mesmo assim eu me sinto.

Sem conseguir parar de fuçar a vida de Lauren Pearce, encontro uma entrevista que ela fez para o *Daily Mail* alguns anos atrás. Perguntam se ela planeja ter filhos. Uma pergunta estúpida para se fazer a uma mulher de 25 anos (idade que tinha na época) que ainda nem é casada. Sua resposta é de tirar o fôlego:

A bela de cabelos dourados quer que suas filhas saibam o valor de seus corpos. "Se for sortuda o suficiente para ter filhas mulheres, sei que vai ser bem difícil. Quero que elas amem seus corpos, como amo o meu. Mas é difícil, especialmente com Instagram, Snapchat e outras redes sociais com filtros que fazem qualquer pessoa parecer perfeita. É um mundo falso, mas meu trabalho como mãe delas será mantê-las na realidade.

Não tenho empatia por essa mulher ou suas filhas hipotéticas. Ela é uma mentirosa e hipócrita. Vivendo em sua bolha perfeita de dinheiro, fama e potencial maternidade. Tentando fazer dinheiro com seus problemas fashionistas de saúde mental e o corpo falso que ela exibe como real. Isso não deveria ser permitido.

– Vem, Bonnie, por favor, papai vai chegar já, já – digo, segurando seu sapato e casaco.

Finalmente é sexta-feira, Liam chega às seis horas e ele raramente se atrasa. Estou esperando por ele no corredor.

– O que você vai fazer enquanto eu estou com papai? – ela pergunta, enquanto amarro seus sapatos.

É a primeira vez que ela faz uma pergunta dessas.

– Hoje à noite vou jantar com uns amigos, e no resto do final de semana vou trabalhar – conto a ela.

Porque é o que faço aos finais de semana, junto com longas caminhadas. Algumas vezes compro uma bolsa nova, ocasionalmente costuro um vestido. Não revelo o detalhe de que passarei a maior parte do dia de amanhã em um salão de beleza, onde vou ter o pelo do meu corpo removido por uma pessoa que não conheço, que pode ou não enviar uma mensagem no WhatsApp para seu grupo de amigas no final do dia, contando que elas não acreditariam na mulher que estava lá hoje. Antes de me descrever como nojenta.

– O que é trabalho?

– É o que os adultos fazem para ganhar dinheiro, comprar comida e roupas, e outros itens essenciais.

– Eu trabalho?

– Você ganha dinheiro? – pergunto.

– Não.

– Não, você é uma criança. Você não trabalha, você brinca. Quando você for adulta você vai trabalhar, e você vai escolher o que quer fazer.

– Que trabalho você escolheu?

Pauso. Eu escolhi o que eu faço? Não exatamente. Acabei em um lugar que nunca imaginei que acabaria.

– Eu faço fotos ficarem bonitas – respondo.
– Fotos do quê?
– De pessoas.
– Que pessoas?
– Mulheres.
– Como você deixa elas bonitas?
– Eu... eu coloco cores nelas, eu acho.
– Você pode colocar cores em mim, para me deixar bonita?
– Não seja boba.

Ela resmunga. Um resmungo mais de acordo com a versão dela que estou acostumada.

Ela quer que eu responda à sua pergunta.

– Por que as mulheres das fotos não são bonitas?
– Porque elas não acham que são.
– Por que elas não acham que são?
– Porque elas acham que tem algo de errado com elas.
– O que tem de errado com elas?
– Nada.
– Então por que você precisa mudar?

Encaro minha filha. Ela me encara de volta. Ela quer uma resposta para uma pergunta simples, mas eu não faço ideia do que dizer. Quando explico meu trabalho para uma criança inocente, tudo parece ridículo.

– Por que você não pode me deixar bonita, mamãe?
– Porque, porque...

A campainha toca e eu me sinto, bem literalmente, salva por ela.

– Papai! – grita Bonnie, mudando de humor completamente, correndo até a porta e me derrubando.

Sempre fui deixada de lado no amor que Bonnie sente pelo pai. É algo que já aceitei desde os primeiros cinco minutos depois do seu nascimento. Bonnie abre a porta antes de eu ter a chance de me levantar. Liam me vê sentada no chão do corredor e corre para me ajudar.

– Ruby, meu Deus, tudo bem? Você caiu?

Afasto as mãos dele e faço movimentos para que ele tire as mãos. Ele sabe que não gosto de ser tocada.

– Não, eu estava colocando os sapatos nela e ela me derrubou.

– Ah, ok, ainda bem. Oi, Bon Bon.

Bonnie pula no colo dele. Esse também era meu lugar preferido.

– Como foi a viagem? – pergunto, sabendo o quanto é importante que nossas conversas sejam educadas na frente dela.

– Ah, foi ok. Você sabe, trabalho. Como foi sua semana, no fim das contas?

– Difícil, na verdade. Estou com bastante trabalho no momento.

– Mamãe faz as mulheres ficarem bonitas no trabalho, mas ela não quer me deixar bonita – diz Bonnie, mordendo o lábio inferior.

– É porque você já é muito bonita. Não tem como ficar mais – diz Liam, me lembrando da resposta que eu deveria ter dado.

– De qualquer maneira, ela começou na creche nova, então isso é bom.

– E como é, você gostou? – ele pergunta a Bonnie.

Ela chacoalha a cabeça violentamente, e depois encosta no ombro dele.

– É fedida – ela responde.

– Ela está sendo boba, é ótima. Só vai levar um tempinho pra ela se adaptar – completo, sem olhar nos olhos dele.

– Ótimo, estou feliz que isso tenha sido resolvido. E provavelmente não custou nada pra vocês passarem um pouco mais de tempo juntas – diz, pisando nos freios e fazendo o mundo parar de girar.

– O que você disse? – pergunto, bem devagar, possivelmente com um pouco de fumaça saindo pelos meus ouvidos.

– Bom, sabe, vocês duas passando um tempo juntas seria legal, né?

– Você está de brincadeira? Tudo que eu faço é trabalhar, ser mãe, trabalhar e ser mãe. Não tá bom pra você? – digo tudo isso com um sorriso falso, como se Bonnie não entendesse o que digo.

– O que quis dizer é que você a deixa às 8h e pega às 17h. Ela fica comigo aos finais de semana. Então, talvez passar alguns dias da semana com ela não seja uma coisa ruim. Você gostou de passar mais tempo com a mamãe, Bonnie?

Ela balança a cabeça ferozmente.

– A gente pegou um rato – ela conta.

Ele levanta uma sobrancelha, sabendo muito bem da minha fobia.

– Nós soltamos ele no parque.

– É mesmo? – ele me pergunta.

Mas estou congelada. Física e emocionalmente. Não consigo pensar em nada para dizer.

– Bom, melhor a gente ir se quisermos ver um filme antes da hora de dormir – diz Liam, fazendo com que eu volte à realidade.

– O horário dela de dormir é às 19h. Por favor, não deixe ela acordada até tarde.

– Eu sei, não se preocupe – diz, sorrindo pra Bonnie, e ela sorri de volta.

Aparentemente, ele é o divertido. Eu, a chata que não passa nunca nem um tempo com a filha.

Entrego a ele a bolsa que arrumei pra ela. É uma bolsa bonita, uma tote da Kate Spade, e peço pra que ele não a perca. Fecho a porta atrás deles e vejo as caras e bocas que estão fazendo um para o outro, sorrindo.

Não é minha culpa que eu não seja tão divertida como ele.

Beth

Todos os meus sentimentos sobre Michael não me tocar estão se transformando em raiva. Estou tão irritada que poderia explodir. Tenho direito a uma vida sexual. E se eu me casei com um homem que nunca vai resolver isso e eu terei que optar por separar a minha família em duas para satisfazer minhas necessidades ou me comprometer a uma vida sem sexo? Será que conseguiria? Viver uma vida sem sexo? Talvez eu consiga. Quer dizer, será que precisamos de sexo?

Eu preciso. Eu quero sexo. Isso não faz de mim uma maluca.

Tudo que aconteceu até agora foi um voyeurismo acidental e fantasias eróticas contínuas quando estou acordada e quando estou dormindo. Se eu não transar logo, tenho medo de acabar pulando em cima de Risky.

Saí do trabalho mais cedo hoje, em tempo de alimentar Tommy antes de ir pra cama. E cedo o suficiente para que Michael não possa dizer que ele está cansado demais para falar com sua esposa.

— Precisamos falar sobre a outra noite — digo a ele, enquanto começo a comer uma batata assada com atum que trouxe para casa.

Ele se ofendeu por eu não querer experimentar sua torta shepherd[18] com mandioquinha. Mas a segunda melhor coisa da vida depois de sexo é carboidrato, então é isso. Ele não vai poder me negar ambas.

---

18 Torta sheperd, ou *Shepherd's pie*, é uma torta assada típica da culinária da Inglaterra. Feita com base em carne moída e purê de batata. [N. T.]

– Ah, minha mãe vai ficar bem, ela só ama o Tommy, só isso – diz, escolhendo um assunto com que ele pode lidar em vez de o assunto a que estou me referindo.

– Não estou falando sobre o que aconteceu com a sua mãe, estou falando do que aconteceu entre a gente, na cama. Michael, você pode olhar pra mim, por favor?

Ele faz o que eu peço, mas está aterrorizado, depois puto da vida. Me recuso a deixar a nossa vida sexual ser um assunto proibido. Tenho fantasiado assistir a estranhos transando em florestas, não dá pra continuar assim. Não estou feliz em me sentir uma pervertida.

– Michael, eu te amo muito, mas nós temos um problema, você sabe disso, não sabe?

Ele se senta ao meu lado.

– Eu sei – diz, lastimavelmente.

Sinto um progresso.

– Michael, você sente tesão por mim? – pergunto, e me preparo para uma resposta que talvez eu não esteja emocionalmente preparada para ouvir.

– Claro que eu sinto – responde com afeto.

– Então o quê? Qual é o problema?

– Não tem um problema, Beth. Por que você sempre faz com que eu me sinta culpado?

Ok, lá vamos nós...

– Não estou tentando fazer você se sentir culpado. Só preciso saber. A sua falta de interesse em mim é minha culpa ou é alguma outra coisa?

Quero evitar sugerir que não há nada de errado com ele, mesmo que isso signifique colocar a culpa em mim, porque eu estou tentando criar um espaço seguro para ele me dizer o que está acontecendo. Acho que estou indo muito bem.

– Sim, a culpa é sua – ele responde.

Imediatamente eu quero chorar.

– Minha culpa, como? – pergunto, dizendo pra mim mesma que devo ficar forte.

Não sou a pessoa errada. Sou uma boa esposa, uma boa pessoa, não sou quem tem um problema.

– Não tem nada mais sensual sobre você, nada sutil. Você faz com que eu sinta que tudo que importa é sexo. Se eu não quero, tem algo de errado comigo. Bom, você já parou pra pensar que talvez tenha algo de errado com você?

– Sim, Michael. A todo momento. Eu me pergunto se tem algo errado comigo todo santo dia.

– E?

– E o quê?

– E você já descobriu o que é? – pergunta.

– Não – respondo, sabendo que ele vai me dizer, e sabendo que vai doer. Ele leva um tempo, como se estivesse pensando como dizer. E aí ele diz.

– Você não é muito boa de cama.

– Como?

– Você faz amor como se estivesse sozinha. Não é muito sexy. Não é o que eu gosto. Por exemplo, no outro dia, eu claramente não estava no clima, mas você se forçou em cima de mim e se contorceu como se estivesse possuída. Não importaria se eu estivesse lá ou não.

– Não importaria se você estivesse lá ou não? Nós estávamos fazendo amor! Você me beijou. Você teve uma ereção – digo.

Sinto que não posso me levantar, aumentar minha voz ou fazer qualquer coisa que enfatize o fato de que claramente ele acha que eu sou um monstro sexual. Respiro fundo e me forço a ficar calma.

– Será? Você não estava me notando.

Não sei o que dizer.

– Não é como uma mulher deve se comportar.

– Como é que é?

– Desde o momento que você engravidou é tudo sobre você. Como você está se sentindo, como o parto seria pra você. Como eu cuidaria do Tommy pra você trabalhar. A maternidade te transformou em uma pessoa egoísta. Louca por sexo.

– Ok, Michael, acho que você está muito chateado. Não quis que essa conversa acabasse assim. Só queria conversar sobre a nossa vida sexual.

– Não, você queria me dizer que a culpa é minha.

— Não, eu... Meu Deus do céu, as pessoas estão se machucando. Traindo umas às outras. E eu não quero que isso aconteça com a gente.

— Você está me traindo? — pergunta, franzindo os olhos.

— Não, não foi o que eu quis dizer. Eu disse que as pessoas estão, e eu não quero que isso...

— Isso o quê? Traição? Você está me ameaçando com infidelidade?

— Não, eu não faria isso. Eu só estou dizendo que...

— Você só está dizendo que, se eu não transar com você, você vai me trair? Ótimo, eu estou com muito tesão agora.

— Você distorceu tudo o que eu disse.

— Bom, pra combinar com o seu cérebro desajustado, né? — diz, como um adolescente petulante com quem eu nunca vou conseguir chegar a um consenso.

— Michael, para. Você está sendo ridículo.

— Estou? Talvez esse casamento seja ridículo.

Uau.

— Olha, desculpa se soou assim, mas não foi o que eu quis dizer. Não estou te traindo, e não tenho planos pra isso.

Talvez isso seja uma mentira.

— Tá bom — diz, saindo em direção à porta da sala. — Porque, já que eu cuido tanto do Tommy, eu sei qual seria a decisão do juiz para custódia.

— O que você disse? — pergunto bem devagar, cada pelo do meu corpo ficando de pé, minha espinha saindo pela minha pele e a Mãe Urso se preparando para atacar.

— Você ouviu — diz, firme.

— Você não está cuidando dele, você está sendo um pai. Podemos pelo menos esclarecer isso?

— Não me teste. Se você me trair, não vou facilitar pra você. E vou levar o Tommy comigo, pode apostar.

Ele sai da sala. Eu estou abismada.

Vim pra casa para tentar resolver as coisas. Agora, pra ser bem sincera, ele pode se foder.

Ruby

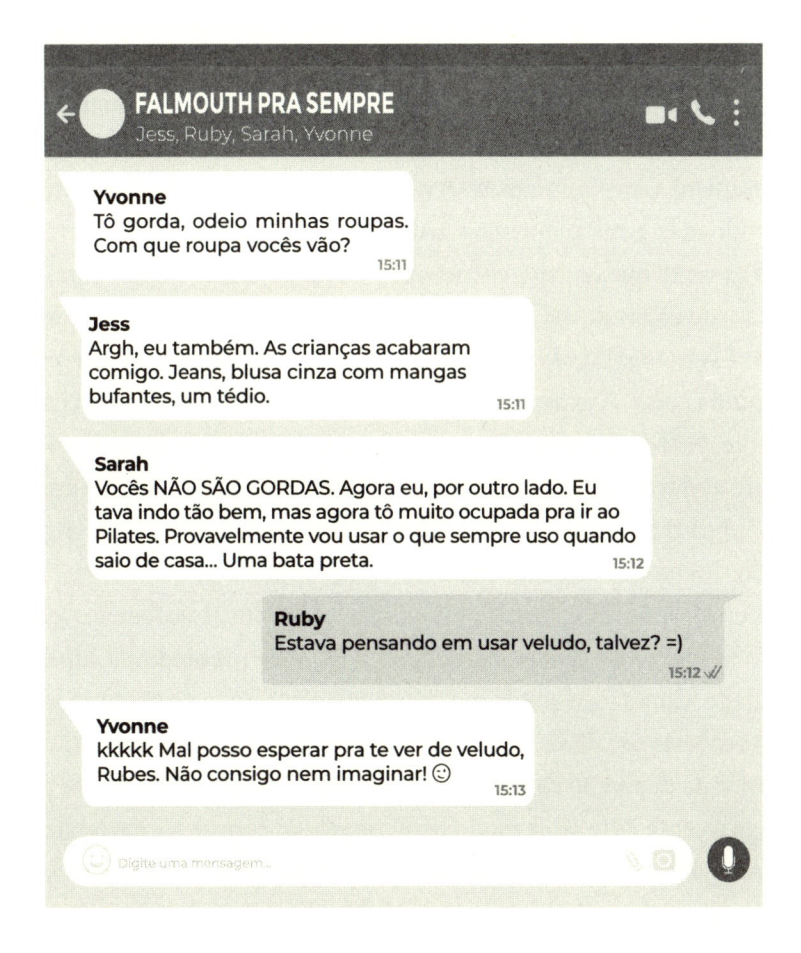

FALMOUTH PRA SEMPRE
Jess, Ruby, Sarah, Yvonne

Yvonne
Tô gorda, odeio minhas roupas. Com que roupa vocês vão?
15:11

Jess
Argh, eu também. As crianças acabaram comigo. Jeans, blusa cinza com mangas bufantes, um tédio.
15:11

Sarah
Vocês NÃO SÃO GORDAS. Agora eu, por outro lado. Eu tava indo tão bem, mas agora tô muito ocupada pra ir ao Pilates. Provavelmente vou usar o que sempre uso quando saio de casa... Uma bata preta.
15:12

Ruby
Estava pensando em usar veludo, talvez? =)
15:12

Yvonne
kkkkk Mal posso esperar pra te ver de veludo, Rubes. Não consigo nem imaginar! ☺
15:13

Toda vez que encontro minhas amigas pra jantar elas mandam uma enxurrada de mensagens de texto explicando por que elas estarão terríveis. O mais comum é a reclamação do tamanho das suas roupas. É como se uma de nós fosse gritar em terror quando a outra entrasse no restaurante e tivesse ganhado algum peso extra. Eu estudei na universidade com Yvonne, Jess e Sarah. Nós estudamos em Falmouth, todas graduamos em Arte. Gostei muito do curso, mas viver em uma cidade na costa, com uma cena de surfe descontrolada, foi mais desafiador do que eu tinha previsto quando prestei vestibular pra faculdade. Não tinha me dado conta de como minha condição pioraria.

Mas consegui fazer boas amigas e vinte anos depois ainda estamos em contato. Somos muito ocupadas, mas sempre conseguimos nos encontrar duas ou três vezes por ano para jantar. Sempre vou obrigada, mas acabo gostando bastante ao fim da noite. Fico sempre surpresa quando sou convidada, já que elas foram testemunhas da explosão emocional do Liam no casamento, e estou mais reservada do que nunca. Mas elas parecem determinadas a me manter no grupo, me lembrando regularmente de todas as vezes que eu, aparentemente, "as salvei" do desespero total.

Não sou capaz de me dar tanto crédito assim. Mas acho que o que elas dizem é verdade. Eu, de certa forma, as salvei em momentos diferentes, de alguma coisa. A experiência de Jess é a de que eu me lembro mais claramente. Nós dividíamos uma casa, o que eu odiava porque as mulheres sempre andavam pela casa vestindo apenas toalhas ou calcinha e sutiã. Elas nunca me viram vestindo outra coisa que não um vestido longo de veludo. Foi na universidade que esse virou "o meu *look*".

Roupão, vestidos, calças, blusas, casacos e vestidos, descobertas vintage. Olhando agora vejo que eu parecia um sofá, mas me ajudou a superar a faculdade. Como uma punk que coloca piercings no rosto, ou uma motociclista coberta de tattoos. O veludo era meu look. Não conseguia arcar com os custos da depilação completa naquela época, e o crescimento dos pelos era algo recente. Não sabia muito bem como lidar com eles, e em uma noite idiota resolvi raspar tudo. Já tinha raspado as pernas e axilas antes, claro.

Mas, naquela noite, raspei tudo. Pernas, braços, barriga, mamilos. Até consegui alcançar minhas costas e raspei tudo. Senti como se eu tivesse ganhado o maior prêmio do planeta Terra. Saí do banheiro enrolada em uma toalha. Não tinha mais ninguém em casa pra ver, mas a caminhada do banheiro até o quarto, com os ombros à mostra, foi a volta da vitória mais feliz que poderia imaginar. Minhas amigas estavam no pub e eu não quis ir porque a minha necessidade de solidão estava começando a se desenvolver. Mas, naquela noite, eu me senti livre.

Fui até o pub me juntar a elas. Até bebi álcool. Três drinks ao todo, meus primeiros em anos, porque eu desenvolvi outro medo: o de perder o controle. As bebidas bateram bem rápido. Me peguei flertando com um cara no bar. Ele parecia me achar atraente e eu não flertava, ou alguém flertava comigo, havia muito tempo, porque eu não permitia que isso acontecesse. Disse a mim mesma pra aproveitar aquela noite. A pele debaixo do meu único vestido de veludo sem mangas estava amando a sensação do vento que a tocava. Senti como se pudesse voar.

Jess estava ficando com um dos caras que dividiam casa com quem eu estava ficando. Mais ou menos às 23h eles sugeriram que fôssemos até a casa deles para continuar a festa. Nós dissemos sim. Jess e o cara dela foram pra sala, eu e meu cara fomos pra cozinha. Ele me fez um drink nojento, que eu bebi porque já estava me sentindo descontraída e me convenci de que eu era outra pessoa. Depois de um tempo começamos a nos beijar. Tudo esquentou bem rápido e eu, obviamente fora de mim e realizando um desejo inconsciente, pedi que ele me levasse pro quarto dele. Eu era jovem, tinha minhas necessidades. Ele me levou como pedi.

Ele tirou toda a roupa e se deitou na cama. Fiquei de pé olhando pra ele, minha armadura de veludo se agarrando a mim como se soubesse o que estava prestes a acontecer. Ele perguntou o que eu estava esperando. Disse que nada. Tirei o vestido e a meia-calça. Deitei na cama. Ele me beijou, colocou sua mão na minha barriga e de repente deu um salto da cama, chacoalhando seus dedos como se estivesse tentando tirar algo grudento deles.

– Que porra é essa? – gritou, apontando pra minha barriga.

Passei minha mão. Os pelos rentes à pele estavam tão afiados que fizeram um som quando esfreguei na direção oposta.

O cara, Jonny, estava alterando entre risadas e uma repulsa óbvia.

– Você raspou sua barriga?

Minha presença no seu quarto era impossível de entender. O que eu estava fazendo ali? Por que achei que essa pessoa poderia ser eu?

Levantei da cama e me vesti. Não disse uma palavra. Ele riu de mim enquanto eu saía do quarto.

Senti que não deveria ir embora sem avisar a Jess, então bem devagar espiei dentro da sala, consciente de que poderia pegar minha amiga transando, o que não era algo que eu queria fazer. Jess estava dormindo no sofá, e o cara pelado deitado do seu lado. Uma mão dentro de sua calcinha, a outra agarrada no pau. Ele estava pronto para transar com ela.

Corri até o sofá, tirei a mão dele de lá e chacoalhei ela o mais forte que consegui.

– Jess, acorda – gritei, repetidamente.

Chacoalhei cada vez com mais violência, até que ela acordou.

– Que porra você tá fazendo, sua vadia maluca? – o cara disse, ainda pelado. Ainda com a mão no pinto.

– Ela tava dormindo, seu animal – disse, esperando pra cuspir na cara dele.

– Ela tava querendo muito – ele gemeu sem nenhuma preocupação do desastre que poderia ter causado.

Subi o zíper da calça de Jess, coloquei seu braço sobre meu ombro e consegui tirá-la de lá. Cambaleamos com dificuldade por quinze minutos de caminhada até chegar em casa. Minhas costas estavam me matando, mas não era pior do que a situação da qual tínhamos acabado de escapar.

Na manhã seguinte contei exatamente o que vi pra Jess, e o que aconteceu com ela. Ela teve muita dificuldade pra lidar com tudo, mas estava de volta ao pub e ficando com outros caras em algumas semanas.

Não tive intimidade com mais nenhum cara depois, até conhecer Liam. E nunca mais bebi nada alcoólico.

Nós somos todas mães, agora.

○ ○ ○

Tenho que me preparar mentalmente antes de encontrar com Yvonne, Jess e Sarah. Não é que não goste delas, eu gosto. Mas quanto mais tempo você passa sozinha, mais difícil é socializar. Aquelas mulheres se encontram bastante, então elas sempre estão bem relaxadas umas com as outras.

Porque eu as vejo pouco, elas me fazem muitas perguntas e acho isso um tanto opressor.

Existe uma pressão horrível em ser uma "mulher das mulheres". Todo mundo está falando sobre "mulheres apoiando mulheres" e "o poder da amizade feminina". É o suficiente pra me fazer parar de ler os jornais. Amizades de mulheres sendo escritas como se fosse uma ligação que os homens nunca vão entender. Como somos "mais forte juntas", como "coisas mágicas acontecem quando as mulheres se unem". Como as mulheres dominam o mundo, de acordo com a Beyoncé. Não sei se estou de acordo com tudo isso. Não sei se realmente gosto de outras mulheres, só porque elas são mulheres.

Minha relação com as mulheres sempre foi extremamente complexa. Pela maior parte da minha vida elas lutaram contra mim. Começou com a minha mãe, depois as garotas no colégio, me zoando nos vestiários e guinchando feito um macaco quando viam qualquer pedaço da minha pele.

Essas mulheres, minhas amigas, não são cruéis comigo, mesmo sendo bem desagradáveis diversas vezes. Depois de o Liam me dizer aquelas coisas horríveis no nosso casamento, eu estava com tanta vergonha que mal as vi até Bonnie nascer. Elas apareceram sem avisar na minha casa, como se estivessem fazendo um tipo de intervenção. Por sorte eu estava vestindo meu roupão. Deixei-as entrar. Elas se reuniram em volta de Bonnie como tias malucas. Não admiti pra elas, mas gostei da visita. Disse a elas que voltaria à ativa com a ressalva de que nunca falássemos sobre o casamento, de que elas nunca perguntassem nada relacionado ao que aconteceu e que nunca aparecessem na minha casa de novo sem avisar. Elas concordaram. Cada uma delas novamente dizendo o quanto as ajudei em diversos momentos, e como todas me devem apoio.

Talvez elas estejam certas, porque, além de ter ajudado Jess a fugir de um estupro, uma vez dei um soco na cara de um ex-namorado da Sarah porque o vi beijando outra garota do lado de fora da biblioteca da faculdade. Voltei pra casa e contei tudo pra ela. Ela chorou e me acusou de estar mentindo, depois foi até a casa dele. Ele abriu a porta com um olho roxo e uma garota quase pelada ao seu lado. Sarah se desculpou e disse que eu podia contar com a amizade dela pra sempre. Ela manteve sua promessa.

Estou vestindo uma versão preta do meu usual vestido de veludo com muitas joias customizadas e uma bolsa fantástica da Saint Laurent. Quando estou peluda assim, eu exagero nos acessórios. Eles são a distração perfeita. Era pra eu estar com uma depilação recém-feita nesse jantar. Queria cancelar, mas elas sempre me enchem a paciência quando tento fazer isso.

– Ruby, você está tão magra – diz Yvonne, assim que entro no bar de tapas no Soho.

Meu instinto é de brigar com ela. Que maneira horrível de cumprimentar alguém. "Tão magra" é um oi carregado. "Tão magra" não é um elogio. Parece um: "Qual é o problema? Você está depressiva? Você come? Está doente?".

As mulheres sempre falam e falam sobre a importância de ser valorizadas não apenas pela sua aparência, mas fazem isso umas com as outras. Se cumprimentam com elogios, a maior parte deles falso. Não quero parecer um louva-a-deus. Mas se eu relaxar na comida vou inchar como um rinoceronte grávido. Ficar magra é uma tarefa de constante agonia. Todas as mulheres sabem disso. Yvonne está projetando suas próprias desilusões sobre seu corpo e possivelmente esperando que eu a cumprimente com a mesma positividade falsa. Não vou fazer isso. Ela engordou e não vale a pena negar.

Sou a última a chegar e elas se levantam sem jeito. Já disse a todas elas para se afastar quando me tocaram. Já briguei com todas, já falei pra calarem a boca. Avisei para não mencionar coisas, tantas vezes, que elas ficam cautelosas perto de mim. Não me sinto bem de ser tão complicada, mas, sem dúvida, meu tempo com elas é bem mais fácil desde que impus esses limites.

Os filhos delas são mais velhos que a Bonnie, porque não levou muito tempo pra elas acharem um marido. Todas moram em Queen's Park. Todas vivem o sonho da mãe londrina, que gira em torno das atividades sociais dos filhos e de jantares.

– A Bonnie está bem? – pergunta Jess.

Ela deu à luz os filhos em casa e é responsável por uma ONG destinada a mulheres grávidas que vivem nas ruas, cuidando para que o parto delas seja o mais seguro possível. Jess gosta de contar histórias sobre como o parto das mulheres em situação de rua, que têm tudo contra elas, pode ser uma experiência maravilhosa. Já pedi a ela mil vezes para não me contar essas histórias. Ela fica triste, uma vez até me disse que eu era egoísta, o que acho que deve ser verdade. Mas expliquei sobre a Bonnie martelando no meu canal por horas, antes de ser cortada de mim, e como agora eu tenho uma chance enorme de prolapso se ficar parada por muito tempo. Isso colocou um fim em histórias felizes de partos.

— Bonnie está bem. Ela estava doente essa semana, e passamos por coisas terríveis com a creche dela, e eu fui forçada a achar outro lugar.

— Ah, não — diz Yvonne.

Imediatamente desejo que tivesse mentido, porque aí ela faz o que as pessoas fazem quando estão muito felizes com algo em suas vidas, e começam a contar pra você diversas vezes, mesmo você dizendo que não está tudo bem.

— Posso falar com as mulheres da creche que a Florence frequentava. Elas são tão fofas. Ai, meu Deus, saudade delas. Posso perguntar segunda-feira?

— Não, não precisa — digo. — Já achei um outro lugar. De qualquer forma, eu moro em Kentish Town, não iria conseguir levá-la até lá todo dia.

— Ah, mas é tão boa. Sério, vale a pena se deslocar — diz, sem prestar atenção em mim.

— Não posso levar ela pra uma creche em Queen's Park. Não moro lá. Encontrei outro lugar. Ela só precisa se acostumar.

Estou tentando ficar calma e racional.

○ ○ ○

Pedimos alguns drinks porque o garçom estava nos rondando. Elas pediram uma garrafa de vinho e eu um Arnold Palmer[19], como um agrado.

— Ah, sabe pra quem posso perguntar? — diz Sarah a Jess.

---

19 Arnold Pamer, um drink não alcoólico, foi criado em referência a um jogador profissional de golfe americano de mesmo nome, que gostava de tal drink. [N. T.]

– Poderia perguntar pra Mary, aquela que cuida da creche em que o Sammy estava matriculado. Ela aumentou o lugar, então tem mais espaço.
– Jess acena com a cabeça alegremente, como se fosse uma ótima ideia.
– Onde é? – pergunto.
– Ah, perto do parque – responde Jess.
– Que parque? – pergunto, preparando para revirar meus olhos.
– No parque de Queen's Park – Jess e Sarah dizem juntas.
– Eu não moro no Queen's Park – digo. De novo.
– Sim, mas esse lugar é tãããããão bom, você poderia...
– Não, eu não poderia. Eu não moro lá. Não quero ir lá. Você pode parar de fazer sugestões agora, vou resolver.

Não gosto que banquem a mãe comigo, me deixa desconfortável. É um efeito colateral de nunca ter tido uma mãe de verdade. Sinto como se alguém estivesse colocando um cobertor quente e pesado na minha cabeça. Alguém cuidar de mim me deixa claustrofóbica.

Há um silêncio desconfortável. Sempre há silêncios desconfortáveis. Eu, na verdade, não os acho tão desconfortáveis porque a coisa que eu quero que pare, para.

– Você está bem, Ruby? – pergunta Sarah. – Você parece mais tensa que o normal.

Elas acham tudo isso engraçado. Digo a elas que não há nada de errado, mas elas insistem que eu divida o que quer que seja que estou pensando.

– O Liam falou uma coisa – digo, fazendo com que todas respirem profundamente.

Elas já foram avisadas diversas vezes a não falar sobre Liam. Elas obviamente tentaram investigar algo a mais depois do pesadelo do casamento, mas eu não disse nada. Me afastei, aí tive a Bonnie e não falei mais do casamento.

– Tá tudo bem. Nesse momento em particular quero discutir sobre ele, vocês podem respirar agora – digo, as tranquilizando e fazendo-as se acalmar.

Os olhos da Jess se iluminam, e por algum motivo bizarro ela me lembra do rato.

– Ele fez um comentário que me deixou chateada – comento.

– Ahn – diz Jess, lançando um olhar para Yvonne, que faz uma cara de nojo. – Essa nunca é uma boa maneira de começar uma conversa.

– O que ele disse, querida? – pergunta Yvonne gentilmente.

Ela, definitivamente, me deve uma escuta mais empática.

○ ○ ○

A vez que salvei Yvonne, quando estávamos no terceiro ano da faculdade, foi possivelmente a mais memorável. Eu entrei no banheiro e a vi forçando vômito. Ela tinha perdido uma quantidade grande de peso e insistiu que foi só estresse e a pressão das provas finais. Quando entrei no banheiro e a peguei com seus dedos firmes no fundo da garganta, ela olhou pra mim com um olhar que talvez um assassino teria me dado se eu tivesse entrado no quarto onde ele estivesse esfaqueando alguém. Ela estava com medo, se sentindo ameaçada, mas também determinada a continuar.

Correu até a porta e a fechou rapidamente, quase pegando meus dedos. Bati com força na porta pra ela me deixar entrar, mas ela não deixava. Sentei-me no chão do corredor e falei com ela até que se acalmasse. Disse que podia ouvir tudo que ela estava fazendo, e se ela estivesse passando mal eu saberia. O problema dela era um segredo e ela não conseguia aguentar que eu ouvisse, então ela se jogou do outro lado da porta, e eu sentei-me do outro.

Ficamos assim por horas, sem dizer nada, enquanto ela chorava e chorava. Nunca fui embora, nem uma vez. E consegui convencê-la a sair. Ela me abraçou e chorou ainda mais, admitindo que vinha fazendo isso havia anos sem que ninguém soubesse, que se odiava por isso, que queria parar. Sentei-me com ela, segurei sua mão enquanto ligava pra sua mãe e contava tudo. Algo que veio dela. Não consigo imaginar ligar pra minha mãe se estiver chateada, seria como queimar meu dedo do pé e depois pular em uma fogueira. Esqueci que algumas pessoas recebiam conforto e apoio de suas mães em momentos de necessidade. Então levei Yvonne até Bristol, pra casa dos pais, onde ela ficou por seis semanas até sentir que poderia voltar. Até onde eu sabia, sem vomitar mais.

Essencialmente ela odiava seu corpo. O que talvez seja o motivo pelo qual me conectava mais a ela.

○ ○ ○

– Ele disse algo sobre eu nunca passar tempo suficiente com a Bonnie, e isso me incomodou – continuei.

– Oh – diz Sarah, de uma maneira indecifrável.

– Oh? – insisto, notando o olhar de Jess pra ela.

Sarah se sente confiante e continua.

– Quer dizer, a história do final de semana é estranha.

– Estranha? – pergunto, tentando não surtar.

Eu que comecei esse julgamento, sei disso.

– Sim, o Liam fica com ela todo fim de semana. Nós convidamos você pra várias coisas com as crianças, mas você nunca vem porque você nunca está com ela, nunca. É só estranho, é isso. Ele ficar com ela o final de semana todo.

– Mas ele quer ficar com ela nos fins de semana. Eu fico com ela a semana toda.

– Na verdade você não fica, certo? Ela fica na creche – continua Sarah, como se quisesse dizer isso havia tempos.

– Estou trabalhando.

– Eu sei, todas nós trabalhamos. Mas ficamos com nossos filhos nos fins de semana, é esse o ponto.

– Eu trabalho muito e me sinto um lixo – diz Yvonne.

Estou feliz que a atenção está em outra pessoa. Ela é uma advogada. Percebeu rapidamente que ter um diploma em Artes era um pouco sem sentido, então entrou em outro curso logo depois. Sempre fiquei muito impressionada com isso. Soa entediante pra caramba, mas o nível de estudo é extraordinário, e acho brilhante que qualquer pessoa consiga atingir essa qualificação sem desistir.

Ela é uma mulher inteligente e talvez minha preferida das três. Jess trabalha pra uma ONG de saúde da mulher e Sarah faz algo em artes que nunca está claro pra mim, não importa o quanto ela explique. Ela não faz arte ou vende, mas até ela chegar a esse ponto eu já desliguei e não presto mais atenção.

— Estou pensando em trabalhar como *freelancer*, sair da ralação, pegar menos clientes, passar mais tempo com as crianças — diz Yvonne.

Sarah e Jess concordam com a cabeça.

Me junto ao show.

— Eles já vão ter crescido demais quando nos dermos conta — continua Yvonne. — E vou olhar pra esses anos sabendo que perdi a maior parte deles porque estava trabalhando demais. Não quero me sentir assim.

— Você tem que seguir seu coração — diz Sarah, oferecendo nada além do clichê.

— Acho que é importante ser uma mãe que está ocupada trabalhando — digo. — Mostra um bom exemplo.

— Concordo — diz Yvonne. — Mas me sinto distante das crianças. Me sinto...

Ela coloca seu copo na mesa e põe a mão no rosto. Ela está chorando. As outras mulheres colocam as mãos no seu corpo, Jess se aproxima para abraçá-la. Eu fico imóvel.

— Você é uma mãe incrível — diz Jess. — E a Ruby tá certa, é bom que seus filhos te vejam como uma mulher trabalhadora que está proporcionando uma vida melhor pra sua família.

— Eu sei, eu sei. Desculpa, Ruby, sei que isso era pra ser sobre você — chora Yvonne, concordando com a cabeça e chorando. — É que quando eles correm pro pai deles e não pra mim quando têm problemas, ou quando se machucam... Sempre vou culpar o fato de que eu não os vejo de segunda a sexta, sabe? Rob pega eles na escola todos os dias. Quando eu chego em casa eles já estão na cama. Não é mais sobre o que eu quero. Sinto que estou me realizando enquanto falho com meus filhos.

— Então você precisa fazer o que te faz feliz. Se você acha que consegue ser *freelancer*, então faça isso — diz Sarah.

Estou bem surpresa. Nunca tinha visto esse lado da Yvonne antes. Ela sempre pareceu ter tudo tão sob controle. Sempre tive um pouco de ciúme, pra ser sincera. Nós na verdade dividimos os meus sentimentos, de alguma maneira. A relação do Liam com a Bonnie me deixa muito chateada. Nunca pensei que outras mulheres passavam pelas mesmas situações que eu.

— Um brinde para as mães de merda! – digo, levantando meu Arnold Palmer.

Todas brindam comigo, levantando seus braços à mostra para o ar e os copos se tocando. Acho que estamos todas felizes em mudar de assunto. Não há uma resposta real. Se você é uma mãe e trabalha, você sempre vai sentir que está decepcionando seus filhos de alguma maneira. Nós temos que viver com isso. Coloco meus sentimentos novamente debaixo da mesa.

— Jess, como estão as coisas com você? – pergunto.

— Ah, você sabe, minha vida é uma constante negociação. Escolho a felicidade do meu marido ou minhas próprias necessidades.

— Explica melhor – encoraja Yvonne.

— Sexo – responde Jess. – Sexo e casamento não andam juntos.

— Ai, meu Deus, uma mulher casada vai falar sobre sua vida sexual? Controverso – diz Sarah.

E ela está certa, já discutimos isso antes. Essas mulheres costumavam falar sobre suas vidas sexuais em detalhes, até se casarem. Foi então que esse tipo de conversa simplesmente parou. Uma consequência misteriosa de se casar. Um respeito repentino pela santidade da vida sexual. Jess está obviamente com vontade de quebrar esse código.

— Ele é tão temperamental. Ele resmunga pela casa todo irritado, e eu sei que é porque não estamos transando o suficiente. Mas por que eu ia querer transar com alguém que resmunga tanto? Mas o que sempre acontece, toda vez, é que eu cedo e transo com ele, só pra ele parar de dar piti. Depois eu sinto que me decepcionei, mas ele está praticamente dando piruetas pela casa. Olha a que ponto cheguei. Sexo com maridos temperamentais. Quem foi que autorizou essa merda?

Nós todas rimos. Uma coisa que eu realmente gosto das minhas amigas é do quanto eu fico feliz em estar solteira. Mas também gosto de, por causa delas, eu não estar totalmente sozinha.

Lauren Pearce – Post no Instagram

OficialLP

A foto é do abdome e das coxas de Lauren. Ela está vestindo um body preto sexy. No seu colo vemos um tecido de seda branco. Um vestido de noiva? Na outra mão ela está com uma taça de champagne.

curtido por **primavera_editorial e outras 91 pessoas**

OficialLP Não falta muito pra eu poder usar isso e dizer SIM para o meu melhor amigo. Falando em SINS, vamos dizer isso pra nós mesmas hoje? Eu SIM me aceito e eu SIM, sou boa o suficiente.

#sim #amor #amorpróprio #felicidade #saúdemental #publi #VeuveClicquot

Ver todos os comentários

@kellyclarkvillee: Eu aceito você como minha heroína!

@helloprettiestone: MOSTRA O VESTIDO. Ai, meu Deus, mal posso esperar...

@selmaslemaslema: É verdade sobre o Gavin? Minha amiga disse que conhece uma das mulheres. Que Deus te abençoe se for verdade. Espero que você tenha pessoas boas ao seu redor.

@elasticbrain: Você e Gavin são O CASAL. Acordo todo dia querendo ser você. Como você conseguiu esse homem? Qual é o segredo?

@harrietgallently: Provei a granola que você promoveu. Tinha gosto de sovaco de vó.

#9
♡ ○ ▷

Beth

É como se você estivesse com fome e se desse conta de que está de pé na frente da geladeira com a boca cheia de bolo, mas não se lembra de como chegou lá. Estou atrás daquela árvore de novo.

É o horário do almoço, horário de ouro, e não está escuro. Esse é um lugar de "*dogging*", sei disso agora, li sobre isso na internet.

Um carro passa, mas não para. Vejo algum movimento atrás de um arbusto do outro lado da clareira, e digo pra mim mesma que estou segura, mesmo que talvez isso não seja verdade. Isso é parte da excitação? Ainda estou tentando entender. As pessoas me ouviriam se eu gritasse.

Os barulhos parecem mais próximos. Talvez seja o casal?

Outro cara passa por lá. Não para. Aí um cara aparece atrás da árvore oposta de onde estou. Ele está usando uma máscara. Deveria ser aterrorizante, mas a máscara somente cobre metade do seu rosto e é uma máscara de criança, algum tipo de animal. Talvez uma raposa? Sim, uma raposa. Se eu não estivesse com tanto tesão eu acharia que ele é um idiota. Mas eu li que muita gente usa máscara. É uma coisa de ser anônimo, e acho que é justo. Tento não prestar muita atenção nisso.

O homem está na clareira e estende a mão em minha direção, como se estivesse me convidando para me juntar a ele. Eu faço que não com a cabeça. Não estou aqui pra isso. Vejo que há outras pessoas atrás das árvores. Ele estende a mão novamente. Desta vez fico pensando se eu deveria. Vim aqui por conta do meu desejo sexual, estou desejando algo novo. Eu mereço ter minha libido reconhecida e apreciada. Estranhamente sinto que este é um lugar mais seguro que meu próprio quarto. Não quero as complexidades das emoções, quero a satisfação do sexo. Saio detrás da árvore e caminho até o homem.

Ele segura minha mão e me direciona até um cepo de árvore. Com certeza há pessoas nos assistindo. Ele sorri pra mim. Gostaria de poder ver seus olhos. Ele é alto, magro. Poderia ser muito bonito, gostaria de poder ver. Mas também ele pode ser muito feio. Talvez seja melhor eu não conseguir ver.

Agora não consigo mais imaginar ele sem ser feio.

Ele começa a abrir sua calça jeans. Outro barulho atrás de uma árvore. Tommy aparece na minha mente. Meu bebê. Michael também. Ainda é meu marido. A realidade ataca.

– Não posso, me desculpa – digo.

O homem está se aproximando de mim com seu pênis ereto nas mãos. Ele para, imóvel, não coloca resistência, mas continua se masturbando, como se isso fosse mudar minha opinião.

– Desculpa – repito. – Eu não sou essa pessoa.

Saio andando devagar, pensando se ele vai pular em cima de mim e me forçar a algo. Mas ele não faz isso. Começo a andar mais rápido e depois a correr o mais depressa que posso em direção à casa de Lauren. É o único destino que conheço, mas é óbvio que não posso simplesmente aparecer lá, então entro no pub local e peço um drink.

– Gim-tônica, por favor.

Só um drink está bom, e estou com desejos. A próxima alimentação do Tommy vai ser na mamadeira de qualquer forma. E eu preciso de um momento pra mim. Há coisas em que preciso pensar. Estes sentimentos não são corretos. Será que estou com depressão pós-parto? Será que é por isso que, de repente, eu odeio meu marido e quero fazer sexo com estranhos?

Mas não me sinto triste. Só sinto que perdi o controle sobre mim mesma. Parte da responsabilidade de ser mãe é se manter segura. Só de pensar que aquilo poderia ter acontecido. Quão horrível seria para o Tommy viver sua vida sabendo que sua mãe foi golpeada até a morte em um parque enquanto estava sendo estuprada por um homem alto que usava uma máscara de raposa. Não posso voltar lá. Essa é a resposta.

Não consigo imaginar que essa sou eu. Sempre fui uma mulher sexual. Alguns diriam, sensual até mais. Perdi minha virgindade com quinze anos, não tão cedo, não tão tarde. Os garotos nunca tiveram medo de mim. Gostavam de mim, e eu gostava deles. Eu era um bom flerte, uma boa transa. Não esperava relacionamentos do sexo, e estava feliz só com a diversão.

Meus pais me amavam, minhas influências eram boas, meus amigos não eram selvagens. Era tudo pura diversão até eu entrar na faculdade e começar a namorar um cara com uma estranha peculiaridade. Ele deixava dinheiro na mesinha ao lado da cama depois do sexo. Eu dizia que não queria aquele dinheiro. Insistia pra ele pegar de volta. Mas ele se certificava de que eu pegaria o dinheiro de uma maneira ou outra. Ou ele escondia na minha bolsa, ou jogava na minha cara e saía correndo.

– Você é minha putinha – dizia, como se a ideia de pagar por sexo realmente o excitasse.

Nós passávamos a maior parte do tempo chapados na cama, então eu não tinha muito mais fora disso pra julgá-lo. O sexo era bom, não tão selvagem. Ocasionalmente ele dizia coisas como: "Você vale muito o dinheiro" ou "Você poderia cobrar o dobro". Mas não era ruim comigo nem me forçava a fazer algo emocional ou físico que eu não quisesse. Só insistia em me pagar, essa era sua fantasia. E eu era uma estudante dura, então no final eu desisti e passei a pegar o dinheiro. Até segurei para não largar dele antes do Natal porque precisava pagar pra voltar pra casa nas férias.

Quando eu tinha mais ou menos 26 anos percebi o que isso fazia de mim: uma prostituta.

Lutei com a repercussão disso por algum tempo. Me sentia suja e envergonhada. Como se o certo fosse ter terminado com ele, nunca ter usado o dinheiro e só ter devolvido tudo na caixa de correio dele. Sempre disse a mim mesma que, se algum dia eu tivesse esse dinheiro, que eu devolveria a ele. Era uma quantidade bem pequena na verdade. Mais ou menos 300 libras, pois eu só saí com ele por alguns meses. Mas naquela idade parecia uma vida toda, e 300 libras para uma estudante dura parecia muito.

Poderia pagar ele amanhã se eu quisesse. Mas não faço ideia de onde ele mora, e certamente não quero perguntar pras pessoas se elas sabem e atrair atenção pra isso. E, também, eu estava tão chapada na maior parte do tempo que eu não faço a menor ideia do sobrenome dele. Algumas vezes me pergunto se eu já soube essa informação.

Não posso mudar o passado. É sempre uma surpresa pra mim como as coisas parecem terríveis quando olhamos pra elas no passado, mas naquele momento não eram tão ruins assim. Um cara legal, divertido, não violento, uma coisa sexual estranha, dinheiro envolvido que pagou pelo presente de Natal da minha família. Não sentia nada de errado. Geralmente quando você está vivendo uma experiência, e tudo parece bem, você de fato não se preocupa com o que pode estar acontecendo de errado. Especialmente naquela idade. Não pensava no meu futuro quando eu tinha 21 anos. Não pensava: *Se eu pegar essas 20 libras na mesinha do lado da cama, isso vai me atormentar por anos.*

Não me atormentava naquele momento, com certeza é o que importa, certo? Então, sempre tento me colocar de volta naquele momento, quando o golpe de ansiedade e culpa tenta me manter acordada à noite, e digo pra mim mesma que está tudo bem ter tido atitudes questionáveis. Tento sempre lembrar que há pessoas lá fora realmente fazendo coisas horríveis. Estupro, assassinato, fraude, traição. Minha experiência não foi nada assim, mas ainda desafia meu respeito próprio. E isso é bem irritante.

○ ○ ○

Sempre pensei que meu casamento era bem normal, até muito recentemente. Talvez eu olhe pra esse momento um dia e não consiga imaginar que estive nele. Parece cada vez menos onde eu deveria estar todos os dias.

Percebo que terminei meu drink. Ops. Peço mais um.

Quando conheci Michael, cauteloso, sem ambições sexuais, que não pedia nada estranho na cama, sentia que talvez ele tivesse me salvado. Ele era sem graça, eu estava absolvida. A maior parte das mulheres teve algum tipo de relação de que elas não se orgulham. Um sexo casual, algum cara com quem elas ficaram que as levaram a fazer algumas coisas meio pervertidas que elas não curtiam muito. Um caso. A lista é longa. Bom, o meu era, na verdade, inofensivo. Ninguém se machucou. Mas me deixou com culpa. Michael levou essa culpa embora. Tinha meu próprio negócio, não dependia dele pra nada. Ele era gentil e eu sentia que meus dias de digressão haviam ficado para trás.

O passado é o passado. Todo mundo pode ter histórias duvidosas que não fazem sentido pra ninguém como fizeram na época. Isso se chama viver. Eu era aventureira naquela idade, era selvagem. Passei a maior parte da minha vida adulta tentando justificar minhas ações.

Eu fiz terapia por alguns anos no final dos meus vinte anos porque eu sentia muito nojo de mim mesma. Não sabia se era um declínio por toda droga que usei na faculdade, ou uma reação de como aquele relacionamento me fazia sentir. De qualquer forma, a terapia ajudou. Minha terapeuta me disse que tudo bem ter feito essas coisas. Tudo que eu tinha que fazer era me dar permissão por ter agido daquela maneira, me dar permissão de ter sido jovem e despreocupada com as consequências. Ela disse que tudo que eu tinha feito era uma encenação, a transação não era importante. Era neutro naquela época, se não me machucava naquele momento, por que deveria machucar agora? Ela estava certa. Naquela época estava tudo bem. Casar-se com um homem contaminado de inocência também ajudou.

Uma questão que precisa ser respondida: eu teria escolhido o Michael se não estivesse tentando mascarar minha culpa?

Não sei como responder a essa pergunta. Como mulheres, somos ensinadas a acreditar que tudo que os homens querem é transar com a gente.

Quando um não quer, especialmente quando é o homem que você ama, é incrivelmente confuso. Sinto que o problema deve ser comigo.

Até agora. Michael não está me fazendo feliz. Não é quem eu pensava que ele era. Mas olha só pra mim, uma mulher de meia-idade arrependida do seu passado e presente, tomando gim-tônica enquanto foge do trabalho e de seu filho. Como se isso fosse fazer alguma coisa melhorar. Termino meu segundo drink.

Um homem entra e se senta ao meu lado no bar. Pede uma cerveja. Ele não precisava se sentar naquela cadeira, tem muitas outras que ele poderia ter escolhido.

— Está esperando alguém? — ele pergunta.

— Não — respondo, desejando que tivesse dito que sim.

Eu realmente preciso de um tempo sozinha.

— Bebendo sozinha no meio da tarde? Isso é geralmente sinal de uma coisa.

— De que eu sou uma mulher solteira procurando por sexo e que deveria então ser abordada por homens que eu não conheço e ser incomodada até eu desistir? — digo em tom acusatório, quando na verdade é tudo meio verdade, estou realmente procurando por isso.

Ele tem mais ou menos cinquenta anos, irritantemente bonito, bem-vestido em roupas casuais de qualidade e descaradamente não estava flertando comigo. Percebo isso de imediato.

— Não ia dizer isso, na verdade. Eu ia dizer que beber sozinha à tarde geralmente significa que você tem algo sobre o qual deveria conversar. Mas, claro, eu sou um homem, então presuma o pior.

Ele pega seu drink e caminha em direção à mesa no canto do bar. Me sinto uma idiota.

— Ei — chamo.

Ele fica onde está, então vou até lá.

— Tenho uma filha. Você acabou de fazer o que eu sempre ensinei a ela de como deveria agir. Então acho que devo sentar aqui e calar a boca.

— Você não precisa calar a boca. De novo, me desculpe. Não estou tendo o melhor dia.

— Então talvez você tenha algo sobre o qual precisa conversar?

Ele puxa uma cadeira com o pé. Gesticula para o garçom para me servir outro drink. Não recuso.

– Ou podemos nos sentar aqui por algumas horas, jogar gamão e fingir que nossas vidas reais não estão acontecendo?

– Parece uma ideia genial.

Acho que vou ter que tirar leite e jogar fora.

○ ○ ○

Sair de um pub bêbada e ainda estar claro lá fora é como sair de um túnel na direção de uma frota de caminhões, todos com os faróis apontados pra sua cara. Eu talvez tivesse caído de cara no chão se o homem não estivesse me carregando. Não me lembro do nome dele. Não é como se você pudesse perguntar de novo depois de uma hora sentada com alguém conversando no pub, certo?

Ele se lembra do meu.

– Beth, vou chamar um táxi pra você – diz.

– Chaaaaaaaaaaaaaaaaaaaaaaato – grito como uma garota de treze anos que foi alertada a fechar os botões da blusa pra esconder o decote.

– Não? – ele pergunta. – Então o que você quer fazer?

Consigo esticar minhas pernas e mantê-las paradas o suficiente para colocar meu rosto na frente do dele. Minha cabeça parece um balão amarrado na ponta de uma vareta, ela fica pendurada pra baixo na direção do chão. Não fico bêbada há mais de um ano. Acabei de tomar quatro gins-tônicas, em goladas, em uma hora. Isso é muito pra mim agora.

– Quero te beijar – digo. – Quero te beijar na boca.

Consigo manter minha cabeça firme o suficiente para fazer minha primeira tentativa. Ele se afasta, olha pra rua e parece um pouco bravo.

– O que você está fazendo? – pergunta, como se eu estivesse tentando bater nele.

– Desculpa, eu achei que...

Minha culpa bate no meu ombro. Outro homem que acha que eu sou uma gigante sexual imbecil.

– Tá tudo bem. Mas e isso?

Ele segura minha mão esquerda, referindo-se ao meu anel de casamento.

– Ah, isso – respondo, olhando para o anel como se ele fosse um ex-namorado cafajeste. É o que penso sobre isso.

Tiro do dedo e jogo dentro da bolsa.

– Isso te incomoda? Porque a mim não incomoda

– Não. Eu entendo esse sentimento – responde.

– Me leva pra sua casa – exijo.

Ele olha para os dois lados e coloca um braço debaixo do meu para me ajudar. Estamos na frente de sua casa em alguns minutos.

– Uau, você é bem rico – comento enquanto entramos na casa.

O que é mal-educado. Estou bêbada e me comportando como uma estudante. É uma casa em Highgate. A fachada é bonita, heras crescendo na entrada do prédio. A sala de estar, pra onde ele me leva, não parece um apê de um solteiro.

– Você tem muito bom gosto pra um homem.

– Minha ex-mulher que fez a maior parte disso. Ela não quis a casa quando nos separamos, mas quis todo o meu dinheiro.

– Que vaca – digo, sorrindo.

É uma piada e por sorte ele entende. Tá tudo bem.

Ele está em um pequeno bar servindo drinks. Serve um pra mim e eu bebo rapidamente antes de a realidade querer me lembrar de quem eu realmente sou.

– Olha só pra nós, dois estranhos sozinhos em uma casa, juntos. Já bebi o suficiente pra fingir que eu sou outra pessoa por um momento, e você? – digo, agitada e flertando com ele.

– Não sei se preciso fingir que sou outra pessoa, mas seguramente estou feliz que esteja aqui – comenta com toda a segurança de um homem nos seus cinquenta anos de idade, que não tem problemas pessoais ou de intimidade.

Coloco meu drink de lado e sento-me no sofá. Ele faz o mesmo. Canalizo Risky e me jogo pra cima dele.

As mãos dele estão me acariciando e me apertando. Me tocando com mais paixão do que meu marido fez em toda a vida. Parece surreal, como se fosse o corpo de outra pessoa, mas não é, é o meu. É o que eu quero e do que preciso. O que eu mereço. É muito bom. Me sinto muito bem.

Tiro meu jeans e me deito no sofá. Ele me chupa. Michael não me chupa desde antes do nosso casamento. A última vez que ele fez isso, ele parou antes de eu gozar e disse que não suportava o gosto. Como é que só agora estou me dando conta de quão cruel isso foi? Minha vagina é maravilhosa. Esse homem está me lembrando disso. É como se eu fosse uma cumbuca de chocolate quente que ele está devorando. Ele é muito bom nisso. Estou com as mãos na cabeça dele. Quero que isso seja obsceno. Gozo muito rápido. Ainda não terminei.

Trago sua cabeça pra perto do meu rosto e lambo e beijo seus lábios. Ele começa a desabotoar seu jeans. Não quero uma foda rápida no sofá em posição mamãe e papai. Se ele gozar rápido e pararmos por aí, vai ser tudo em vão. Preciso de mais. Me afasto dele e procuro minha bolsa. Quase caio do sofá, mas ele me segura. Deve achar que estou procurando uma camisinha, mas não estou. Tenho um pequeno pote de vaselina que uso para os lábios. Digo pra ele tirar a calça e passo vaselina no pênis dele. Ele me diz que sou "tão gostosa, tão sexy". Olho nos olhos dele e pergunto se ele está com tesão. Ele diz que sim.

Sou uma mulher sensual e ele é muito sortudo de estar comigo nesse sofá. Mas eu estou conseguindo o que eu quero dele. E vou aproveitar cada minuto disso.

Viro de costas e quando ele tenta penetrar em mim, o guio pra cima. Penso na Risky. Quero ser mais como ela.

– Quero pela bunda – digo por cima dos meus ombros.

Ele hesita, mas não por muito tempo. Tira meu sutiã. É um sutiã de amamentação e cai no sofá. Meus peitos estão cheios de leite, meu bebê em casa, Michael. Tiro aqueles pensamentos da cabeça. Mereço isso. Ele gentilmente empurra seu pênis na minha bunda como pedi. Nunca fiz sexo anal antes, não sei o que me levou a esse momento. A necessidade de me sentir depravada? No controle? Desejada? Ou que talvez minha vagina tenha outro dono? Talvez se eu fizer assim não seja tão ruim. Ou talvez eu precise me reconectar com meu lado piranha.

O homem é gentil, mas ardente. Puxa meu cabelo e arranha minhas costas. Quando as coisas começam a ficar intensas e eu sei que isso vai acabar em breve, peço pra ele ir com mais força.

– Mais forte, mais forte – digo, fazendo-o bater com força.

O ar sai do meu ânus fazendo barulhos de peido, mas não deixo isso me atrapalhar. Não importa. Não dói. Achei que doeria. Ele está com tanto tesão e me sinto tão bem. Isso é tanto para minha cabeça quanto para o meu corpo, preciso me sentir extasiada. Ele tira e goza na minha bunda. Cai no sofá e coloca sua camiseta em cima do pênis. Por que ele fez isso? Olho pro sofá e vejo partes molhadas de leite debaixo de mim, onde meus peitos vazaram. Estou tentando ficar no momento, manter a realidade pra lá, mas agora tudo está me atingindo. O que estou fazendo? Não está tudo bem.

– Ai, meu Deus – digo, levantando. – Desculpa, não sei como isso aconteceu.

– O que aconteceu? Você ser muito sexy?

– Sim, isso. Eu pedindo pra você fazer isso. Não sou assim.

– Tudo bem.

– Não tá tudo bem. Ai, meu Deus.

Percebo que o leite está escorrendo dos meus mamilos pra minha barriga.

– Espera, você está aleitando? – pergunta, jogando sua camiseta pra pegar as gotas. – Quantos anos você disse que seu filho tinha mesmo?

Não lembro o que disse pra ele.

– Ai, meu Deus. Por favor, preciso ir, não sei o que estava pensando.

Outro pequeno, mas audível som de ar sai da minha bunda. Não são puns exatamente, mas mesmo assim. Não é ideal.

– Aqui – diz o homem, me passando meu sutiã encharcado e pesado de amamentação.

– Obrigada – falo, enquanto me viro para colocá-lo.

Me visto. Ele educadamente não me olha. De repente não me sinto nada sexy. Me sinto flácida, pálida e quero me esconder.

– Você vai ficar bem? – pergunta, gentilmente. – Não teria feito isso se não tivesse me pedido.

— Se vou ficar bem? Não sei. Só preciso ir pra casa. Desculpa por tudo isso. Tenho um bebê e um marido, e não sei o que estou fazendo.

Ele se levanta. Coloco as mãos no meu braço.

— Está tudo bem, tá? Todo mundo tem o direito de sair um pouco do seu jeito algumas vezes. Não se culpe por isso. Você está bem e isso fica entre a gente. Não tenho que colapsar o seu mundo.

Ele é uma pessoa realmente boa.

— Eu e meu marido estamos com problemas — conto a ele. — Tenho um bebê. Ele tem quatro meses. Trabalho o dia todo. Não sei se estou lidando com tudo isso tão bem quanto achei que estava.

— Ser mãe é difícil. Não se martirize por isso, tá? Nós só podemos fazer o nosso melhor.

— Não sei se isso sou eu fazendo o meu melhor. Você acha?

Olho pra baixo, para os meus peitos, e começo a rir. Ele também ri.

Graças a Deus isso aconteceu com ele.

— Talvez não. Mas, ao invés de se culpar pelo que fez, tenta consertar o motivo por ter feito isso.

— Sua filha é uma garota de sorte.

— Sim, talvez. Talvez não. Aqui. — Ele entrega minhas calças e começa a arrumar as almofadas do sofá.

Fico pensando o que aconteceu entre ele e a esposa. Sei que as pessoas não podem ser julgadas em apenas um encontro, mas agora eu sinto que se eu fosse casada com alguém como ele, nunca o deixaria.

— Obrigada por não fazer essa situação pior — digo com sinceridade.

— Obrigada por me fazer realizar uma fantasia que achei que nunca faria.

— Ah, é?

— Sim. Nunca fiz isso antes. Tiquei uma caixa importante aqui, então, por favor, saia daqui sentindo que você fez uma caridade.

Ele sorri novamente.

— Posso chamar um carro pra você?

— Não, vou ficar bem. Obrigada.

Um beijo na bochecha e vou embora.

Pronto, eu fiz isso. Traí meu marido. Sou esse tipo de esposa.

Lauren Pearce – Post no Instagram

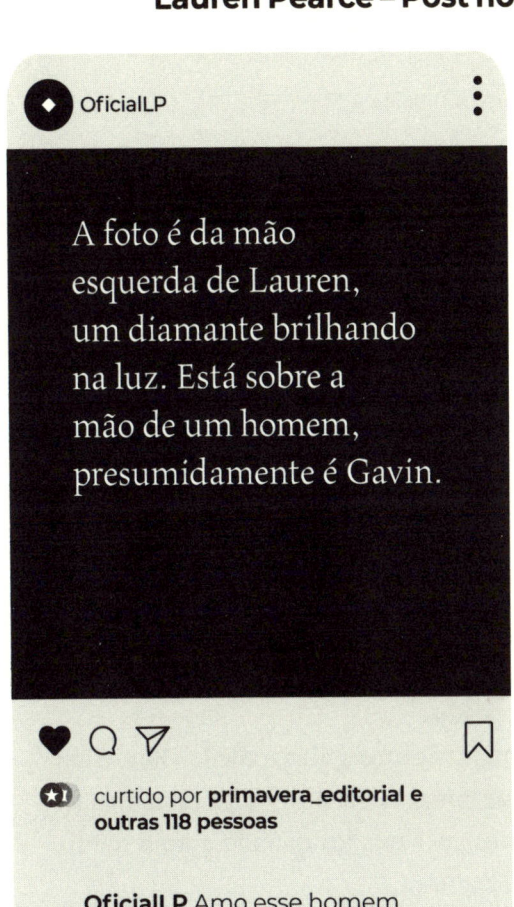

OficialLP

A foto é da mão esquerda de Lauren, um diamante brilhando na luz. Está sobre a mão de um homem, presumidamente é Gavin.

curtido por **primavera_editorial** e outras 118 pessoas

OficialLP Amo esse homem. Me sentindo tão sortuda.

Compromisso, juntos... que venha o "pra sempre"! Dediquei minha vida a você, meu amor. Já é sábado?

#amor
Ver todos os comentários

@genedder: Você merece felicidade, você traz muita luz.

@happyguuuuuu: Você me ajuda a enfrentar os dias, traz tanta alegria. Continue sendo você!

@nailedforeveryours: O SONHO!

@yellagain: Mais fotos do Gavin, por favor!!!! Mal posso esperar pra ver o vestido.

@unitednotabit: Com licença enquanto vomito no meu sapato.

Beth

— O que aconteceu com você? Parece que você foi arrastada por trás de um arbusto – diz Michael, assim que entro em casa.

O "por trás" fica ecoando na minha cabeça. Tudo que escuto é "anal, anal, anal". Como se ele soubesse.

Sinto como se eu tivesse acabado de matar alguém e escondido o corpo. Esse segredo vai me matar. Eu traí. Nunca imaginei que eu realmente o trairia, mas fiz. Sou esse tipo de pessoa.

— Lauren não parava de falar, então não consegui tirar o leite. Olha, estou vazando por todo lado. Tenho que tomar um banho – digo calmamente.

Michael olha para meus peitos encharcados quando abro a minha jaqueta e está horrorizado com a bagunça.

— Você está ensopada.

— Eu sei. Senti tanta falta do Tommy hoje, acho que coloquei a produção do leite na velocidade turbo e não tive tempo de tirar.

— Ok, bom, vai tomar um banho. Eu levo a máquina pro quarto e deixo lá pra você, tá bem?

Ele está sendo legal. O que é muito confuso. Preciso que ele continue a ser horrível agora, por causa do que eu fiz. Fui rebelde contra um marido que é cruel. Preciso que ele continue sendo cruel.

No banho, deixo a água quente lavar o leite do meu corpo e o esperma das minhas costas. Estou com uma sensação estranha na bunda. Está um pouco dolorida.

Fico tentando lembrar o nome do homem. Robert? Peter? Gostaria de conseguir lembrar.

— A máquina tá pronta pra você, já abri as mamadeiras – diz Michael, abrindo a porta um pouco, mas sem entrar.

Ele parece um estranho.

— Obrigada – falo desligando o chuveiro.

Poderia ter ficado lá por dias, limpando o que fiz. É uma pena não conseguir fazer os sentimentos escoarem no chuveiro.

No quarto Michael já colocou a máquina na tomada, deixou tudo pronto pra mim, junto com um copo de água e um biscoito na mesinha ao lado da cama. Amarro a toalha na cintura e seguro os funis no lugar. Sentada na cama, de frente para um espelho grande, vejo as garrafas se enchendo de leite. Meus peitos vão diminuindo. Coloco as garrafas cheias na mesinha ao lado e me deito na cama, colocando minhas mãos sobre meu rosto. Começo a chorar.

— Beth, você está bem? – pergunta Michael, checando pra ver se estou bem.

Ele pega uma toalha atrás da porta do quarto e coloca em cima dos meus seios. Estou cansada demais pra tirar e dizer que tenho direito de ficar com os seios expostos dentro da minha própria casa.

— Só estou cansada. Foram semanas duras – respondo, esperando que ele vá embora.

Preciso ficar sozinha. Por que nunca estou sozinha?

— Tenho certeza de que está. Bom, o casamento é no fim de semana, e aí você pode tirar um tempo pra você, ficar com o Tommy. Você está indo muito bem, tá? Estou orgulhoso de você.

O que está acontecendo? Era pra ele ser cruel e deixar tudo mais fácil.

— Você está orgulhoso de mim? – pergunto, olhando através dos meus dedos.

— Sim, estou orgulhoso de você. É muito ter um bebê e depois voltar imediatamente ao trabalho. Mas você fez isso, e Tommy e eu estamos orgulhosos de você. E me desculpe, ok? Desculpe pelo que eu disse, sei o quão doloroso deve ter sido.

Ele sorri e coloca a mão na minha barriga. Me beija no rosto. Estou tão confusa.

– Me beija – peço.

Ele me dá um selinho.

– Não, me beije, falo novamente, puxando seu rosto pra perto do meu.

Ele está tentando escapar, mas estou segurando sua cabeça tão forte que ele não consegue. Continuo beijando, não me importando se ele quer ou não. Então, ele se afasta e fica de pé.

– Qual é o seu problema? – diz, com uma cara de repulsa. – Acabei de pedir desculpas. Pensei que poderíamos conversar e você já mudou tudo pra isso de novo. É como se você fosse uma viciada em sexo, é tudo que você pensa. E você andou bebendo? Consigo sentir o cheiro em você.

Não há por que dizer algo. Só fico deitada, imóvel, permitindo que as palavras dele me golpeiem, como se eu fosse asfalto debaixo de chuva. Sou uma traidora, ex-puta, casada com um homem que tem nojo de mim. Desejo sexo de estranhos e demando sodomia em casas bacanas. Tudo isso enquanto vendo um conceito de amor e matrimônio para uma mulher que, se os rumores estão certos, está sendo traída. Eu sou a pior.

– Sim, eu andei bebendo – respondo, rolando minha cabeça pro lado.

Ele pode derramar todo seu julgamento sobre mim. Não me importo mais.

– Me parece um desperdício, mas vou jogar isso na pia – diz Michael, segurando as garrafas de leite materno, com uma cara bem brava. – Beba sua água, coma seu biscoito e durma um pouco.

Ele vai embora. Quando a porta fecha, jogo o copo nela e grito.

#10

♡ ○ ▽

Ruby

No caminho para a sessão de depilação, paro no parque. Ross está sentado seriamente no banco. Ele não está limpo. Ele está sem a camisa e está suando. Parece estar mais triste que o normal.

– Tá tudo bem? – pergunto enquanto me junto a ele.

– Esqueci os lenços umedecidos. Sou tão idiota – diz, olhando para o banco com cara de nojo, como se os pombos tivessem feito essa sujeira para irritá-lo. Checo minha bolsa, mas eu também não tenho nenhum.

– Malditos pombos, eles não têm o menor respeito – comento, sorrindo. Ele sorri um pouco de volta.

– Parece que você tem mais coisa na cabeça que o normal.

– Sim, tenho um final de semana intenso chegando. Coisa de família, sempre fico bem ansioso. Mas vou ficar bem. Onde está a Bonnie hoje?

– Ah, ela está na creche esta manhã. Eu estava na verdade esperando te encontrar. Queria te agradecer.

– Me agradecer? Por quê?

– Por dizer todas as coisas certas.

Ele riu pra si mesmo.

– Bom, essa seria a primeira vez.

– Precisava conhecer alguém como você. Você me deu uma outra perspectiva de que acho que precisava.

– Todos os problemas são relativos. Você não pode comparar tudo à morte de uma criança.

– Verdade, mas certamente me fez perceber o que é importante. Como eu disse, precisava disso, então obrigada.

– De nada. Acho que é bom que algo positivo possa vir disso tudo – diz, abaixando a cabeça.

Ele parece muito pesado hoje. Claro que ele tem dias assim. Não tenho certeza se no lugar dele eu conseguiria levantar da cama.

– Minha mulher não sabe deste banco – conta, como se isso o incomodasse.

– Sério? Por quê? – pergunto, chocada.

O banco seria algo para todos que sentem falta da Verity, certo?

– Ela colocou a morte dela debaixo do tapete. Não queria falar sobre. E tudo o que eu queria fazer era falar sobre isso, não conseguia parar. Vou à terapia duas vezes por semana desde que aconteceu, só pra eu poder falar e falar. Não consigo entender por que ela não ia querer falar. Ela não queria um banco. Pensava que seria um lugar para remoer a morte dela, e não para se sentir conectada à Verity. Este banco, alguns dias, parece como a minha corda salva-vidas.

– É algo adorável pra se ter – comento, sentindo a necessidade de reassegurar que ela está errada.

– Costumava trazer as meninas pro parque. Você vê muito, não? Pais aos sábados com seus filhos. Eu era assim. Este era o nosso lugar favorito. Fui e organizei o banco sozinho sem contar pra ela. É o meu lugar especial onde posso estar com minha filha. Acho aqui tão tranquilo.

– É mesmo.

Nos sentamos por um momento, observando. Noto a hora e percebo que é melhor ir andando.

— Tenho um compromisso agora – falo, me levantando. – Obrigada. De novo. Espero que seu final de semana seja ok, e não tão estressante. Famílias são difíceis.

— Elas são. Tchau, Ruby.

— Tchau.

Algo me diz que ele vai ficar lá por um bom tempo hoje.

○ ○ ○

A sessão de depilação é às dez da manhã. Atravesso Londres de metrô no horário de pico pra chegar lá. Estou com muito calor, pois subestimei o tempo e estou vestindo veludo, e não algodão. A sala de espera está lotada, todos são jovens e, para o azar do meu olhar autodepreciativo, lindos. Caminho com propósito até a recepcionista. Ela é jovem também.

— Sim, tenho uma sessão às dez – digo, me sentindo uma velha.

— Ótimo. Seu nome?

— Ruby.

— Ruby... tá bem, aqui está. Ok, você vai fazer depilação de corpo completa hoje?

Não acredito que ela fez isso. Qualquer pessoa poderia ter escutado. Não consigo falar. Fico parada, como uma otária.

— Está certo, Ruby? Uma depilação de corpo completa?

Meu Deus, ela fez de novo. Essa mulher é estúpida?

Ela precisa de uma resposta. Há duas mulheres na fila atrás de mim. Por que este lugar é tão cheio?

Estou tão desesperada por essa depilação. Tenho que ser corajosa. Afirmo com a cabeça.

— Ok, ótimo. Quem vai te atender hoje é o Pete, ele já vem.

— Como? – pergunto, talvez não tenha escutado bem o nome.

— Pete, ele vai ser o técnico hoje.

— Pete? É abreviação de Petra?

— Não. Peter. Ele faz as sessões de corpo completo. Você vai amar, ele é muito rápido.

— Ele é um homem!?
— Ah, Deus, sim, desculpa. Não se preocupe, ele é gay.
Ela me olha como se tivesse resolvido todos os meus problemas.
— Não posso fazer isso. Tem alguma mulher disponível? — pergunto.
Fiz uma preparação mental imensa pra vir aqui hoje e encontrei paz em ter que lidar com outro especialista, mas não Pete.
— Não, desculpa — diz, impaciente. — Você pode se sentar, por favor?
Sento-me no sofá ao lado de uma mulher jovem de saia curta. Olho pras pernas dela, nenhum pelo à vista. Por que ela está aqui? Se ela soubesse o que está rolando debaixo deste vestido, ela ficaria doente. Eu acho que vou ficar doente.
— Ruby — diz um homem, que presumo que seja Pete.
Ele tem quase 1,70 cm, loiro, sem muitos pelos no corpo. Não consigo passar por isso.
— Desculpa, mudei de ideia — digo, levantando. — Não preciso da depilação no fim das contas.
— Tem certeza? — Pete pergunta, confuso.
Digo que estou sim, com muita certeza. Em vez disso, ele chama por uma Hannah. Hannah pula do sofá e diz "Eu" e eles se beijam no rosto e desaparecem para o fundo do salão. Para depilar a boceta perfeita dela, imagino.
Este não é o salão pra mim.
Tenho depilado como um relógio pelos últimos vinte anos, sem nunca perder um ciclo, mas parece que o universo está conspirando contra mim.

○ ○ ○

Por causa da tentativa fracassada de depilação, pego Bonnie na creche depois de duas horas, como Maria insistiu. Fazer algo que sugere que eu realmente seja uma boa mãe me dá certa confiança. Maria disse que ela não chorou muito desta vez, mas se recusou a brincar com outras crianças, dizendo que eles eram bebês e que ela queria brincar com crianças de três anos. Maria disse que há outras crianças dessa idade que vêm pra escola, mas elas estão de férias.

– Todas elas? No meio do semestre? – perguntei, na minha voz mais acusatória.

Ela confirmou e me disse que eu poderia trazê-la apenas por duas horas por dia até que ela estivesse mais acostumada. É muito difícil pras outras crianças quando a Bonnie começa a dar piti como ela faz, aparentemente.

Bonnie grudou em mim quando cheguei para pegá-la. Estou tentando não me acostumar muito com isso, porque sei que ela vai começar a me odiar logo mais. Um segundo depois de sairmos da creche, cobri sua mão com gel antibacteriano. A creche é uma placa de Petri. O banheiro ainda não foi consertado. Parece um lixão. Preciso encontrar outro lugar.

Levo a Bonnie pro parque. É isso ou mais TV em casa.

Olho para o banco com a placa. Ross estava tão chateado hoje, queria ter ficado mais tempo com ele. Se eu soubesse o desastre que minha sessão seria, teria ficado mais. Eu gosto muito de vê-lo.

Um homem em situação de rua está sentado comendo metade de um sanduíche que encontrou na lixeira. Ele come rapidamente, derrubando migalhas no chão, e os pombos estão todos aos seus pés, comendo. Ele sorri para os pombos, como se fossem seus amigos, e corta o último pedaço no meio e joga pra eles. Pela cara dele, teve tanto prazer ao fazer isso quanto ao se alimentar. Percebe que estou olhando pra ele e sorri pra mim. Pobre homem, me pergunto se ele tem algum lugar para dormir hoje à noite. Penso que Ross ficaria feliz de saber que este homem encontrou um momento de paz no banco da Verity.

Bonnie está nos arbustos procurando pelo rato. Se ela encontrar, vou gritar e vamos embora.

O homem levanta e continua seu caminho. O banco está agora vazio, sobraram somente os pombos, que estão andando em volta dele, pegando as últimas migalhas que caíram. Chego perto e os espanto. Eles fizeram cocô por toda parte. Ross não vai ficar muito feliz com isso. Usando os lenços umedecidos que comprei no caminho, limpo toda a sujeira dos pássaros do banco.

Bonnie está agora com os joelhos e mãos apoiados no chão, debaixo de um arbusto de hortênsia.

– Ratinho, vem, ratinho. Ratinho, ratinho – grita.

Seria até fofo se ela não estivesse tentando chamar a atenção de um roedor. Sorrio em sua direção, mas ela não vê. Passo tanto tempo me arrependendo de ter tido um filho e fantasiando sobre como minha vida seria mais fácil se minha única responsabilidade fosse me livrar dos meus pelos. Mas somente a ideia de que algo poderia acontecer com Bonnie é inimaginável. Ross me deu uma perspectiva que deveria ter sido óbvia o tempo todo. Sei como é ter alguém que você ama ser levado de você, então por que perder meu pai não foi uma lição suficiente?

A única maneira que me fez ser capaz de lidar com a perda dele foi saber que aproveitei ao máximo quando ele estava vivo. Minhas memórias com ele são as melhores da minha vida. Se algo acontecesse a Bonnie ou a mim, as únicas memórias seriam pitis de gritaria e episódios violentos. Ela brincando sozinha, e eu tentando me esconder. Isso não é bom o suficiente.

Me abaixo e fico de joelhos no chão debaixo do arbusto ao lado de Bonnie e, nervosa, começo a chamar pelo rato.

Lauren Pearce – Post no Instagram

OficialLP

A foto é de Lauren sentada em um gazebo num jardim. Ela está cercada de rosas brancas. Ela está usando lingerie branca rendada, seu cabelo perfeitamente enrolado.

curtido por **primavera_editorial** e outras 95 pessoas

OficialLP Hoje acordei e cheirei as flores. Estou me sentindo como a garota mais sortuda do mundo. Quando a vida te der limões, fique cercada de rosas. Essa é a expressão, certo?

#duasnoitesmais

Ver todos os comentários

@wellyturnips: Sua vida... é perfeita. Sortuda, que garota sortuda!

@MikeyinDisguise: Mostra sua mãe de novo. Amo uma MILF.

@harriethartly: Beleza, amor e os milhões. Arrasou.

@bettyblack: MOSTRA O VESTIDO!!!!!!!!!!!

@iamtheonebutyouarethetwo: Gavin poderia ter qualquer mulher no país, mas ele escolheu você. Acho isso FASCINANTE. Sem querer ser cruel, você é legal e tal, mas a Cheryl Cole está solteira de novo... pensando alto!

@garindagale: Cansada dos posts eu, eu, eu. Estou desapontada com a falta de #realidade. DEIXEI DE SEGUIR.

Ruby

Mesmo eu já tendo feito versões do mesmo vestido muitas vezes nos últimos vinte anos, gosto do ritual de começar do zero a cada vez. O passo um é sempre tirar minhas medidas, só pra ter certeza. Começo pelo busto: oitenta e cinco centímetros. Minha cintura: oitenta centímetros e meio. Meu quadril: noventa centímetros. Exatamente como eu era na faculdade. Sei que não tinha mudado, mas é bom ver os números. Uma visão satisfatória depois de tanto trabalho duro.

Minhas medidas são de um tamanho 36, mas por causa da minha altura eu geralmente tenho que comprar tamanho 38. Por isso que fazer minhas próprias roupas funciona bem melhor. Além do mais, quando encontro vestidos que cubram o corpo como eu quero eles acabam me deixando com uma aparência desleixada, ou têm algum tipo de detalhe que parece um buraco de fechadura em algum lugar essencial, como atrás, em cima do zíper. Um detalhe sem sentido e muito irritante quando você tem muitos pelos nas costas e nos ombros.

Além de tudo isso, tenho braços bem longos. Preciso de uma manga de sessenta e três centímetros, e a maior parte das marcas não me atende. O modelo do meu vestido é único para meu corpo, e me satisfaz tanto na necessidade de proteção quanto no meu desejo de me vestir com estilo.

Algum tempo atrás comprei um rolo bem grande de um veludo vermelho com um pouco de stretch. É uma cor vibrante. Tenho guardado esse tecido para uma ocasião especial. Talvez o casamento de Lauren Pearce seja a ocasião? Lembro que não estarei no evento principal, estarei no quarto dos fundos trabalhando, e estou aliviada de não ter que socializar, mas isso não significa que não posso caprichar no meu vestido, certo?

A melhor coisa do meu design é que veludo é muito macio e confortável. Poderia dormir nele. Não que eu fosse. O único problema é que é quente. Encontrarei uma maneira de lidar com isso quando o dia chegar.

Faço um modelo seguindo as linhas do meu vestido preto que costurei no Ensino Médio e corto o tecido no tamanho dele com minhas tesouras tradicionais. Faço assim todas as vezes, eu realmente gosto do processo. Costuro tudo na minha máquina Singer, colocando uma linha fina para evitar muita fricção. Adiciono uma manga um pouco mais bufante em cada ombro para um drama extra. As mangas são um pouco mais longas e nos punhos há elástico pra que elas não subam em hipótese alguma. Estarei com muitos pelos no dia do casamento, e mesmo que eu esteja, ou não, sozinha no quarto, não posso correr o risco de me expor.

Com todo o processo, o vestido demora quatro horas e meia para ser feito. Uma noite bem gasta da minha vida, produzindo um *look* que vai me deixar confortável fora da minha casa. Coloco o vestido e me olho no espelho grande do quarto. A cor é excitante e me veste perfeitamente. Vou usar bastante esse vestido, tenho certeza.

Fico parada me olhando no espelho. Nunca é algo fácil a se fazer. Mas se eu me forçar a ser honesta, até que sou uma mulher atraente. Sou muito magra, muito pálida. Visto minha personalidade como uma armadura, e ela afasta as pessoas. Mas meu cabelo é comprido, os cachos são grossos. Da época em que trabalhei na área de publicidade, sei que isso é desejável. Tenho olhos castanhos profundos e minha estrutura óssea indica alguém que sabe o que está fazendo. Em um vestido desses, eu passo por uma pessoa bonita. Com meu estilo próprio. Do meu jeito. Quando eu analiso a situação, acho que, na verdade, gosto bastante.

Beth

– Chefe, o que aconteceu com você?

Escuto a voz de Risky em algum lugar ao fundo. Meu olhar está fixado na janela.

– Beth? Beth? Sério, o que está acontecendo com você hoje?

Ela está bem ao lado da minha mesa agora. Está olhando pra mim como se eu fosse uma criança que acabou de fazer um xixi emocional no chão. Irritada, mas com empatia e preocupação sobre o que me levou a fazer isso.

– Desculpa – digo, saindo do meu estado atordoado. – Desculpa, muita coisa na cabeça.

– Eu sei. Um bebê de quatro meses e um casamento gigante de uma celebridade em dois dias. Sim, você está com muita coisa na cabeça. Do que você precisa? Posso pedir comida pra você? Baixar um podcast? Massagear seus pés?

Olho pra ela como se estivesse brincando. Ela não está.

– Ah, nada. Só preciso que tudo passe logo. Ok, tô de volta. O que eu perdi?

Risky está pensando. Ela gosta de consertar coisas. Está pensando como me ajudar a sobreviver aos próximos dias. Estou pensando a mesma coisa.

– Já sei – diz, batendo palmas. – Já sei o que vou fazer. Pegue suas coisas, vou te levar pra um spa.

– Pra um spa? Não, Risky, é uma perda de tempo absurda. Nós temos muita coisa pra fazer.

– Sim, nós temos, mas nós podemos trabalhar de lá. Tem um chão quentinho pra deitar e Wi-Fi. Vamos, estou insistindo.

– Quem é a chefe aqui? – pergunto, sem me mexer.

— Você, e esse é o problema. Você não está cuidando de você. Vamos, se a gente chegar antes do almoço vai estar mais quieto. Bora, bora.

Ela está esperando perto da porta agora. Claramente não tenho opção. E talvez uma massagem nos pés, realizada por um profissional, seria legal.

◉ ◉ ◉

— Que lugar é esse? – pergunto, quando chegamos.

Não é bem como os spas em que já estive antes, com pessoas andando em roupões de toalha e chinelos desconfortáveis, tomando água saborizada de pepino, comendo amêndoas e frutas secas enquanto um som de flautas enche o ambiente e elas esperam pra ser chamadas para seus tratamentos caríssimos.

— É um spa coreano – responde Risky, confiante. – O paraíso.

Pagamos na recepção. É bem barato. Tenho que preencher um formulário; Risky já veio antes, então não precisa preencher. Uma das pergunta é se estou amamentando ou grávida e Risky recomenda que eu minta.

— É uma questão de higiene. Só saia da banheira quente se você começar a lactar.

— Ah, provavelmente não vou entrar. Não trouxe meu maiô – digo a ela.

— Maiô? Chefe, isso aqui é um spa coreano, você tem que ficar pelada. Esse é o objetivo.

— Quê? – pergunto enquanto ela devolve meu formulário na recepção.

— Pelada? Tem homens aqui?

— Não, só mulheres. Vem, você vai amar.

Fico imóvel. Não quero ficar pelada com outras mulheres. Não quero ficar pelada com Risky. Não quero. Só não quero.

— Chefe, vamos. Você precisa disso – diz, fazendo um show.

As duas moças coreanas atrás da recepção estão olhando pra mim como se eu fosse patética. Agora eu quero fazer xixi emocional no chão.

— Posso usar uma toalha? – pergunto a Risky, a seguindo, relutante.

— Não dentro da água!

◉ ◉ ◉

No vestiário, primeiro estou absolutamente chocada com a falta de luxo, vibes relaxantes ou glamour. Em cada armário há um roupão de algodão fino e alguns chinelos de borracha. A luz é dura. Risky tira a roupa imediatamente como se estivesse correndo em direção ao mar e não pode parar, senão vai desistir de entrar. Joga suas roupas dentro do armário e, simples assim, minha assistente está nua na minha frente. Seu corpo jovem, todo no lugar, ileso ao metabolismo lento ou ao nascimento de um bebê.

Pequenos seios acomodados perfeitamente no seu peito, mamilos tão escuros que parecem passas. Sua vagina parece um penteado dos anos 1960. Nas laterais, estrias percorrem seu corpo como caminhos de caracol ao longo do quadril. Ela não é perfeita, mas é totalmente bonita.

– Ok, sua vez – diz, com as mãos no quadril, suas pernas ligeiramente afastadas. – Chefe, você vai ter que parar de encarar minha vagina ou vou ter que processar você por má conduta sexual.

– Meu Deus, me desculpa – comento, mexendo a cabeça rapidamente e voltando à realidade enquanto começo a me despir.

Primeiro meu jeans de maternidade, depois minha blusa. Dobro tudo perfeitamente, e coloco no meu armário. Meu coração está batendo muito forte só de pensar em tirar minha calcinha.

– Chefe, sério. Nós temos um casamento em dois dias. Por mais que eu queira que você relaxe não podemos ficar aqui o dia todo.

Alcanço meu sutiã e tiro os botões. Ok, Risky vê os meus peitos todos os dias enquanto tiro leite. Dobro e o coloco debaixo das minhas roupas no armário. Depois lentamente vou puxando minha calcinha, e coloco lá também. Aqui estou eu, pelada em um vestiário. Uma mulher alta e magra com um bronzeado bonito entra rapidamente. Pego o roupão e visto.

– Ok, está pronta? – pergunta Risky.

– Meu corpo mudou muito. Eu gostaria de ter me preparado mentalmente antes de ficar pelada na frente das pessoas, só isso.

– Você está maravilhosa – comenta Risky. – Amo esse lugar. Mulheres de todos os tamanhos e formatos livres, como se a indústria fashion nunca tivesse existido. Amo. Minha mãe e eu estamos sempre aqui.

Olho à minha volta e vejo que ela está certa. Uma mulher negra e gorda está sentada na lateral de uma pequena piscina. Seus seios grandes pendurados nas dobras de sua barriga. Ela está conversando e rindo com sua amiga que está dentro d'água. No outro lado do espaço, esperando na fila para usar o chuveiro, uma senhora bem magra, talvez nos seus setenta anos. Ela tem cabelo curto e branco, seus seios são meros pedaços de pele com mamilos. Seus joelhos têm uma espécie de capuz, seu pescoço treme quando ela anda. Seus pelos púbicos são lisos e cinza. À sua direita, uma mulher baixinha, talvez nos seus quarenta anos. Seu cabelo ruivo, da mesma cor dos seus pelos púbicos, compridos que vão até quase os joelhos.

Todas essas mulheres são muito diferentes, mas ao mesmo tempo são iguais. Tiro meu roupão e coloco no cabide.

– Ok, eu amo essa daqui. É bem quente, os minerais na água são purificantes e deixam a pele bem macia – diz Risky, descendo as escadas da pequena piscina com vapor saindo.

Ela respeitosamente olha pra outro lado enquanto abaixo meu corpo nu na água.

– Isso é bem gostoso – comento, me acostumando.

– Eu te disse! – diz com orgulho.

Depois de alguns momentos, a mulher negra entra na água. Não sei muito como é a etiqueta desse lugar, então sorrio pra ela. É impossível ignorar seus grandes lábios cor-de-rosa porque estão muito perto do meu rosto. Eles afundam na água e seus seios flutuam como botes à sua frente.

– Nunca vou me afogar com isso aqui grudado em mim – ela diz, sorrindo.

Risky me chuta debaixo d'água porque acha engraçado.

– Mulheres não são incríveis? – diz, chegando perto de mim.

– Sim – respondo, me sentindo perfeitamente confortável no meu corpo depois de muito tempo. – Sim, nós absolutamente somos.

Ruby

Liam está aqui porque concordou em ficar com a Bonnie esta tarde. Maria está insistindo em apenas duas horas por dia na creche até ela se acostumar, e eu simplesmente não consigo mantê-la em casa mais tempo assistindo à TV enquanto trabalho. Posso não ser a pessoa que vai se casar sábado, mas é um evento gigante e não posso suportar a ideia de que estarei rodeada de pessoas lindas enquanto estou me sentindo grotesca. Agendei outra sessão de depilação. Quem sabe o que vai acontecer desta vez!

Contei a Liam que a creche está insistindo em um período de adaptação longo. Ele não tem motivo nenhum pra questionar e não está suspeitando do porquê de ela não ficar o dia todo lá. Nunca menti sobre o bem-estar da nossa filha antes, então ele confia totalmente em mim. Avisei a ele que Bonnie sente falta dos amigos, e por isso ela reclama tanto. Sei que preciso encontrar um outro lugar, e também estou trabalhando nisso. Não consigo fazer nenhuma dessas coisas com a Bonnie em casa, portanto ele tirou uma folga do trabalho pra ajudar.

Ele é muito generoso. Nunca reclama de ficar com a Bonnie. Só recentemente percebi o esforço que deve ser pra ele ficar com ela todo fim de semana. Não sobra muito tempo pra ele fazer as suas coisas. Ou ter um novo relacionamento. Ele nunca mencionou outra pessoa, nem Bonnie. Só posso torcer e presumir que não há outra pessoa. O que é bom. Não estou pronta pra isso.

— Quais são seus planos? — pergunto enquanto termino de colocar os sapatos em Bonnie e subir o zíper de sua jaqueta.

Ainda estou bem chateada com o que ele disse no outro dia, mas estou tentando não mostrar, porque o que tem me deixando ainda mais chateada é que eu penso que ele está certo e não sei muito bem o que fazer com essa informação.

– Nós vamos comer alguma coisa. Depois ir ao parque. Ou podemos ir ao Pret[20] e fazer um piquenique. Vamos alimentar os patos, Bon Bon?

– Siiiiiiiiiiiiiimmmmm – diz, soando tão feliz e fofa que nós dois sorrimos.

– Ok, se comporte. Em casa às seis horas, e sem doces. Não quero ter que lidar com uma overdose de açúcar hoje à noite, tenho que trabalhar depois que colocá-la pra dormir, então preciso que a hora da cama corra bem.

Não sei por que disse isso, pois na verdade já terminei todo o trabalho que Rebecca me enviou. Finalizei tudo mais cedo pra conseguir ir à sessão de depilação.

– Então você está bem ocupada? – me pergunta, demorando um pouco mais do que o habitual.

– Sim. Tenho que trabalhar em algumas fotos, mas no geral me preparando pra um trabalho grande no fim de semana. Vou a um casamento. Lauren Pearce, você sabe a... Quer dizer, não sei o que ela é, modelo, eu acho... Ela vai se casar.

– Sim, vai se casar com o Gavin Riley. Você vai ao casamento? Que doido, como?

– Vou tratar as fotos no dia, pra ela postar. É ridículo, e não é o tipo de coisa que eu escolheria fazer.

– Tá zoando? Gavin Riley, é realmente impressionante. Uou, isso é muito legal – diz Liam, notavelmente impressionado.

– Claro, talvez seja "legal". Vou ganhar bem e é por isso que vou. E ele é impressionante ou só nasceu na família certa? Não é como se ele tivesse montado o negócio, né? Também já ouvi que o cara é um traidor implacável. O que faz dele horrível.

---

20 *Pret a Manger*, informalmente conhecido como "Pret", é uma empresa de fast-food britânica. Seu nome é uma referência a um termo francês similar a "pronto pra comer", e ao mesmo tempo um trocadilho com *pret à porter*, que significa "pronto para usar". [N. T.]

– Pesado – comenta Liam, levantando as sobrancelhas.

– Mas verdade – digo, levantando as minhas.

– Talvez – completa, enrolando perto da porta. – Se você vai trabalhar no fim de semana, por que não tira a tarde de folga e vem com a gente? Podemos comer algo, alimentar os patos.

– Não, tenho muita coisa pra fazer. Vão vocês dois, vão se divertir mais assim.

– Nos divertir mais que todos nós juntos? Ah, por favor, Rubes.

Ele sempre me chamava de Rubes. No começo achava meio vergonhoso, depois me acostumei e amava. É bom ouvir de novo.

– Você não me odeia o suficiente pra não querer passar uma tarde junto comigo, como uma família, odeia?

Liam fala baixo pra que Bonnie, que está subindo no seu carrinho, não escute. Não me agrada que o pai da minha filha ache que eu o odeio. Odiar alguém e estar bravo com alguém são coisas bem diferentes.

– Por favor, mamããããe! – diz Bonnie, me olhando de baixo.

Seus lindos olhos implorando.

Estou bem-vestida para o clima, acho, a roupa me cobre bem. Poderia colocar meia-calça por debaixo do meu vestido de veludo verde. Liam sabe que não deve me tocar. Estou desesperada por essa sessão, mas a felicidade da minha filha está de alguma forma acima do meu desejo de conforto pessoal. É uma emoção complexa e nova, mas uma que estou surpreendentemente feliz de buscar.

– Acho que sim, posso me juntar a vocês.

Isso vai, claro, significar que estarei peluda no casamento. Mas fiz um vestido ótimo que oferece cobertura completa.

– Me dá um minuto.

Subo às escadas. Meia-calça, blush, um batom vermelho. Removo alguns pelos do queixo e passo um pouco de adstringente para reduzir a vermelhidão. Passo mais desodorante porque o dia está quente. Desço as escadas, Bonnie e Liam parecem muito empolgados.

– Você vai, mamãe? – pergunta Bonnie.

– Sim – respondo.

— Acho melhor não levar o carrinho, ela pode andar, né, Bon Bon? — diz Liam.

— Sim, já sou grande.

Liam e eu pegamos, cada um, uma das mãos dela.

○ ○ ○

Uma das minhas memórias mais antigas é de um piquenique em família. Tinha mais ou menos cinco anos, nos sentamos em um tapete de lã xadrez, e os felpos ficavam grudando na minha comida. Minha mãe tinha feito sanduíche e saladas diferentes com molhos servidos em potes herméticos. Com certeza ela fez isso mais vezes, mas só me lembro desta vez em particular. Minhas memórias dos meus primeiros anos são vagas, mas tenho algumas memórias felizes para lembrar.

Meu pai tinha muito orgulho do seu cesto de vime de piquenique e mencionava sempre a felicidade de poder beber vinho em uma taça de verdade no meio da praia. Lembro que minha mãe pedia pra ele parar de falar isso sempre, mas, ao mesmo tempo, ria. Ele se aproximava e a beijava. Ela pedia pra ele sair de perto. Era uma dinâmica comum entre eles. Acredite ou não, era um sinal de afeto. Eles flertavam muito naquela época. Lembro um pouco disso.

Meu pai levou uma corda, um dia, e cada um deles pegou uma parte e eu pulava no meio.

— Mais rápido, mais rápido — gritava, e eles obedeciam, tão rápido até minhas pernas não aguentarem mais.

Caía na areia rindo e exausta, e eles riam também. Engraçado pensar em mim como uma garota feliz. Não fazia ideia das rasteiras que a vida me daria àquela altura. Eu era inocente. Minha relação com meus pais era tudo que importava de verdade.

— Posso comer chocolate? — pergunta Bonnie no Pret a Manger, enquanto Liam pega comida demais pra gente comer no parque.

Ele pisca pra Bonnie e coloca uma barra de Rocky Road na cesta.

— Rubes, você quer alguma coisa específica? — ele pergunta.

Chacoalho a cabeça negativamente, depois pego uma maçã e jogo na cesta.

— Isso é comida demais, vocês nunca vão comer tudo isso. É um desperdício de dinheiro – digo, enquanto ele coloca as compras no caixa para a operadora processar o pedido.

— Com certeza vamos, certo, Bon Bon?

Bonnie afirma com a cabeça entusiasmada.

— Não tem muito por que a gente chamar ela de Bonnie se você insiste em chamá-la de Bon Bon, certo? – comento, pegando a maçã e jogando na minha bolsa.

Liam imita o que eu disse em uma voz boba e faz Bonnie rir. Eu bufo e espero do lado de fora.

— Se ela comer tudo isso, vai passar mal – aviso quando o vejo saindo.

Ele para na minha frente e olha diretamente nos meus olhos.

— Ruby, você pode, por favor, descer do seu pedestal e relaxar por mais ou menos uma hora, enquanto Bonnie e eu tentamos aproveitar sua companhia no parque? – diz pegando Bonnie no colo. — Encara ela até ela desistir – sussurra em seu ouvido, alto o suficiente pra que eu escute.

Os dois, tentando não rir, franzem os olhos, como se esperassem eu dizer algo. Espero o máximo que posso, insistindo que estão sendo ridículos.

— Tá bom, tá bom, mas você não vai comer essa barra de chocolate sozinha, tá? – digo, avisando minha filha com cara feia e começando a caminhar.

— Aí está ela, sabia que ela ainda estava aí dentro, em algum lugar – diz Liam, se referindo ao meu lado sentimental. — E claro que ela não vai, metade da barra é minha. Certo, Bon Bon?

— DE JEITO NENHUM – ela grita.

Os dois riem tanto que parece que alguém acabou de contar a piada mais incrível do mundo.

— Você vem ou não? – pergunto firmemente, um sorriso pequeno tentando aparecer por baixo da minha expressão rígida.

Liam me entrega duas sacolas de papel cheias de comida e coloca Bonnie nos ombros.

— Você tem que... – começo a dizer, mas Liam me para com um olhar desafiante e uma piscada atrevida.

Ele passa rapidamente por mim, enquanto Bonnie grita com prazer, no topo da cabeça de Liam.

– Bom, me espera – digo, tentando alcançá-los. – Bonnie, espera, por favor.

– Pega a gente, mamãe – diz, como se nunca tivesse sido tão feliz.

○ ○ ○

– Então me conta mais sobre esse rato – pergunta Liam, enquanto coloca uma quantidade abundante de comida em cima da sacola de papel, que ele transformou em uma toalha de piquenique.

– A mamãe pegou – diz Bonnie, orgulhosa.

– Ah, é? Com as mãos? – Liam pergunta a ela, piscando pra mim.

– Não! Em um balde – Bonnie o corrige. – Ela colocou ele em um balde e nós levamos pro parque e deixamos ele voltar pra família dele.

– Nossa! Vocês parecem uma dupla de super-heroínas.

– Nós somos – Bonnie diz, levantando sua mão como se fosse me socar. Fecho os olhos esperando o impacto, mas Liam explica.

– Ela quer fazer um "toca aqui".

– Um o quê?

– Ela está querendo fazer um "toca aqui", olha.

Ele dá um soquinho no punho de Bonnie e os dois parecem satisfeitos. Bonnie segura a mão fechada em minha direção novamente. Dou um soquinho e me sinto uma velha de mil anos completamente fora de moda.

– Papai, você sabia que a mamãe é peluda como um rato? – comenta Bonnie.

O pedaço de maçã que acabei de engolir para na minha garganta, me fazendo tossir como se eu tivesse fumado um Marlboro vermelho em uma só tragada.

– Sim, eu sei – responde Liam.

Ainda não consigo dizer nada, então abano minhas mãos freneticamente na sua frente, como se pedisse para ele calar a boca.

– Eu meio que gosto disso, você não gosta? – continua, percebendo que não consigo pedir pra ele calar a boca, e se aproveitando inteiramente da situação.

– É engraçado – diz Bonnie, e eu finalmente consigo engolir a maçã.

– Ok, Bonnie. Vamos brincar de esconde-esconde. Você vai se esconder agora.

Ela derruba tudo que estava comendo e imediatamente corre para trás da árvore mais próxima.

– UM, DOIS – grito, torcendo pra Liam ter mudado de assunto.

– Você ainda não consegue falar sobre isso, né? – me pergunta.

– TRÊS, QUATRO. Não, Liam. Não gosto de falar sobre isso. Nem no parque, nem em casa, nem no meu casamento.

– Lá vamos nós. De verdade? Não sei. Eu fodi com tudo. Mas, Jesus, Rube, quantas vezes eu tenho que pedir desculpas?

– Não há desculpas o suficiente pra mudar o olhar de satisfação na cara da minha mãe quando você me humilhou. Então não há desculpa o suficiente que melhorará isso, tá?

Liam exala alto. Eu fiz ele se sentir tão culpado por isso por tanto tempo, e eu sei que ele se arrepende. Claro que sim. Mas não consigo esquecer.

– Mamãe, em que número você parou? – Bonnie grita bem alto do seu esconderijo secreto, que é bem na nossa frente.

– DEZ – grito, correndo na direção da árvore.

– Ainda te amo – Liam grita atrás de mim.

Continuo correndo.

#11

♡ ◯ ▽

Ruby

    É o dia do grande casamento. Enquanto me arrumo, lembro de mim, horas antes do meu. Deixei um sistema tomar o controle. Um sistema de tradição no qual não me sentia confortável, mas que aceitei como parte do processo. Vesti uma calcinha branca, fiz um vestido creme de um tecido bem grosso e sedoso. Ele tinha uma gola bem alta, babados na frente, e adicionei fendas nas mangas. E, claro, fiz minha depilação usual. Usei um pouco mais de maquiagem do que normalmente usaria, um profissional secou meu cabelo.
    Sentei-me em uma cadeira, olhando-me no espelho por muito mais tempo do que eu normalmente olharia. Encarei meu rosto, lembrando que o meu futuro marido tomou decisões sozinho. Nunca fiz pressão nenhuma para me casar. Ele queria. Amor e felicidade estavam dentro de mim em algum lugar, e naquela amanhã deixei isso florescer. Eu era uma noiva. Uma futura esposa. Acho que pensei que minha vida estava prestes a mudar para sempre. Aceitação de mim mesma por fora e por dentro, tudo porque uma outra pessoa também estava disposta a fazer o mesmo.
    Mas Liam estragou tudo. Pegou minha imprudência, apertou e esmagou no chão. Imediatamente rastejei de volta para minha concha, com ainda

menos inclinação para sair. Agora, todo dia quando vou me vestir, meu objetivo é cobrir a maior parte do corpo possível, sem parecer que estou vestida como uma freira. Tenho certeza de que o casamento de Lauren Pearce vai estar cheio de mulheres jovens expondo seus corpos como se fossem um produto na geladeira de um açougue. Eu não. Estarei vestindo a minha usual armadura de veludo. Ainda que em uma cor fabulosa.

Considerei raspar todo o meu corpo, mas nunca vale a pena. Em questão de horas os pelos começariam a nascer novamente, e é bem desconfortável. Tiro pelos do meu queixo e guardo a pinça na bolsa. Doze horas é um longo tempo, e quem sabe o que vai brotar onde até o fim do dia? Coloco a versão bordô do vestido, mas está muito quente para vestir meia-calça. Está um dia quente e estou levando um ventilador portátil para me manter fresca. Presumo que o "quarto dos fundos" terá pelo menos uma janela.

Rebecca me disse pra levar um sanduíche. Disse também que, com certeza, teria alguma coisa disponível pra gente, mas que não deveria confiar nisso. Não como sanduíches, então coloquei biscoitos de arroz e crudités[21] com bastante hummus em um potinho. Também estou levando desodorante e um par de meia-calça, caso fique com frio. Nunca se sabe se o lugar terá ar-condicionado ou não. Meu computador, claro, o carregador, e um modem portátil de internet, caso não haja Wi-Fi. Tudo isso requer que eu use uma das minhas bolsas grandes. Uma divertida bolsa da designer Anya Hindmarch com um par de olhos esbugalhados. É bem ambiciosa na parte da diversão, considerando quem é dona dela. Mas gosto bastante da ironia disso.

Um carro está esperando por mim na frente de casa. Uma Mercedes. Aparentemente estão provendo uma frota de carros para o evento. Cada convidado terá o seu, pois não querem táxis aleatórios aparecendo na festa. Rebecca me pediu que postasse uma selfie com a hashtag Mercedes no meu caminho até lá. Disse que não faria isso. Vou ao evento para trabalhar,

---

21 *Crudités* são aperitivos franceses tradicionais, geralmente compostos por vegetais crus e algum molho. Alguns exemplos de *crudités*: palitos de aipo, tiras de pimentão, brócolis, couve-flor e lanças de aspargos. [N. T.]

estou sendo paga. Não tenho obrigação nenhuma de apoiar uma marca só porque Lauren Pearce e seu marido famoso ganham um monte de coisas.

O motorista não é falante, então é uma viagem agradável de 45 minutos rumo ao oeste de Londres. Passo a maior parte do tempo pensando em Bonnie e na bagunça que eu criei com a creche dela. Depois de uma sessão de depilação, esta é minha próxima prioridade de coisas que preciso resolver até o fim da semana.

Recebo uma mensagem de texto da minha mãe.

Não vai atender minhas ligações? Espero que seja uma mãe melhor do que você é uma filha.

Não respondo, apesar da artilharia pesada que gostaria de apontar na sua direção. Nunca vale a pena.

– O que está acontecendo? Algum tipo de festival? – pergunto ao motorista.

Há fitas, barricadas e guardas em coletes de alta visibilidade quando entramos em um vilarejo.

Ele olha no espelho retrovisor e levanta uma sobrancelha como se eu estivesse brincando. É irritante.

– É para o casamento – diz.

– Ahhhhhhhhhh.

– Aparentemente são quinhentos convidados – ele me conta, orgulhoso do seu conhecimento. – Por isso que todas as estradas estão fechadas. E também para impedir que a imprensa chegue muito perto.

Não fazia ideia de que seria um evento dessa magnitude.

Me disseram para ligar para Rebecca assim que saísse do carro, e ela viria me encontrar na entrada. Assim que estacionamos, envio uma mensagem de texto. Não gosto de falar no telefone.

Oi, Rebecca, estou chegando.

K. chg em 5.

Não há razão nenhuma para esse nível de abreviação. Rebecca é uma daquelas mulheres que dizem estar sempre ocupadas. Muitos e-mails terminam com ela dizendo algo relacionado a não ter muito tempo. É uma maneira sutil de dizer às pessoas para que não tentem conseguir mais do que ela está oferecendo. Se soubesse com quem está conversando, ela não se importaria.

Saio do carro e espero no degrau. Há literalmente centenas de pessoas correndo para os lados. Floristas empurrando arranjos gigantes, funcionários com bandejas cheias de copos e comida. Caminhões estacionando, sabe-se lá o que está sendo descarregado. Até vejo duas pessoas, com todo cuidado, carregando uma caixa branca enorme e alta, que deve ser o bolo. Não sei bem o que é, mas me dá vontade de ir lá e empurrar a caixa. Mas toda essa felicidade está me dando gatilhos do trauma do meu casamento.

Lembro-me de escolher todas essas coisas. Os bolos, as flores. Era tão diferente da pessoa que sou, mas fui deixando me levar porque estava apaixonada. Liam achava importante um casamento tradicional e ele era importante pra mim. Me tornei uma noiva. Escolhi a cobertura dos bolos. Escolhi comidas de que achei que meus convidados iriam gostar. Fiz a minha parte. E aí ele arruinou tudo com uma "piada". Minha autoconsciência é uma fera muito atrevida para aceitar humor sem reclamar.

E aqui estou eu no dia dos sonhos de Lauren Pearce. Como é que uma modelo que se utiliza de problemas falsos de saúde mental para vender produtos pode ter esse nível de felicidade na vida e eu não?

— Ruby — chama Rebecca, vindo atrás de mim.

Ela está usando calças vermelhas e uma blusa creme. Seu cabelo castanho e enrolado está preso de um jeito desarrumado, e ela usa brincos grandes e fashion. Pouco rímel, bochechas rosadas e um batom vermelho. Ela consegue fazer o casual ser chique. Bom, você deveria, quando passa sua vida ao redor de pessoas de revista e fotografando modelos. As calças são um pouco controversas para um casamento, mas acredito que ofereçam um pouco mais de flexibilidade, já que ela vai se movimentar tanto, apertar-se em espaços pequenos, fazendo o que puder para tirar a foto perfeita.

Ela não é uma mulher pequena. Alta com coxas firmes. Não a vi por alguns anos e, com certeza, ela ganhou um pouco de peso na barriga. A pinta no seu rosto está tão predominante como sempre, e é a primeira coisa que você nota, mesmo que saiba que ela está lá.

Sua aura desagradável é ainda muito poderosa. Não nos importamos com cordialidades que vão além de um "oi". Como sempre ela escapa de todas as conversas simplesmente dizendo o quanto está ocupada fazendo vários comentários e gestos. No entanto, ela me olha de cima pra baixo sem elogiar meu vestido, o que obviamente significa que ela odiou.

– Vem comigo que vou te mostrar o seu quarto – diz, liderando o caminho.

Ela olha em volta, parecendo estar um pouco nervosa.

– Você está procurando alguém? – pergunto.

– Não. Só checando locações para possíveis fotos.

Ela é como um cachorro farejador, sempre trabalhando.

– Obrigada por chegar mais cedo. Lauren quer muitas fotos se arrumando. Tudo, desde o seu banho de banheira até colocar sua calcinha. Quer aprovar cada foto, o que significa dar a ela algumas opções de escolha, então vamos ter que trabalhar rápido se quisermos fazer os *posts* parecerem mais em tempo real. Tudo bem pra você?

– Bom, não tenho outra coisa pra fazer hoje, então tenho certeza de que não será um problema.

– Ok. Lauren está ali. – Ela aponta para uma porta no final de um longo corredor.

Estou curiosa para ver Lauren na vida real. O que quer que seja vida real para uma pessoa como ela. Já apaguei seus defeitos em fotos, agora quero vê-los ao vivo. Sinto bastante antipatia por essa mulher, e ela fez isso sozinha, com todos os seus pedidos de alteração no Photoshop e seu feed de Instagram ridículo. Mesmo assim aqui estou eu, com uma pequena emoção de pensar em ver uma celebridade tão grande andando e respirando. Este dia é, na verdade, bem empolgante. Estou satisfeita de ter aproveitado meu tempo para fazer um bom vestido.

– A mãe dela está com ela. Acabei de tirar um monte de fotos delas, mas preciso tirar mais. Ela tem duas madrinhas, mas elas estão nos seus próprios quartos com suas RPs, o que é bem estranho e nem sei o que dizer sobre isso. Gavin está no quarto do outro lado da casa. Estou indo tirar algumas fotos do bolo, depois vou tirar algumas de Gavin e seus padrinhos, e aí você pode trabalhar nelas enquanto fotografo a noiva. Ela está bem intensa.

— Intensa?

— Irritável. Ela quer fotos, mas não quer fotos. Merda de noivas, jurei que não ia fazer mais casamentos.

— Por que topou então?

— Dinheiro. Estou sendo paga como uma jogadora de futebol para fotografar esse casamento. Então é melhor começarmos. O contrato diz que eles querem uma foto da fonte de champagne e algumas garrafas em volta. Depois do Gavin e aí a revelação de Lauren e fotos do dia, conforme ele for acontecendo. Ah, olha, a mãe de Lauren está vindo.

— Oi, Mayra, esse lugar tá um mar, não é? — diz Rebecca, em um tom de conversa, enquanto Mayra passa por ela.

— Um mar? Não sei por que vocês têm que abreviar tudo — ela comenta, em um tom não amigável.

— Como?

— Você não teve tempo de dizer "maravilha"? — diz a mãe de Lauren.

O tom da sua fala é bem irritante e eu desgosto dela imediatamente. Nenhuma delas pensa em me envolver na conversa.

— Eu disse que este lugar está um mar de gente. São tantos corredores, e é difícil de entender pra onde você está indo — explica Rebecca.

Duas mulheres que não são nem um pouco legais tendo uma conversa embaraçosa. Não tento fazer com que sejam três.

Mayra ri, mas não pede desculpas.

— Ah, estou tão acostumada com a Lauren fazendo isso. É tão confuso pra mim. De qualquer forma, você já fotografou o Gavin e os padrinhos?

— Não, chego lá em quinze minutos, acho.

A mãe de Lauren olha pro seu relógio.

— Ok, vou lá avisá-lo.

Ela sai rapidamente de perto.

— Ela é difícil — Rebecca me informa. — Lauren não é tão complicada à toa. Bom, este é o seu quarto.

— Uau — digo, entrando no quarto.

É realmente deslumbrante. Da maneira que ela falou, imaginei que ficaria em um quarto cheio de vassouras. Isso aqui é realmente magnífico.

Tecidos bonitos e opulentes ao redor das janelas e móveis. Uma cama com dossel, diversas almofadas e um banheiro de mármore puro com uma banheira enorme.

– Meu Deus, isso é incrível! – digo, quase desejando sair girando com os braços abertos.

Estou maravilhada de passar o dia em um lugar tão glorioso e inesperado.

– Maravilhoso, né? Bom, a senha do Wi-Fi está naquele caderno ali. Este é o primeiro cartão de memória com as fotos do local e da Lauren com a mãe. Se você conseguir achar uma do champagne vai ser ótimo, só se assegure de que as cores estejam bem vivas. Podemos fazer alguns testes de fotos? Meu flash está de brincadeira comigo e preciso ajustar a exposição.

– Ah, ok – respondo.

– Pode tirar e eu dou uma olhada nelas no meu computador.

– Ok, obrigada. Se você ficar perto da janela vai ser ótimo. A luz de trás é que me preocupa.

Caminho devagar até a janela, sem ter certeza de por que importa onde eu vou estar. Ela levanta a câmera até o rosto, e aponta pra mim. Rapidamente eu disparo para o outro lado da cama.

– Não, não, desculpa. Não quero sair em nenhuma foto se você não se importar.

– Ninguém vai ver, é só pra eu fazer testes.

– Não, desculpa. Realmente não quero sair em nenhuma foto.

Rebecca parece estar irritada. Que merda. Em nenhum lugar do meu contrato diz que eu tenho que sair em fotos. Não quero fazer isso, ela vai ter que encontrar outra pessoa.

– Tá bom. Você pode então tirar a foto? Gosto de fazer testes com pessoas nas fotos. Você poderia pelo menos fazer isso? – pergunta, com sarcasmo.

Parece que ela levou o que eu disse como uma ofensa pessoal. Digo que, claro, posso tirar as fotos. Ela caminha até a janela e posa sem jeito. Tiro algumas fotos. Ela checa na câmera, depois pede pra que eu tire mais algumas. Ela se encosta numa cadeira, senta-se na cama. São cinco minutos muito estranhos, já que praticamente não trocamos nenhuma palavra. Ela realmente não é uma pessoa fácil de lidar. Pega a câmera, checa as fotos, faz alguns ajustes e finalmente parece feliz.

– Terminamos? – pergunto, desejando que ela saia para que eu possa aproveitar meu quarto.

– Se você precisar de algo, vai ter comida para os funcionários em cinco minutos em uma tenda lá embaixo. Talvez você possa pegar algo e trazer pra cá. Os convidados chegam às duas, então Lauren vai estar bem no meio do processo de se arrumar, e quero fazer fotos dela rapidamente.

– Ok, obrigada – agradeço, pensando se ela vai sair logo daqui.

– Ótimo, bom, você tem meu número se precisar de mim. Venho trazendo os cartões, então acho que podemos seguir.

– Ótimo – respondo, abrindo a porta para encorajá-la a sair.

Quero mergulhar nesse quarto e fingir que é a minha casa. Ela perambula perto da porta.

– Mais alguma coisa?

– Gostaria que você começasse logo, por favor. Não trate o dia de hoje como uma pausa no spa.

– Ah, sim, claro – digo, tirando meu computador da bolsa e arrumando tudo em uma mesa pequena perto da janela.

É um sentimento tão estranho alguém falar assim comigo. Não tenho nenhuma voz de autoridade na minha vida e minha resposta é sempre muito negativa quando isso acontece.

– Vou fazer tudo mais rápido se você me deixar trabalhar – digo, recuperando um pouco de controle.

Não gosto que falem comigo como se eu fosse uma funcionária. Finalmente ela vai embora.

Imediatamente, deito-me na cama e estico minhas pernas e braços. É um conforto glorioso. Amo hotéis, e ocasionalmente me hospedo em um nos sábados à noite, quando Liam está com Bonnie. Faz um tempo que não faço isso, mereço essas miniférias.

Levanto e olho os arredores pela janela. É um lugar incrível e está um dia maravilhoso de verão. Na grama há um corredor entre duas seções de mais ou menos trezentas cadeiras. As flores sozinhas devem ter custado muitos milhares de libras. Mesmo com meu coração gélido, tenho que admitir que tudo está muito lindo. Este é o lugar dos sonhos para um dia como hoje. É o que você ganha, acredito, quando vende seu corpo por centenas de milhares de libras e se casa com um dos homens mais bem-sucedidos do país. Ah, que bom ser a futura Lauren Riley.

Percebo que o trabalho de Rebecca pode durar um tempo, considerando o esforço necessário para fazer o upload de todas as fotos de Lauren e sua mãe, então penso que talvez possa caminhar um pouco até a tenda dos funcionários. Posso encher minha garrafa de água, talvez pegar um pouco mais de *crudités*. Estou intrigada com esse lugar fantástico, quero saber mais sobre quanto custaria pra passar um final de semana aqui. Nunca sairia do quarto. Eu me sentaria na janela e leria romances de Brontë o dia todo.

Caminho pelas cozinhas e saio pelos jardins, chegando à tenda dos funcionários. Muitos funcionários estão em uma fila para receber seus almoços grátis. Vejo uma mesa ao lado com frutas e café. Pego uma maçã, uma laranja e um café preto. Sei que o ritmo de trabalho vai aumentar rapidamente, mas mesmo esses minutos são um bônus que não antecipei.

Assim que iniciou a subida pela bela escada de volta para meu quarto, Lauren Pearce aparece no topo. Me assusta... Ela é uma pessoa real. Claro que eu sabia disso, mas aqui está ela, pele e osso, bem na minha frente. É mais difícil desgostar de alguém quando a vê em carne viva. A realidade de tudo que você criou na sua cabeça é desafiada enquanto seus olhos se movem, sua pele respira, e eles se transformam em pessoas reais, ao invés de objetos com os quais você trabalhava. Ela tem uma conduta nervosa. Ela é delicada e bonita. Está vestindo um moletom, seu cabelo enrolado perfeitamente. Não vou ter muito trabalho hoje.

Sempre a imaginei mais dura, falando alto, superconfiante, mas ela é gentil e tímida. O sorriso dela se espalha pelo rosto quando vê alguém atrás de mim. Ela passa por mim rapidamente.

– Pai, você chegou – diz, jogando seus braços em volta dele.

Não posso acreditar no que vejo quando o homem se aproxima, é a coincidência me atingindo como uma mensagem cósmica que tenho certeza de que quer dizer algo. Volto apressada para meu quarto. Não quero que ele me veja.

Beth

— Verifique novamente se a lembrancinha está do lado esquerdo dos talheres, por favor. E se as folhas com os nomes dos convidados estão no meio do guardanapo. Ah, e as cadeiras. Doze centímetros da mesa, nem mais, nem menos. É o que ela quer.

Tudo está em ordem, acho. Estou aguardando o drama no minuto final; sempre tem um.

— Ei, chefe, o mágico, Tom, está doente, mas está mandando um substituto. Já enviei os contratos de confidencialidade e estou esperando ele assinar e me enviar. Fui bem clara: ninguém está permitido no local até os documentos serem enviados. Só pra você saber – diz Risky, cheirando a eficiência. Estou muito contente por isso.

— Ok, tudo bem. Se ele for estranho ou bem ruim de truques de mágica, nós mandamos ele embora. Simples. Que pena sobre o Tom, ele é bom. Mais alguma coisa?

— A florista acabou de me dar as flores de lapela dos padrinhos...

Risky está segurando uma bandeja com elas em cima. Está lá me olhando como se esperasse por aprovação.

— Devo ir entregar a eles ou você quer fazer isso?

Ah, ela está me perguntando se tem permissão para ver Gavin e seu irmão.

— Me dá, eu vou...

Um barulho enorme vem da tenda. Parece vidro. Muito vidro.

— Merda – digo, correndo até lá pra ver o que aconteceu. – Ok, vai lá e entrega pra ele. E depois vai embora!

— Ok, chefe.

Vejo um sorriso atrevido no rosto de Risky. Algo que ela, imediatamente, tenta esconder.

Na marquise, umas das garçonetes derrubou uma pirâmide perfeita de taças de champagne. Ela está aos prantos em uma cadeira com outros três membros da equipe tentando acalmá-la.

— Tá tudo bem – digo a ela. — Por que você não vai até a tenda dos funcionários tomar uma xícara de chá? Vou pedir pra alguém resolver isso.

— Me desculpe – ela diz. — Estou passando por um momento terrível, não estou me sentindo muito bem.

— Vai pra tenda dos funcionários e se recomponha, preciso que todos vocês esqueçam os problemas hoje, e só sobrevivam até o fim do dia. Você não está encrencada, ok?

Ela balança a cabeça e sai apressada. Todos os sentimentos devem ser colocados de lado hoje. A única emoção que quero ver é pura alegria na festa de casamento. Todo mundo, eu inclusa, vai ter que lidar com isso.

Toda vez que penso no Michael quero vomitar em um arranjo de flores. Tento não pensar em Tommy, porque quando penso, sou tomada por um sentimento de culpa que torna impossível até mesmo fingir que estou celebrando o conceito de amor hoje. Só preciso passar pelo dia de hoje, aí posso lidar com o estado do meu próprio casamento.

Estou caminhando até a ala dos noivos para encontrar Risky, quando, de repente, ela aparece na minha frente, correndo e chorando. Meu primeiro pensamento é de que ela foi atacada.

— Risky, Risky, o que aconteceu? – pergunto, correndo ao seu encontro.
— Você tá bem? Alguém te machucou?

Ela mal consegue respirar.

— Risky, controle-se. O que aconteceu? Foi o Adam? Ele te chateou?

— Não, não, não... Foi o Gavin, ele...

— Ele o quê? O que o Gavin fez?

— Não posso. Chefe, não. Preciso desver isso. Isso não pode estar acontecendo, não consigo aceitar.

Ela está histérica. Coloco uma mão em cada ombro dela e peço pra respirar.

– Risky, calma, calma, calma. Ok, o que você viu?
– Gavin.
– Sim, entendi essa parte. O que ele estava fazendo?
– Não consigo falar. Não consigo. Aquele quarto no fim do corredor, o terceiro do lado direito. Vai ver.

Começo a andar até lá, aterrorizada com o que posso ver. Risky está logo atrás de mim. Estou pensando no pior.

– Quieta, chefe, fique bem quieta.

Me aproximo, nervosa, e empurro a porta.

– Puta merda! – digo, fechando a porta imediatamente, mas devagar. – Ai, meu DEUS!

Sempre há um drama no último minuto, mas isso aqui é outro nível.

– Você viu? – pergunta Risky, finalmente respirando de novo.

– Sim. Sim, eu vi.

Agora quem está ficando histérica sou eu. Respiro profundamente algumas vezes.

– Isso está realmente acontecendo? – digo, mas sem perguntar realmente.

Vi com meus próprios olhos. Está com certeza acontecendo. Sem a menor dúvida. Gavin está naquele quarto, cem por centro, transando com... ai, meu Deus!

Meus mamilos começam a vazar.

– Rápido, Risky, preciso tirar o leite. Onde está a máquina?

– Vem comigo – ela diz, enquanto corremos pelo corredor. – Então, o que a gente vai fazer? – Risky pergunta, com um cobertor nos ombros, como se ela tivesse acabado de ser resgatada de um navio afundando.

Ela está bebendo água, segurando a garrafa com as duas mãos. Tremendo, mesmo estando um clima bem quente. Estou sentada do outro lado em um quarto pequeno, tirando o leite com a máquina. Estamos pensando no que vamos fazer enquanto a garrafa enche.

– Temos que contar a Lauren – diz Risky, sendo exatamente a "mulher que apoia as mulheres" que ela prega ser.

– Quê? Não, Risky, não podemos fazer isso. Não podemos fazer nada.

— Ele está traindo ela. É muito ruim, e com ela! É horrível. O pior. Lauren precisa saber. Todos esses rumores, são tantos. São todos verdade. Se ele pode fazer isso, pode fazer qualquer coisa. Ela não tem nenhuma amiga de verdade. Só resta a gente pra ajudá-la.

Ó Deus, a encruzilhada. Mulheres apoiando mulheres pode ser bem limitante quando você precisa que um casamento aconteça.

— Escuta, Risky, nenhum casamento é perfeito, ok? Será que a Lauren realmente não sabe com quem está se casando? Ela fez sua escolha, é o que ela quer. Não seremos nós que iremos esmagar os sonhos dela.

— Mas ele... no dia do casamento... com...

— Eu sei, eu vi. Mas, sério, não somos nós que temos que consertar isso. Estamos aqui pra fazer um trabalho, e acho que temos que fazer.

— Beth, na maneira mais legal possível, você tem o casamento perfeito. Talvez você não consiga aceitar que o amor não é sempre um filme da Disney.

Não consigo mais lidar com isso.

— Pelo amor de Deus, Risky, nenhum casamento é um filme da Disney. Fiz sexo anal com um estranho outro dia porque meu marido se recusa a me tocar. Quando é que você vai entender que relacionamentos são uma merda?

Silêncio. Pra ser honesta, eu dei muita informação de uma vez pra ela processar.

— Michael se recusa a te tocar? – ela pergunta.

Estou feliz que ela tenha escolhido focar nessa parte da minha frase.

— Sim. Está terrível já há um bom tempo. Ele tem uma fobia estranha de sexo e me fez fazer algo terrível, e agora estou uma bagunça enorme, e não sei o que fazer em relação a isso.

— Beth – diz, gentilmente, se aproximando de mim. – Por que você não me contou?

— Porque sou sua chefe e nós temos que fazer um casamento acontecer. Não gosto de trazer minha vida pessoal ao trabalho.

— Você se senta lá com os peitos de fora metade do dia. Vejo seus mamilos serem esticados como pedaços de borracha, leite espirrando pra todos os lados. Você pode me dizer o que quiser, ok?

Ela me abraça e parece estranho considerar essa jovem como minha amiga. Mas eu considero.

– Mas, espera, você fez sexo anal com um estranho? Beth, isso é intenso.

– Inspirada em você, Risky. Pode parar com essa cara me julgando.

– Ei, não estou julgando. Estou, na verdade, impressionada. Achei que você era uma puritana.

– Acho que sou puritana. Podemos mudar de assunto? Estou me sentindo estranha.

– Ok, sim. Por ora podemos. E temos que voltar pra Lauren e Gavin. Lauren precisa saber o que vimos. Deus, eu odeio homens brancos e ricos.

– Você tem razão – digo. – Mas não é nossa responsabilidade resolver isso.

– Mas e a sororidade?

Caralho, ela é muito irritante.

– O que tem a sororidade, Risky?

– Qual é o ponto do feminismo se não podemos ajudar mulheres? Como podemos deixá-la se casar com um traidor? Trair é a pior coisa que você pode fazer em um casamento. As pessoas que traem deveriam ser punidas.

– Ok, ok, Risky, lembra o que eu acabei de te contar?

Minha culpa não precisando de mais uma martelada.

– Sim, mas você teve um bom motivo.

– Talvez Gavin tenha um bom motivo...

– Transar com alguém no dia do seu casamento? E...

– Eu sei, eu sei.

– Olha, Beth, podemos deixar isso pra lá, ou podemos exercer o poder oferecido pra gente através de movimentos recentes de feminismo e salvar uma irmã de abuso mental nas mãos do seu marido traidor e sua cruel, mas muito cruel... Ai, meu Deus, eu vou contar pra ela.

Ela sai correndo do quarto. Percebo que toda essa conversa aconteceu com meu peito esquerdo pra fora da blusa. Fecho meu sutiã de amamentação, minha blusa e saio correndo atrás dela. Eu a alcanço no momento em que ela está batendo à porta de Lauren.

– Risky, por favor. Podemos pelo menos discutir como vamos fazer isso? Não podemos simplesmente entrar aí, vai ser horrível em tantos níveis...

A porta abre e um outro pesadelo está me encarando lá dentro.

— O Cara do Anal! — berro, quando vejo minha mais nova conquista sexual bem na minha frente.

Seu rosto não me faz ter qualquer memória do seu nome de verdade.

— Uau — ele diz, assustado com saudação tão gráfica.

— O quê? É ele? — pergunta Risky.

— Não, outro homem — digo, tentando despistá-la.

— A Lauren está aqui? — Risky pergunta a ele. Vai lidar comigo depois.

— Sim, quem devo dizer que você é?

Mas Risky passa rapidamente por ele, antes que eu tenha tempo de responder.

— Pode entrar — diz o Cara do Anal, sarcasticamente.

Ficamos por um segundo nos encarando.

— Bom, isso é estranho — ele comenta.

— Sim. Eu, ahn...

— Você acabou de me chamar de o Cara do Anal, esse é meu novo nome? — ele se aproxima e sussurra.

— Não. Olha, meu Deus, desculpa. Podemos conversar depois? Realmente preciso... — Passo por ele rapidamente também.

— Claro, por que não?! Alguém mais quer entrar? — ele grita no corredor, em tom de brincadeira, antes de fechar a porta.

Quando ele se vira, Risky e Lauren estão de pé uma na frente da outra. Eu estou do outro lado, implorando pro chão me engolir. *O que ele está fazendo aqui?*, penso.

— Você está bem, meu amor? — pergunta a Lauren, em um tom de proteção.

— Sim, estou bem, pai. Elas são Risky e Beth, as organizadoras do meu casamento.

Pai? O Cara do Anal é o pai de Lauren? Pelo amor de Deus!

— Pai da Lauren? Uau — diz Risky. — E a história se complica... — comenta.

— Qual é o problema, Risky? O bolo não chegou ou alguma coisa? — pergunta Lauren.

— O bolo chegou — responde Risky, preparando-se mentalmente.

– Ok, então o que aconteceu? Alguma coisa está errada, certo? Ai, meu Deus, é a escultura de gelo? Ela quebrou? – Lauren está fazendo o máximo pra adivinhar, enquanto Risky se prepara para explodir sua vida em um bilhão de pedaços.

– Tá tudo bem com a escultura de gelo. Eu... eu... Não consigo... Beth, diz pra ela.

– O quê? Por que eu?

– Porque você é a chefe – responde Risky, como se isso fizesse sentido.

Lauren se vira e olha pra mim. Agora ela está preocupada, talvez começando a ficar um pouco em pânico. Por que entraríamos aqui dessa maneira se não fosse algo sério? Tenho que contar pra ela. Mas como?

– O que é, Beth? – pergunta o Cara do Anal.

O quarto de repente está mortalmente parado. Não tenho escolha.

– Lauren, Risky e eu acabamos de ver algo que gostaríamos de não ter visto.

– O quê? – ela pergunta, nervosa. – O que você viu?

Respiro fundo e abaixo minha cabeça. Não consigo olhar pra ela enquanto digo isso.

– Nós vimos o Gavin... ele estava...

– Ele estava o quê? – pergunta Lauren, uma lágrima aparecendo.

– Transando com sua...

Logo na hora, Mayra entra rapidamente.

– Bem, vamos colocar esse vestido, sim, querida? – ela diz. – Ah, Ross, você está aqui.

– Ross! – grito. – Ross, é isso!

Todos me olham estranhamente.

– Transando com quem? – pergunta Lauren.

Percebo que ela não se moveu um centímetro, ou tirou os olhos de mim, esperando que eu finalize a frase, com a sua vida toda dependendo dela.

– Com ela – digo, apontando para Mayra. – Risky e eu vimos Gavin transando com sua mãe.

Lauren e Mayra se olham. Risky sorri pra mim e articula com os lábios "muito bem". Me sinto a pior pessoa viva.

– Mãe? – diz Lauren, com tanta dor em sua voz que dói só de ouvir. – É verdade?

– Quê? Claro que não é verdade. Essas mulheres estão tentando ganhar publicidade pro negócio delas. É bem óbvio, querida. Agora, por favor, todo mundo pra fora. É hora de a noiva se vestir.

Começo a sair de lá. Parte de mim só quer que isso acabe logo. Pronto, está dito, agora é com elas.

– Vamos, Risky – digo incentivando que ela venha comigo.

Risky, porém, não se move. Encara Lauren como se ela fosse um filhote de cachorro na vitrine de uma loja que precisa ser resgatado.

– Mas eu vi – ela diz, sem ar. – Você é mãe dela, como pôde?

– Ah, leve suas mentiras pra outro lugar, sua garotinha cruel. Inventando histórias pra vender à imprensa pra faturar uma grana pra você. Nojento – diz Mayra.

A maldade em sua voz é impressionante. Dou um passo para trás e protejo Risky. Não posso deixá-la falar assim.

– Mayra, se você prefere mentir pra sua filha, tudo bem, mas não faça acusações como essa a mim ou à minha equipe.

– Ah, eu não posso fazer acusações, mas você pode, é isso?

– É mesmo só uma acusação? – diz Ross, entrando na conversa.

Lauren ainda não se moveu.

– Como? – diz Mayra, olhando pra ele como se lasers pudessem sair de seus olhos e matá-lo.

– Não é como se você não tivesse um histórico de trair as pessoas que você ama, né?

– Ross, agora não é hora disso.

– Ah, eu acho que é exatamente a hora certa – responde Ross, como se ele também estivesse esperando por esse momento.

– Pelo amor de Deus, o que aconteceu com vocês? Como se eu fosse transar com o Gavin no dia do seu casamento – diz Mayra, agora com as bochechas rosadas.

Um pouco de suor começa a aparecer na sua testa.

– Bom, você transou com o meu irmão no dia do nosso – comenta Ross.

— O quê? É por isso que você não fala com o tio Stewart? — questiona Lauren.

— Sim, o caso deles continuou por anos. Descobri quando Verity morreu. Aparentemente ela buscou conforto nele em vez de mim no funeral. Eu entrei no banheiro e eles estavam lá.

— Meu Deus — diz Lauren, como se anos de drama agora fizessem perfeito sentido.

Nós encaramos Mayra, prontos para vê-la quebrar. Claro que ela finalmente cede.

— Eu mereço ser feliz também — diz, deploravelmente.

É uma confissão óbvia.

— Não — diz Lauren, branca como a parede, mesmo com seu bronzeamento artificial. — Não, isso não está acontecendo.

— Não sei como parar — diz Mayra, sentando-se em uma cadeira. — É tão difícil encontrar algo que faça a dor ir embora. O Gavin faz. Não posso evitar.

Lauren começa a tremer violentamente. Não é muito claro o que vai sair dela, lágrimas ou punhos cerrados voadores. Ela se abaixa na altura de Mayra, colocando seu rosto o mais próximo dela que pode sem tocá-lo.

— Vai ser tudo sua culpa. Desta vez eu não vou falhar.

E sai correndo do quarto. Mayra olha pra mim e Risky e solta um grito de cortar os ouvidos.

— Rápido — digo. — Precisamos ir atrás dela.

Deixando Mayra para se afundar em um monte fedorento de sua própria destruição, Ross, Risky e eu saímos para o corredor.

— Vocês vão pra esse lado, eu vou por aquele — diz Ross, desesperado.

Saio correndo com Risky em busca de Lauren.

Ruby

Encarando minha imagem no espelho, penso por que a vida faz isso. Por que mundos se colidem, por que pessoas aparecem nas nossas vidas de tal maneira que te assustam a ponto de você reexaminar tudo, incluindo você mesma? Você está sendo conduzida por um caminho que talvez te leve para um lado, mas, de repente, você se encontra em uma encruzilhada e opta por uma direção que nunca imaginou. Para mim isso significa um caminho de compaixão ao invés de frustração. Compreensão ao invés de julgamento. Abertura ao conhecimento, ao invés de uma reação automática de acabar com algo. O homem do banco é o pai de Lauren Pearce. Tudo que presumi sobre ela agora está de cabeça pra baixo.

Escuto a porta bater com força. Volto para o quarto esperando encontrar Rebecca, mas, ao invés disso, vejo Lauren. Essa sincronização do cosmos me levando ainda mais ao desconhecido. Ela está olhando para fora da janela. Devo estar em um universo paralelo. Um que está me forçando a parar e perceber as coisas. Perceber que fiz exatamente aquilo que tenho medo que possam fazer comigo: a julguei totalmente pela sua aparência e pela minúscula versão que ela escolhe mostrar ao mundo. Pensei ter feito uma imagem detalhada da mulher aqui à minha frente, mas talvez eu tenha entendido tudo muito errado. Falhei em considerar as camadas que fazem uma pessoa dominada por tanta autoaversão. Não considerei que o luto pode ter sido parte de sua experiência, nem que a bolha da vida perfeita, que eu quis ver, tivesse sido formada em cima de algo tão doloroso e sinistro, deixando seus defeitos irreparáveis e sua dor mais real que qualquer *post* do Instagram poderia expressar. Quero pedir desculpas a ela. Mas fico quieta, espiando por detrás da porta.

Ela ainda veste seu moletom branco, seu cabelo está perfeito. Está olhando pra fora da janela e chorando. O que pode ter acontecido agora, nervoso de última hora? Saudade da irmã que deveria estar ao seu lado? Ela tem algo em suas mãos para o qual não para de olhar.

Darei o tempo de que ela precisa, não há por que saber que estou aqui. Dou um passo para trás da porta do banheiro, e escuto a embalagem que tem nas mãos fazer barulho. É um pote de remédios.

Com certeza ela só está com dor de cabeça. Casamentos são estressantes. Ela está chorando. Uma enxaqueca? Ah, coitada. Ela coloca todo o conteúdo do pote em uma mesa pequena, se senta e encara as pílulas enquanto chora cada vez mais.

Ela está planejando tomar *todos* eles?

Enche um copo de água da jarra que está na mesa e coloca duas pílulas na boca e engole. Ufa. Mas aí pega mais dois, e depois mais alguns. Toma todos e pega mais alguns nas mãos. Não tenho tempo para fazer perguntas.

— Espera – digo, surgindo do banheiro. – Espera, Lauren, não faça isso.

Ela me olha por um momento, mas logo volta para as pílulas. Ela pega ainda mais.

— Por favor, vá embora – diz francamente, colocando-os na boca.

São apenas mais dois, os vejo na sua língua. São oito até agora. Com sorte não o suficiente para causar nenhum dano, mas ela realmente não pode tomar mais nenhum.

— Por favor, para. Não faça isso – falo gentilmente.

Meu coração está batendo muito forte e começo a me tremer.

— Por favor, só vai embora. Quem quer que você seja, não deveria estar aqui pra ver isso.

Sempre pensei que se alguém quisesse cometer suicídio, essa pessoa deveria poder fazer isso. Se o desejo de morrer é tão forte e se a vida chegou a um ponto em que você não se sente capaz de lidar, que tenha controle de seu próprio destino. Mas quando isso acontece bem na sua frente, você percebe que deixar isso acontecer é impossível.

– Não posso, Lauren. Desculpe. Você não pode fazer isso.
– Por quê? Quem se importaria?
– Muita gente se importaria. Gavin?
Ela encara as pílulas.
– Por favor, me deixa sozinha.
– Não posso fazer isso, Lauren. Não posso sair deste quarto. O que quer que tenha acontecido, pode ser consertado.
– Você realmente não faz ideia, então, por favor, vai embora – diz.
Vejo que ela está tremendo. Ela está muito chateada.
– Talvez eu não faça, mas eu te conheço.
Me aproximo um pouco mais dela.
– Você não me conhece – diz, com dor em sua voz. – Você, assim como todo mundo, conhece uma versão de mim que não é real.
– Na verdade eu conheço você um pouco mais que isso. Sei que você odeia muito suas coxas, e gostaria que elas fossem mais finas. Sei que você tem uma pinta no seu braço direito e que gostaria que ela não existisse. Sei que gosta bastante dos seus olhos, e que seu dente incisivo esquerdo levemente encobre o dente da frente. Sei que gosta da sua bunda. Sei que tem uma tatuagem de um V no quadril que não quer que o mundo veja.
Ela olha pra mim. Sei que a deixei confusa, claro. Possivelmente a assustei um pouco. Continuo.
– Sei que V é a inicial de Verity – digo calmamente.
– Quem é você? – pergunta nervosa, como se eu estivesse a observando por um buraco secreto no seu banheiro nos últimos cinco anos.
Ela se levanta cautelosamente, algumas pílulas ainda em sua mão.
– Me chamo Ruby. Sou a pessoa que retoca suas fotos.
Ela parece estar um pouco aliviada.
– E conheço seu pai. Conversei com ele. Nos conhecemos no parque. Ele me ajudou a perceber muitas coisas sobre mim. Me contou tudo sobre Verity. Deve ser muito doloroso, especialmente em um dia como hoje. É isso que aconteceu?

— É doloroso todos os dias. Mas não, isso é sobre mim e minha mãe. Você não entenderia. Por favor, vai embora, ok?

— Você e sua mãe se desentenderam?

— Algo parecido com isso.

— Seu pai me disse que ela tem dificuldades de lidar com tudo desde que Verity morreu. Tentando parecer feliz quando a felicidade é impossível. Deve ser difícil. Minha mãe e eu não nos damos bem também. Mal falo com ela há vinte anos.

Ela se senta novamente, colocando as pílulas de volta na mesa. Ela coloca sua cabeça nas mãos e começa a chorar.

— O que aconteceu hoje, Lauren? – pergunto gentilmente.

— Ela transou com o Gavin.

— Ela? – pergunto, como se tivesse perdido alguma parte.

— Sim, minha mãe. A organizadora do casamento e sua assistente entraram no quarto e viram Gavin e ela. Lá embaixo, agora. No dia do meu casamento. Sua mãe também fez isso com você?

— Meu Deus do céu. Não, minha mãe não fez isso. Agora entendo por que está tão chateada.

Por um momento penso que talvez minha mãe não seja tão ruim assim. Rapidamente mando embora esse pensamento da minha cabeça. Ela é horrível, mas de outra maneira.

Minhas palavras lembram Lauren de quão triste ela está e voltam seu foco para as pílulas.

— Me odeio – diz, pegando algumas pílulas novamente. – Hoje era o dia em que deveria ganhar algo, não perder tudo. Por favor, vá embora. Vou fazer isso com você aqui ou não.

Ela coloca mais água no copo.

— Lauren, escuta, você tem uma vida toda pela frente. Você tem beleza, você é tão linda...

Estou irritando a mim mesma com todos os clichês, e isso a irrita também.

— Ah, como você saberia? Alta e magra. Não é uma pessoa pública. Você não sabe o que é ser definida pela sua aparência. Sou um corpo, um rosto. Me sentindo uma merda todo dia porque sei que fiz isso a mim mesma. Estou numa jaula. Não tenho ninguém. Ninguém se importa.

Ela olha pra porta do banheiro aberta.

– Lauren, por favor, sério. Há outras maneiras de lidar com isso. Você não precisa ter sua mãe na sua vida. Você pode se desconectar dela, não deixar que ela te machuque mais. Você não precisa fazer isso com você.

Ela percebe que não vou embora e passa a mão pela mesa, colocando as pílulas de volta na embalagem. Ela vai até ao banheiro. Se ela fechar e trancar a porta não terá nada que eu possa fazer.

– Espera – chamo, mas ela está andando até sua morte e não sei o que dizer para pará-la. – Espera – digo novamente, embaralhada tentando achar meu zíper e abaixando rapidamente.

Enquanto corro até a porta do banheiro para bloqueá-la, meu vestido cai no chão. Meu corpo está exposto, só sobrou minha calcinha. Além da minha respiração pesada criando uma ondulação no meu corpo. Tudo está imóvel.

– Você é... – ela não consegue encontrar palavras. – Você é...

– Sou nojenta.

– Não, você é... – Ainda não sabe o que dizer.

– Tudo bem, você não precisa dizer nada – digo, sem olhar pra ela.

Deixo-a absorver tudo, até que sei que ela entendeu.

– Nós sempre podemos encontrar uma razão para nos odiar, ok? Não podemos tomar algumas pílulas para lidar com isso.

A porta do quarto abre rapidamente. Lauren solta o pote, o conteúdo dele espalhado pelo chão.

– Que porra é essa – grita Rebecca quando me vê.

Tento me cobrir, mas não faz sentido. Tento alcançar meu vestido, mas minhas mãos trêmulas não conseguem lidar. Me confundo toda. Onde está o zíper? Preciso que Rebecca vá embora.

Outras duas mulheres entram no quarto. Tento escapar para o banheiro, mas tropeço no vestido, e caio. Pelada no chão, me sinto um animal selvagem preso na casa de outra pessoa.

– Por favor, feche a porta – imploro, tentando puxar meu vestido para cobrir meu corpo horrível.

– Que porra está acontecendo aqui? – pergunta Rebecca, com sua usual falta de graça.

As duas mulheres parecem estar aliviadas de encontrar Lauren. A mais nova delas corre até ela e a abraça, educadamente me ignorando.

– Graças a Deus te encontramos – diz, antes de notar as pílulas no chão.

– Espera, você estava... – ela continua, claramente incapaz de encontrar palavras para perguntar se Lauren estava prestes a se matar.

Enquanto o foco não está mais em mim, me levanto e puxo meu vestido pra cima.

– Sério, o que está acontecendo? – continua Rebecca, confusa.

– Por que você está aqui, Lauren? Ruby, por que você estava pelada na frente dela? Me desculpe, Lauren, sou totalmente responsável pelo comportamento da Ruby e vou mandá-la pra casa imedi...

– Não – diz Lauren. – Não.

Ela vem até mim, coloca sua mão macia na minha pele e me ajuda com meu vestido.

– Por favor, não fique com vergonha – diz enquanto sua mão desce pelas minhas costas, puxando meu zíper.

Permito que ela me ajude.

– Obrigada – digo, sentindo que talvez nós tenhamos nos entendido.

– Só queria mostrar que ela não é a única que se sente definida pelo seu corpo – adiciono, mantendo minha cabeça pra baixo. – Que todas nós nos rotulamos. Nós decidimos o que as pessoas podem ver. Só isso.

Caminho timidamente até a janela e me sento em uma das cadeiras. Estou sem fôlego com os acontecimentos. Ferida. Incapaz de ser forte. Estamos todas esperando para ver o que vai acontecer.

Depois de um longo silêncio, Rebecca diz:

– As garotas no colégio grudavam passas no rosto com fita adesiva para tirar sarro de mim. Fico aterrorizada com mulheres desde então.

Sua dureza some como o vapor de uma chaleira.

Outra pausa breve.

– Minha barriga parece um alvo de dardos desde que meu filho nasceu. Ganhei tanto peso que meu marido me acha fisicamente repulsiva e se recusa a me olhar, muito menos me tocar – diz uma mulher bem bonita, mas um pouco cheinha. – Oi, sou a Beth, a propósito – completa, sorrindo pra mim e Rebecca.

Todas nós olhamos pra mais jovem, pensando se ela tem algum defeito que gostaria de confessar. Leva um minuto, mas eventualmente ela pensa em algo.

– Eu estou com hemorroidas horríveis por conta de muito sexo anal.

– Risky! – grita Beth, horrorizada por aquelas palavras.

Mas a hemorroida foi o truque de que precisávamos. Todas nós, de alguma maneira, conseguimos rir.

De repente Ross, meu amigo do banco, entra. Ele está com calor e preocupado. Já o vi preocupada assim antes. Viro o rosto para o lado para que não me reconheça, mas com cuidado coloco a saia do meu vestido em cima das pílulas no chão, para que ele não veja o que Lauren estava prestes a fazer. Sei o quanto isso o deixaria chateado.

– Aqui está você – diz, abraçando Lauren como o pai amoroso que é.

Ele me lembra o meu próprio pai.

Estou feliz que ele ainda tenha a filha para abraçar. Me faz pensar em Bonnie.

– Vem, vamos achar uma maneira de tirar você daqui e te levo pra casa, ok? – diz Ross.

– Ruby?

Escuto ela dizer meu nome. Mas entrei no banheiro e fechei a porta, não quero que seu pai me veja. Quando sei que ela e o pai já se foram, saio de lá.

– O que você fez foi muito corajoso – diz Beth, parecendo entender o meu sacrifício.

– Fiz o que tinha que ser feito.

– Sim, bom, você fez algo incrível. Agora acho melhor eu ir fazer o anúncio – completa.

– Tem aproximadamente quinhentas pessoas lá embaixo esperando pra ver um casamento. Incluindo o noivo. Ele não faz ideia de que nós sabemos o que aconteceu.

— Boa sorte com isso — falo, sem sentir inveja da sua tarefa.

— Vou com você — diz a das hemorroidas. — Vou encontrar Adam, ele pode contar ao Gavin. Você foca nos convidados.

Antes de elas irem embora, ela se vira.

— Essa é a sororidade, isso aqui — fala. — Quando as mulheres se unem, o mundo ficar melhor. Nós não sabemos o poder que temos.

Talvez ela esteja certa.

Rebecca e eu arrumamos nossas coisas e dividimos uma Mercedes até nossas casas. Está muito mais fácil lidar com ela depois de ter admitido que sofreu *bullying* por conta da pinta no seu rosto. É como se ela tivesse libertado o elefante na sala. Sinto um pouco do mesmo sentimento.

○ ○ ○

Do meu sofá, no meu closet, assisti ao drama se desenrolar on-line. A imprensa e as redes sociais já estão especulando teorias do porquê de o casamento não ter acontecido. Só me sinto feliz por as notícias não serem bem mais sinistras, e por Ross, que não perdeu outra filha hoje. Quem diria que este corpo, um dia, salvaria uma vida?

Fiz o certo. E me sinto bem.

#12

♡ ◯ ▽

Beth

Risky começa frases e depois desiste antes de as palavras saírem de sua boca. Por fim, ela consegue dizer o que está pensando.

– Deixa eu ver se entendi direito: Michael se recusa a transar com você?

– Mais ou menos isso. Quer dizer, ele geralmente foge de mim antes de ter a chance de recusar, mas, sim, ele não quer transar comigo.

– Por quê?

– Se eu soubesse, provavelmente conseguiria salvar meu casamento.

– Você perguntou?

– Sim.

– E o que ele diz?

– Ele tenta dizer que a culpa é minha. Sugeriu que pode ser meu peso. Sugeriu que eu tenho uma libido muito alta. Sugeriu que sou um pouco louca.

– Isso é cruel.

– Sim, é. – Ela abaixa a cabeça como se o amor de sua vida tivesse ido embora pra sempre. – Achei que ele era perfeito.

– Ninguém é perfeito.

Enquanto Risky admira o horizonte, como uma criança que acabou de descobrir que o Papai Noel não existe, estou concentrada em terminar os detalhes do casamento. A fatura total foi paga três dias depois do evento. Ou do não evento, como aconteceu. O dinheiro veio da conta do Ross, e não do Gavin, como os outros depósitos aconteceram. A semana foi muito corrida pra nós, os fornecedores estão bem chateados de não terem sido mencionados nos posts do Instagram e, claro, eu sou o contato de todos eles. Tenho filtrado algumas coisas pela Jenny, porque não tenho resposta para algumas coisas. Aparentemente Lauren está disposta a pagar, e não a postar, então temos que acordar quais descontos serão concedidos, e pedir a todos que sejam pacientes.

Risky está sendo totalmente inútil. Seguindo cada passo das menções da saga na imprensa. Ficando cada vez mais chateada pela maneira como Lauren está sendo vista nos milhares de tabloides que saem sobre o casamento.

– Escuta esse aqui – ela me diz, levantando-se e caminhando até a minha mesa. – "Gavin sempre esteve incerto", diz uma fonte próxima ao casal. "Mas Lauren e a bebida, ficou muito pesado no fim. No momento final ele simplesmente não conseguiu se casar." Isso não foi o que aconteceu, ela não estava bêbada. Aquela vaca da Jenny, ela está aí inventando coisas quando sabe o que Gavin fez e por que o casamento não aconteceu.

Ela está certa. Jenny ainda é a RP, mas só do Gavin. Nós recebemos um e-mail bem agressivo que dizia que ela estava apenas representando Gavin, e que todas as perguntas sobre ele deveriam ser enviadas pra ela e não mencionadas a ninguém. Ela enviou muitos contratos de confidencialidade. Nenhuma menção a Lauren. Como se ela tivesse sido retirada da lista da marca "Gavin".

Lauren não fez nenhum post sequer no Instagram ou atendeu seu telefone desde o dia do casamento. A imprensa tem dito que ela tem problemas com álcool, drogas, transtornos alimentares, dentre outras coisas. O apoio público é totalmente para o Gavin. Não há menções de sua infidelidade. Talvez Jenny seja mesmo boa no seu trabalho no fim das contas.

– Por que ele ficou com ela? – pergunta Risky. Ela tem razão. – Se ele iria traí-la e sair fora sem lutar?

– Acho que alguns homens gostam de ter mulheres em casa. Uma segurança contra a solidão. Alguém com quem eles podem contar para cuidar da casa e ter bebês. É como ter dinheiro no banco, eles sempre vão saber que podem contar com isso.

– Sim, a menos que duas organizadoras de casamento não arruínem os seus planos, né, chefe?

– Certo, Risky.

A única coisa que a mantém sem pensar no seu coração partido, por descobrir que seus dois relacionamentos favoritos estão arruinados, é saber que exerceu seus objetivos do feminismo e salvou Lauren de um canalha completo.

– Posso falar com o Michael por você, se quiser – diz. – Eu posso dizer a ele que está sendo cruel.

– Obrigada. Mas, de verdade, tenho que resolver isso sozinha.

– Como vai fazer isso?

– Não sei bem, Risky. Podemos resolver as coisas do casamento pra que eu possa trabalhar nisso depois?

– Claro, chefe, o que precisar.

Tommy balbucia ao meu lado. É hora de mamar. Risky tira ele da cadeira de descanso e o entrega pra mim. Solto meu sutiã e começo a amamentá-lo.

– Amo ter ele por aqui – diz Risky, e eu concordo.

Não poderia tirar mais uma semana e ficar sem o meu bebê, ou outra semana sentindo que Michael estava me fazendo um favor cuidando dele. Ou outra semana de qualquer coisa que estivesse acontecendo na minha casa. Então insisti para que Michael voltasse ao trabalho e, como não tenho mais reuniões, não há motivo para que Tommy não fique comigo no escritório enquanto eu e Risky finalizamos esse trabalho.

– Estou preocupada com a Lauren – diz Risky.

Concordo, porque o silêncio no Instagram dela é estranho.

– Tenho certeza de que ela está apenas se recuperando. Coração partido é terrível pra qualquer pessoa, ainda mais quando o mundo inteiro está dizendo que você é louca – falo, passando a mão na cabeça de Tommy.

– Vi uma foto, feita por um paparazzo, do Gavin saindo da casa deles de manhã. Ele ainda está morando lá. Fico pensando onde ela está.

– Com o pai dela, com certeza. Com sorte nenhum lugar perto da mãe dela.

– Espero que não. Ela vai ficar bem melhor se livrando daquela vadia. Que horror absoluto é aquela mulher.

Eu odiaria ser uma mulher que não concorda com Risky.

Nunca conheci nenhum amigo de Lauren. Talvez ela não tenha nenhum. Um clichê de ser rica e famosa é que você está sempre solitária, e eu realmente acho que Lauren é esse estereótipo. E pensar que todos presumiam que ela tinha a vida perfeita. E aí foi traída pela mãe.

Estou pronta pra sair desse mundo de dramas de celebridades agora. Minha licença-maternidade está começando. Somente eu e meu bebê, e meu casamento terrível que eu não faço ideia de como consertar.

Ou se eu quero fazer isso.

– Precisamos tentar encontrá-la – diz Risky, irradiando um novo tipo de entusiasmo com o qual eu realmente não tenho energia pra lidar nesse momento.

Estou realmente muito, muito, cansada.

– Risky, eles são adultos e vão resolver isso. Lauren não precisa da gente.

– Claro que precisa, nós a salvamos.

Risky continua dizendo isso. Talvez eu compre uma capa pra ela no Natal pra que se sinta a super-heroína que acredita ser. Denunciar Gavin a colocou em um lugar firme como uma mulher que, eventualmente, vai salvar o mundo.

– Você poderia entrar em contato com o pai dela? – ela me pergunta.

Quase deixo Tommy cair e fico levemente em um tom neon de vermelho. Achei que tinha me safado dessa, mas acho que eu ter gritado "Cara do Anal" acabou entregando tudo.

– Quer dizer, não diria que eu o conheço – respondo gaguejando.

– Ok, bom, você...

– Eu o conheci, sim – boto pra fora antes de ela dizer algo.

– Claro... você, ahn, "o conheceu" – diz, revirando os olhos e fazendo aspas no ar com seus dedos. – Bom, você pode entrar em contato com ele e perguntar como ela está?

— Risky, esse problema não é nosso.

Ela vem até minha mesa e se senta nela, coloca o corpo pra frente para que seu rosto fique o mais perto possível do meu. Tommy pisca com sua proximidade.

— Chefe, tem uma mulher aí que não pode contar com ninguém. Ela tentou se matar no dia do seu casamento. Pode estar pensando em fazer algo estúpido de novo. Temos a responsabilidade de checar pra ver se ela está bem.

— Risky, por favor. Só quero terminar todo esse trabalho pra voltar para minha licença-maternidade.

— Ok, bom, imagina se alguma coisa acontecesse com Lauren e você soubesse que tinha uma maneira de ajudá-la, então você vai ter que viver com isso.

— Opa. Isso não é justo! – digo, trocando Tommy para o outro peito.

— Só estou dizendo que, se você sabe de uma maneira pra ajudar alguém, você deveria fazer. O pai dela deve estar fora de si com tudo isso. Talvez ele precise de ajuda também.

Penso em Ross e como ele foi gentil comigo no dia em que agi como uma bêbada assanhada e exigi sexo anal no meio da tarde. Ele não fez com que eu me sentisse pior. Ele é uma pessoa boa. Talvez ele realmente precise de ajuda. Lauren vai estar muito mal e não vai ser fácil para ele também, sabendo que sua ex-esposa teve um caso com seu futuro genro.

— Ok, eu vou até lá checar pra ter certeza de que Lauren está bem. E aí posso voltar pra minha vida, ou qualquer coisa que restou dela...

— Sim. Sim, você pode – diz Risky, voltando pra sua mesa para ler uma mensagem de texto.

Ela parece muito empolgada ao ler a mensagem.

— Quem é? – pergunto, fascinada.

— Ah, hum... é o Adam.

— Risky, por favor, se as notícias vazarem vai ser muito ruim pro meu negócio.

— Beth, tem tanta fofoca sobre esse casamento, você honestamente acredita que alguém vai se importar se eu e Adam ficarmos juntos?

Ela tem razão.

– De qualquer maneira, você não estava indo pra algum lugar? – ela pergunta, sugestivamente.

– Ok, ok, eu vou.

Pego minha bolsa e coloco Tommy no *sling*.

– Vou porque quero colocar tudo isso pra trás.

Péssima escolha de palavras.

– Claro que você quer, sua garota atrevida – diz Risky, piscando pra mim.

Ela é persistente.

Ruby

Saio do chuveiro e começo minha rotina usual. Seco meu corpo todo no banheiro, depois coloco meu roupão e fecho os botões até o final. Espio a sala para ter certeza de que Bonnie está segura na frente da TV, e aí vou para o meu quarto, tranco a porta e me visto. Fiz isso todas as manhãs desde que me lembro.

Mas, hoje, me forço a fazer algo novo. Já é hora.

Destranco a porta. E tiro meu roupão. Estou usando apenas calcinha e sutiã. Mesmo quando estou sozinha, odeio ficar sem roupas. Só de estar do lado de fora do banheiro desta maneira já está fazendo meu coração acelerar. Desço as escadas. O medo da porta da frente abrir, as pessoas da rua me verem. Meu corpo magro como uma vara, os pelos. Continuo.

Chego até a porta da sala. Vejo o topo da cabeça de Bonnie, ela ainda está entretida com a *Peppa Pig*. Me lembro de que ela é minha filha. Ela já me viu. Ela merece saber a verdade sobre sua mãe. Quanto mais me escondo, mais vou ensiná-la a se esconder. Sei os perigos disso.

Respiro fundo. *Seja corajosa*, penso.

Com o máximo de confiança que consigo, caminho pela sala, em frente ao sofá. Bonnie quase não olha pra cima, então faço de novo. Estou desfilando na sua frente de calcinha e sutiã, os pelos do meu corpo no máximo de comprimento. Até a tarde terão sumido, finalmente marquei uma sessão. Mas eles vão crescer novamente, não posso mais esconder.

Paro na frente da TV.

— Mamãe, você está na minha frente — ela diz, mal me olhando.

Ela joga a cabeça pra esquerda, pra conseguir enxergar a TV. Me faz rir. Faço uma dancinha boba. Ela não vê. Coloco minhas mãos pra cima e balanço pra lá e pra cá, faço caras estranhas, abro bem a boca e coloco a língua pra fora. Eu me viro, ponho minha bunda peluda pra fora e mexo de um lado para o outro.

Bonnie olha pra mim.

– Mamãe, por que você está fazendo isso?

Digo a ela que não sei, porque sim. Mas, claro, minhas razões são épicas. Estou fazendo isso porque não posso mais ter medo de mim mesma. Porque estou pronta para sair da prisão em que me encontro desde a escola. Porque quero que minha filha saiba que sentir medo de si mesma é uma forma de tortura, e que caminhar confortavelmente só de calcinha e sutiã dentro da sua própria casa, sem querer chorar, é uma experiência que toda mulher deveria ter.

Provei meu ponto, estou orgulhosa de mim. Está bom por hoje.

– Ok, Bonnie, cinco minutos, tá? Depois temos que ir.

– Ok – ela diz.

○ ○ ○

Quando chegamos à porta da creche, tento lembrar que todo mundo tem direito de agir mal. O que importa é como nos recuperamos.

– Bonnie, você voltou – diz a senhorita Tabitha.

Ela está claramente encantada de ver minha filha, e as outras crianças também. Elas aglomeram-se em volta de Bonnie e começam a brincar com ela imediatamente.

– Oi, Ruby, como você está?

– Estou bem, obrigada. Obrigada por nos deixar voltar – digo graciosamente.

– De nada. Estamos muito felizes de ver vocês. Este lugar não é o mesmo sem Bonnie.

– Gentil da sua parte, obrigada. E me desculpe. A maneira como me comportei aquele dia foi inaceitável.

— De verdade, tá tudo bem. Todas nós temos dias ruins.

— Obrigada – comento, me virando para ir embora.

— Mamãe, espera – grita Bonnie, correndo até mim.

Ela se joga em mim, abraça minhas pernas e me aperta o máximo que consegue. Ela nunca, nunca, fez isso antes. Eu ajoelho em frente a ela.

— Tenha um dia ótimo, ok? – digo, beijando seu rosto. – Te amo.

Ela sai correndo feliz para ver os amigos. Pessoas pagariam milhões pela dose de endorfina que acabou de ser disparada no meu corpo. Cerro os punhos e fecho os olhos, desejando que não escape de mim.

— Você pode ficar se quiser – diz a senhorita Tabitha. – A próxima aula é de música.

— Ah, seria ótimo, mas não, tenho um compromisso que não posso perder. Mas obrigada mesmo assim.

— De nada.

Aceno para Bonnie, me despedindo, ela já está lá no fundo brincando com os amigos. Assim é bem melhor. Ela está onde deveria estar.

— Ah, senhorita Tabitha? – digo, voltando antes de sair. – Bonnie só virá de segunda a quinta agora, vamos passar as sextas-feiras juntas. Fazendo algo divertido.

— Ótimo – diz, quase aliviada. – Anotado – acrescenta.

Agora é hora de me desculpar com outra pessoa.

○ ○ ○

Chegando perto do salão, lembro o que a senhorita Tabitha me disse. "Todas nós temos dias ruins." Claro que temos, não estou sozinha nas minhas lutas. Ser mãe e ter ovário policístico é uma combinação terrível. Preciso me dar uma folga em como, algumas vezes, acho tudo isso difícil.

— Tenho um horário às dez horas com Maron – digo a recepcionista.

Estou preparada caso ela não lembre meu nome, e também estou preparada para não ficar irritada com isso.

— Ruby, oi. Sim, ela já está vindo.

— Ah, ok – falo e me sento.

– Ruby! – diz Maron. – Sem a Bonnie desta vez?

– Não, achei melhor vir sozinha, não acha? – Sorrio, como uma oferta de paz.

– Acho que, com certeza, vai ser melhor pra todo mundo – diz, aceitando minha oferta. – Vamos então?

Sigo Maron até a sala de depilação.

– Aqui, tire a roupa e eu volto já – diz, me entregando uma toalha grande o suficiente para cobrir todo o meu corpo quando tirar as roupas.

– Obrigada – acrescento, esperando que ela saia e feche a porta.

Aprendi muito sobre mim mesma nas últimas semanas. Sei que preciso parar de reduzir toda a minha existência à minha condição. Que preciso me libertar dessas algemas e perceber que, além disso, existe uma vida que posso viver se me permitir abraçá-la. Um relacionamento melhor com minha filha, com meus amigos, comigo mesma. Tenho um caminho longo a percorrer, mas, agora, mal posso esperar pra me livrar de toda essa merda de pelos do meu corpo.

– Pronta? – pergunta Maron, batendo à porta.

– Ah, sim – respondo. – Estou pronta.

Beth

Estou na porta da frente da casa do Ross, considerando seriamente não bater nela. Ele pode achar que sou louca e quero mais sexo estranho. Mas Risky vai me matar se não voltar com notícias ou, pelo menos, tendo falado com ele. Então eu bato gentilmente três vezes. Tommy está dormindo no canguru de bebê.

Ross abre a porta. Ele olha para Tommy.

– Meu Deus, não é meu, certo?

– Não... Eu... ele... – Percebo, então, que é uma piada.

Nós dois sabemos que existem diversas razões por que isso não pode ser verdade. O tempo, claro. Sem mencionar o local de entrada.

– Oi – falo, nervosa.

– Desculpa, sei que isso é estranho, mas só queria saber como está Lauren. Não tive contato com ela depois do casamento, ela não postou nada no Instagram. Só quero ter certeza de que está tudo bem e presumi que você saberia?

– Isso é muito gentil, obrigado. Entre.

Entramos na sala. Ele me diz pra sentar. Escolho não me sentar no sofá, mas noto uma pequena mancha nele que parece que alguém tentou limpar algumas vezes. Quase certeza absoluta de que foi causada pelo meu leite materno.

– Quer beber algo? – ele pergunta, enquanto faz uma bebida pra ele no seu barzinho.

Parece um advogado no seu escritório em uma série de TV dos anos 1980.

— Não, obrigada, melhor não.

— Ele é fofo, como se chama? – pergunta.

— Tommy. Ele é um bebê fofo. Definitivamente vou ficar com ele.

No geral isso faz as pessoas rirem. Não dessa vez.

— Bom, aproveite cada momento – fala, abaixando a cabeça.

Eu continuo.

— Então, sobre Lauren, ela está bem? Sabe onde ela está?

— Sim, ela está lá em cima. Não desce desde domingo. É normal quando coisas ruins acontecem, ela fica confortável no quarto onde cresceu. Ela dividia ele com Verity.

Verity. Por que conheço esse nome?

— Minha outra filha. Ela morreu quando era uma criança.

Verity é a pessoa que morreu. Agora me lembro, ele mencionou no casamento. Era sua filha?

— Meu Deus, me desculpe.

Me vejo apertando meus braços um pouco mais forte em volta de Tommy.

— Sim, Lauren tinha apenas cinco anos quando aconteceu.

— Quando aconteceu? – digo ofegante.

Não sei se deveria fazer perguntas, mas estou arrasada por ele. O quebra-cabeça da relação problemática de Lauren e Mayra está começando a fazer sentido.

— Verity se afogou na piscina lá fora. Ela tinha acabado de aprender a nadar, então estávamos mais relaxados com a necessidade de acompanhá-la. Lauren começou a gritar quando a viu no fundo da piscina. Mergulhei para tentar salvá-la, mas já era tarde. Pior dia da minha vida. Espero.

— Não sabia de nada disso – comento, enxugando uma lágrima.

— Sinto muito.

— Não, não é algo sobre o que falamos muito. Especialmente Lauren. Ela pagou pessoas pra que isso ficasse fora da imprensa. Dói muito nela.

— Não sei o que dizer.

É estranho, mas sabia que havia algo triste nele, e na Lauren também. Imagino que perder a irmã é o vazio de que Lauren me falou. E Mayra, ela deve estar em agonia. Não é desculpa pra o que ela fez, mas explica bastante coisa.

– Deve ser muito difícil, ainda hoje. Especialmente porque aconteceu aqui.

– Cobri a piscina e me martirizo um pouco por dia. Não posso vender esta casa. A ideia de outra pessoa viver aqui e não entender o que aconteceu dói muito. Então aqui estamos. Uma família traumatizada, tentando seguir com a vida. O mundo nos vê como ricos, com uma filha famosa. Aparentemente, isso faz da gente sortudos. Desculpe, não deveria falar sobre isso com você. Você deveria estar na fase de lua de mel com o seu bebê e marido.

– Ah, claro, a fase de lua de mel. Foi assim que acabei naquele sofá com você – digo e ele ri dessa vez. – Eu realmente sinto muito, deve ser muito difícil pra ela. Pra todos vocês.

– Sim. Mas sabe outra coisa que é difícil? O casamento. Então é melhor que ela saiba tudo sobre Gavin agora do que quando tiver alguns filhos e estiver presa a ele pra sempre – diz.

– Descobrir que você está casado com uma traidora, depois de ter investido metade da sua vida nela, não é fácil.

– Não, posso imaginar.

Sinto minha culpa dando tapas no meu ombro. Como um gremlin que ameaça se multiplicar e gerar um inferno.

– Mayra parece ser bem difícil.

– Ela é, mas basicamente ela é tão infeliz quanto eu. A morte de Verity foi muito dura pra ela. Ela decepcionou Lauren e sabe disso. Ela está sofrendo com tudo isso também.

– Você é tão resolvido! – comento, impressionada com ele.

É tão estranho estar perto de um homem com emoções adultas e com uma abordagem pragmática para problemas grandes. Não aponta dedos, fala palavrões ou faz *bullying*. Faz com que eu pense quão ruim Michael é.

– Aprendi da pior maneira. E já fiz muita terapia. De qualquer forma, Lauren está bem. Ou, pelo menos, ela vai ficar. Ela está aqui comigo e vou ajudá-la a superar isso. Obrigado por se preocupar.

– Tem alguma coisa que eu possa fazer? – pergunto.

Ele balança a cabeça. Então percebo que Lauren está parada na porta da sala. Ela parece magra e cansada. Veste um moletom de camurça rosa, e está sem maquiagem.

– Oi, Beth – ela diz.

– Oi, Lauren. Só queria checar se você está bem, Risky e eu estávamos muito preocupadas e pensamos se havia algo que podíamos fazer.

Ela entra na sala e se senta no sofá, bem em cima da mancha de leite.

– Você deve achar que sou muito estúpida, todo aquele planejamento por nada – diz, com doçura.

Seu pai coloca o braço em volta dela, e pela primeira vez percebo que ela é apenas a garotinha de alguém. Um milhão de quilômetros de distância da supercelebridade sobre a qual o mundo todo está falando.

– Na verdade, não, não acho. Acho que você acreditou em alguém e essa pessoa te decepcionou. Fico feliz que vocês dois tenham um ao outro.

– Eu também – diz Lauren, e Ross a aperta mais forte.

– Nós até podemos ser traumatizados, mas temos um ao outro. Certo, Lolly?

Lauren acaricia a mão do pai e sorri.

– Ok, bom, é melhor eu ir – falo. – Tommy vai acordar em breve e vai querer mamar.

– Posso chamar um carro pra você? – ele pergunta, como fez da última vez em que eu estava indo embora de sua casa.

Dessa vez eu digo sim. E enquanto esperamos os três minutos até meu Uber chegar, nos despedimos.

– Você vai ficar bem? – ele me pergunta, Lauren já está longe, sem nos escutar, e desconhece o fato aleatório da transa desenfreada com seu pai.

– Sim, não moro muito longe.

– Não, quis dizer com seu casamento. Você vai ficar bem? – pergunta gentilmente.

– Ah, meu casamento. Você sabe, eu não sei o que vai acontecer com meu marido. Mas, de qualquer forma, eu tenho esse cara aqui. Então vai ficar tudo bem, sim.

– Ele é muito fofo.

– Sinto muito por tudo que aconteceu com você e sua família – comento. – Não te conheço muito bem, mas você é tão gentil e parece tudo muito injusto. Você me faz querer lidar com os meus problemas de uma maneira melhor.

– Bom, eu aprendi que dizer as palavras que parecem impossíveis de serem ditas é sempre o melhor caminho pra enfrentar qualquer coisa.

– Simples assim?

– Sim, simples assim.

– Tchau, Ross – digo, orgulhosa de saber seu nome.

– Tchau, Beth. Tchau, Tommy – diz, acenando para meu bebê, cujos olhos doces acabaram de abrir, e viram tudo.

– Te vejo por aí.

Ele fecha a porta da frente.

#13

♡ ◯ ▽

Ruby

Como regra eu nunca atendo meu telefone se é um número desconhecido, mas depois da quinta ou sexta tentativa eu atendi. Pensei se minha mãe tinha finalmente conseguido se matar.

Para minha surpresa, era Lauren Pearce. Ela pegou meu número com a Rebecca. Perguntou se poderia vir me ver. Disse que sim, claro, embora levemente nervosa. Não estou buscando ser o sistema de apoio de ninguém agora, não quando estou tentando melhorar em tantos aspectos da minha própria vida. Todavia, disse que ela poderia aparecer. Passei aspirador de pó na casa toda e coloquei água para esquentar. Ela chega exatamente na hora marcada: às 11h.

– Oi – digo enquanto abro a porta.

Ela está pálida e abatida. Está vestindo um casaco grande e seus braços estão envoltos em seu corpo como se ela estivesse com frio, mesmo estando bem quente lá fora. Deixo-a entrar imediatamente.

– Acho que ninguém me seguiu – comenta, como se estivesse fugindo. – Saí escondida da casa do meu pai, pelos fundos, e chamei um Uber na esquina. Os paparazzi estão por todo lado, mas ninguém me viu.

— Imagino que isso não foi nada fácil. Posso te servir algo? A chaleira acabou de esquentar água.

— Só água, por favor.

A casa parece estar muito silenciosa quando entro na cozinha para pegar as bebidas. É bem bizarro ter uma celebridade na sala de casa. Especialmente quando o mundo todo lá fora está procurando por ela.

— Por favor, sente-se – digo quando volto da cozinha.

— Obrigada, sua casa é linda. Você tem um estilo ótimo – diz, olhando todas as coisas que reuni ao longo dos anos para que minha caverna fosse um lugar onde eu me sentisse feliz em ficar.

— Obrigada, tenho muito orgulho da minha casa.

Não recebo muitas visitas. É bem agradável saber que meu bom gosto foi reconhecido.

— Quero te agradecer. Pelo que fez por mim naquele dia. Por falar comigo e... por se expor da maneira como você fez. Tenho certeza de que não foi fácil.

— Não, não foi – digo, lutando contra meu comportamento comum de terminar uma conversa que me deixa constrangida.

Ela viu meu corpo. Não há motivos para afastá-la agora. Salvei a vida dela. Pelo menos nessa situação deveria permitir que minha realização eclipse minha humilhação.

— Bom, você pode adicionar "salvar a vida de alguém" na lista de coisas que você faz bem. De verdade, obrigada. Eu estava muito mal aquele dia. Não estava pensando com clareza.

— Ou talvez você estivesse – contesto.

— Como?

— Quer dizer, claro que no momento que você decidiu tirar a própria vida, você estava pensando com a maior clareza de todas. Você sabe que algo está te destruindo, você sabe que não pode lidar. A direção do seu processo de pensamento é inteiramente focada. Acho que está tudo bem admitir que você sabia o que você queria fazer naquele momento.

— Eu sabia. Mas o que percebi desde então é que não estava fazendo aquilo pra me afastar de nada, mas, sim, para machucar outras pessoas o máximo que eu podia. Queria que Gavin e minha mãe vivessem com aquilo pra sempre. O que não é o motivo correto. Não que existam motivos corretos. De qualquer forma, você me fez perceber que encontrar uma maneira de lidar com tudo é melhor que não lidar com nada, então obrigada.

– Está bem. De verdade, estou feliz que terminou como terminou. Quer dizer, estou feliz que você está bem, percebo que as coisas não aconteceram exatamente como você planejou para seu dia especial.

– Não, não terminaram. Meu Deus, toda vez que penso nos dois juntos minha pele se arrepia.

– Sim, é muito difícil de compreender, tenho certeza. Não é o papel que você pensa que uma mãe vai cumprir no dia do seu casamento. Sei bem como é.

– Você é casada?

– Eu fui. Acabou logo depois do dia do casamento, infelizmente.

– O que aconteceu? – ela pergunta, dando um gole na sua água.

Normalmente eu não daria essa informação, mas acho que Lauren Pearce e eu temos algo em comum: o dia dos nossos casamentos. Não tenho outras amigas que entendam como é isso.

– No discurso, meu marido fez muitas piadas sobre os pelos do meu corpo, e eu fiquei muito chateada com tudo isso.

– Ah. Por que ele foi tão cruel? – ela pergunta, com um olhar sugerindo que ela sabe tudo sobre homens cruéis.

Não gosto disso. Liam não é nada como Gavin.

– Não, ele não estava sendo cruel. Ele achou que estava sendo engraçado. Foi tudo mal interpretado.

– Ok, então por que você terminou com ele? – ela pergunta, um pouco confusa.

– Por causa das piadas – clarifico. – Você tinha que ter ouvido. Disse que estava feliz de estar se casando comigo porque ele ama gatos, mas é alérgico a eles. Ah, e ele disse que a minha raça específica de mulher é quase extinta, porque a maior parte das mulheres depila todo o corpo. Fez algumas outras piadas sobre como achar uma mulher como eu na natureza, pegar e domesticar, não era uma tarefa fácil, mas quando você finalmente consegue pegar, elas são fáceis de domar. Basicamente ele me comparou a um animal em frente de todos os meus amigos e sua família. Mas minha mãe talvez tenha sido a parte mais dolorosa disso tudo.

– Por quê?

– Porque minha mãe também não é uma boa pessoa. Ela tem sido cruel comigo durante toda a minha vida, ela tira sarro da minha condição, me chama de apelidos. Não precisava do amor da minha vida dando mais munição pra ela.

Lauren parece confusa.

– Ele te comparou a um gato, mas disse que ama gatos? Você não acha que, de uma maneira bem diferente, ele estava te dizendo o quanto ele te ama?

– Ele riu de mim, Lauren. Ele contou pra todo mundo sobre minha condição. Não estava preparada pra isso.

– Bom, o que ele disse depois?

– Disse que só queria que todo mundo soubesse que ele me aceitava.

Revirei os olhos. Concordando com a história que sempre conto a mim mesma: Liam é terrível pelo que fez. Mas dizer isso em voz alta para a mulher que descobriu que o marido transou com a mãe no dia do seu casamento, de repente, me faz questionar o nível do crime.

– Olha, acredito que você teve todos os motivos pra terminar com seu marido. Mas tem certeza de que isso tudo não é sobre você e sua mãe?

– Como?

– Bom, você disse que ficou brava porque ele deu a ela mais munição? Parece que, na verdade, o problema que você tem é com ela.

Me permito absorver no silêncio, enquanto minha mente reavalia a informação e eu questiono quase tudo que acredito sobre o dia do meu casamento. Lauren deve ter percebido que disse algo com o qual eu estou com dificuldades de lidar.

– Aposto que você estava linda no seu casamento – diz, tentando me tirar dos meus pensamentos. – Posso ver as fotos?

– Não, não sou o tipo de pessoa que compartilha fotos de mim mesma.

– Ah, por favor, aposto que seu vestido era maravilhoso. Amo seu estilo. É tão dramático, nunca conseguiria usar algo como as roupas que você usa.

Imagino Lauren em um dos meus vestidos. Ela está certa, não funcionaria pra maior parte das pessoas. Sou orgulhosa do meu estilo único.

— Espera aqui — digo a ela.

Alguns momentos depois, estou de volta com meu laptop. Abro o arquivo "Diário Menstrual", e mostro a tela pra ela.

— Essa foto foi tirada momentos antes do "Eu aceito", antes dos discursos. Um pequeno momento no tempo em que me senti realmente feliz.

— Ahhhh, posso ver no seu rosto. Você está brilhando.

Não conto a ela que adicionei o brilho à foto.

— E olha essa, seu corpo está maravilhoso.

Ela está apontando pra uma foto em que eu alarguei meus quadris.

— Uau, e olha seu sorriso nessa...

Fecho meu computador.

— Ok, não consigo fazer isso — falo francamente.

— Não pode fazer o quê? — Lauren pergunta, nervosa.

— Não posso fingir que essa sou eu. Estou sentada na sua frente, você pode ver a verdade. Desculpe, sei que você tem fotos suas que são manipuladas, e sei que sou a pessoa que faz isso, mas não posso fazer o mesmo comigo, me desculpe.

Levanto e saio da sala. Estou ciente de que ela pode se sentir desconfortável, então vou o mais rápido que posso. Volto segurando uma caixa de sapato.

— Estas são as originais.

Sento-me ao lado de Lauren e abro a caixa de fotos pela primeira vez em anos.

— Olha, é assim que eu realmente estava. Pálida, abatida, muito magra, muito...

— Ruby, para. Você está linda. Olha pra você aqui, olha como está feliz — comenta, segurando uma foto minha tirada na saída do café da manhã do casamento, segurando a mão de Liam. Estou sorrindo de orelha a orelha, Liam também.

Se você focar na minha felicidade, você realmente não nota meu corpo.

— Quem é essa? — diz Lauren, pegando uma foto da minha mãe e eu.

Ela está numa cadeira de rodas, usando um vestido preto. Estou ao seu lado. De certa forma estou com um sorriso doloroso, e minha mãe está olhando para outro lado. A foto consegue falar alto o que eu estava sentindo. Angustiada. Detestável.

– É minha mãe – conto a Lauren.

Ela olha pra foto por um tempo.

– Você não parece com ela – diz Lauren.

– Graças a Deus – digo.

– Ela é uma baranga.

– Sim, ela é. – Rio.

Não escuto a palavra "baranga" desde que eu era chamada assim na escola. Devolvo as fotos na caixa e coloco a tampa.

– Você não precisa fazer nada nessas fotos, Ruby, elas estão perfeitas como são. São a sua verdade.

– Posso dizer o mesmo sobre você – falo.

Ela sorri e concorda, como se aceitando minhas palavras.

– Então, você falou com o Gavin? – pergunto.

– Não, não pessoalmente. A nossa RP, digo, *a dele*, me escreveu pedindo pra que eu fizesse um post. Me ameaçou, dizendo que se eu não escrever algo, ela será forçada a dar uma nota em meu nome. Aparentemente, Gavin falou que me pagaria três milhões se eu dissesse que a razão de o casamento não ter acontecido foi que eu desisti por conta dos meus próprios "problemas". Disse que eles não se importam com a minha explicação sobre o que são esses problemas. Eu a ignorei, aquela puta. Ele pode pensar de novo se acha que eu vou ser paga para salvar a reputação dele.

– É isso aí.

– Infelizmente aprendi que não existo publicamente sem ele. Três marcas já romperam contratos comigo por conta da minha "saúde mental". Elas disseram que deixaram de trabalhar comigo enquanto eu resolvo meus problemas. Enquanto isso, Gavin continua ganhando milhões, sendo o herói e o cara legal que todo mundo ama.

– Isso é horrível. Sinto muito que tudo tenha acabado assim. E a sua mãe?

– Não tenho planos de falar com ela de novo. Acho que estava buscando a desculpa perfeita pra cortar relações com ela, e ela me ofereceu isso de bandeja.

– Deve ser libertador. Minha mãe exerce uma força tremenda sobre mim. Nunca tive confiança suficiente para romper com ela. Você está sendo muito madura com tudo isso. Tenho certeza de que eu estaria planejando uma doce vingança.

– Ah, eu faria se tivesse como. Mas o que vou fazer, mandar pra ele uma foto minha com outra pessoa? Ele não se importaria.

Uma ideia passa pela minha cabeça, mas a afasto rapidamente. É uma ideia ridícula. Não é possível. Ela nota que eu estou pensando em algo.

– O quê?

– Ah, nada – digo. – Uma ideia boba. Nunca iria funcionar...

– Por favor, o que é? – ela pressiona.

É ridículo. Mas se eu conseguisse...

– Você precisa que ele pare de fazer as pessoas pensarem que a culpa é sua, certo? Você precisa basicamente de uma moeda de troca?

– Continua...

– Beth e Risky, elas viram o que aconteceu? Com Gavin e sua mãe?

– Sim.

– Sua mãe ou o Gavin viram?

– Não, não na hora. Nós confrontamos minha mãe depois.

– Então, hipoteticamente, Risky e Beth poderiam ter tirado uma foto deles quando viram que estavam transando?

Estou ficando um pouco empolgada pensando em tudo.

– Meu Deus, por que elas fariam isso? Seria bem estranho – diz Lauren, e, claro, ela está certa.

– Sim, mas poderia ter acontecido, certo? – pergunto, precisando que isso fique bem claro.

– Sim, acho que sim. Uma delas poderia ter tirado uma foto se elas fossem totalmente pervertidas.

– O quão danoso seria para os negócios de Gavin se soubessem da infidelidade dele? – pergunto, totalmente engajada.

– Seria bem ruim. Quer dizer, seria vergonhoso pra ele, com certeza. Ele não ia gostar.

– Ok, então acho que tenho uma ideia. Deixa eu pegar um pouco mais de água pra você, e vou explicar tudo – digo, desaparecendo na cozinha.

Tenho que confessar, eu realmente sou uma gênia algumas vezes.

Beth

Risky e eu estávamos tomando uma xícara de chá quando Lauren ligou.
– Beth, oi, é a Lauren. Você me perguntou se tinha algo que você poderia fazer por mim. Bom, tem. Se eu passar aí pra te pegar em uma hora, você e Risky podem tirar a tarde de folga pra me ajudar com algo?

Perguntei o que era, mas ela não disse. Concordei, claro, e ela está para chegar a qualquer minuto. Risky e eu ficamos especulando o que poderia ser.

– Talvez ela queira que a gente vá esvaziar o armário dela, na casa deles? – sugeriu Risky, mas por que ela nos pediria isso?

Talvez ela queira que façamos um rascunho de uma nota para a imprensa. Mas ela não teria que passar nos pegar pra isso. A ideia final de Risky é que ela quer que a gente vá juntas para um spa. Avisei a ela pra não ficar tão empolgada com essa ideia.

Quando Lauren chega ao escritório, ela está acompanhada da mulher que a salvou da sua tentativa de suicídio, cujo nome é Ruby. Ela é bem intimidadora. Muito magra e, claro, eu sei o que acontece debaixo das roupas dela.

Tommy está dormindo na cadeira de descanso. Lauren fica babando nele por um minuto ou dois, depois vamos direto ao trabalho.

– Tivemos uma ideia – ela diz, enquanto se senta. – Envolve uma confidencialidade absoluta de vocês. Sem contratos, só uma promessa. Se fizermos isso, somente nós quatro podemos saber o que aconteceu, ok?

Ai, merda, ela quer que a gente ajude a matar o Gavin?

Risky só concorda com a cabeça. Ela é do time da Lauren até o fim, e está feliz em se jogar no ringue, mas eu preciso saber um pouco mais. Ruby ajuda Lauren a nos explicar.

– Lauren me disse que vocês viram Gavin e Mayra... fazendo aquilo? Confirmamos que vimos. Esta é uma conversa bem estranha.

– Ok, quão vívido vocês se lembram do momento? – ela pergunta.

– Como se estivesse aqui na minha frente, agora – diz Risky.

– Sim, eu também. Meio difícil de esquecer – adiciono.

Lauren parece satisfeita. O que é estranho quando você pensa que estamos falando sobre ter visto seu noivo transando com sua mãe.

– Ok – continua, Ruby.

– Nós vamos criar uma fotografia com exatamente o que vocês viram, usando fotos que a Rebecca tirou de Mayra e Gavin.

– PUTA QUE PARIU! – berra Risky, dando socos no ar e pulando de alegria. – Merda, desculpa – diz, se referindo a potencialmente acordar Tommy.

Por sorte ela não o acordou.

– Brilhante. Sim, sim, tô dentro – ela uiva, como se seu time favorito tivesse feito um ponto.

Talvez tenha feito. Eu pego o caminho mais profissional.

– Isso não é ilegal? – pergunto gentilmente, sem querer estragar a festa.

– Sim, mas aconteceu de verdade, certo? – pergunta Lauren, olhando pra gente e talvez pensando: *Merda, imagina se elas inventaram a história toda?*

– Com certeza absoluta aconteceu – digo a ela.

– Bom, então, como Mayra e Gavin iriam saber se vocês tivessem tirado uma foto? Vocês poderiam, não poderiam?

– Sim, eles não faziam ideia de que a gente estava lá – comenta Risky.

Não vou ganhar se eu tentar sair disso, posso dizer desde já.

– Ótimo – diz Ruby.

– Então tudo que temos que fazer é ir até o local, você me mostra o quarto e o lugar exato em que você viu os dois, o que estavam fazendo e como. Vou tirar mais fotos, depois manipular as fotos juntas, e criar uma imagem perfeita deles e de toda a sua glória.

– Glória? – diz Lauren, não gostando nada disso.

– Desculpa, que tal glória vergonhosa? – corrige Ruby.

Lauren parece mais contente.

– Você acha que consegue fazer isso? – Risky pergunta a Ruby.

– Cem por cento, se você me disser o que viu. Vocês estão dentro?

Novamente, Risky não coloca resistência.

– Vou te pagar – diz Lauren, adoçando o negócio ainda mais.– Cinco mil, cada, pela ajuda. Sei que isso é pedir demais.

Risky vai deitar no chão e começar a se masturbar. Ela está amando tudo isso.

Ruby endureceu um pouco.

– Dez mil pra mim, acho, certo? Sou a artista.

– Uou, ok. Pra você dez mil. Estou pagando pelo silêncio de vocês. Todo mundo dentro? – pergunta Lauren, parecendo muito mais empolgada do que ofendida.

– Bom, isso é bem mais empolgante que assinar um monte de contratos de confidencialidade – comento.

– O que você vai fazer com as fotos? – pergunto a Lauren.

– Vou usá-las pra fazer com que o Gavin pare de me colocar como uma porra de uma lunática, é isso que vou fazer. Vou ameaçá-lo com ela. Dizer que vou postar se ele não parar. A imagem dele é tudo, ele não vai conseguir lidar com isso. Tudo que quero que ele faça é limpar o meu nome, só isso.

– Ok, tô dentro – digo.

O dinheiro significa que posso tirar mais licença para ficar com o Tommy.

– Eu também – confirma Risky.

– Ótimo, vamos resolver isso logo – diz Lauren, chamando um Uber.

Nós quatro voltamos ao local do casamento, Tommy preso no canguru como meu pequeno parceiro no crime.

Ruby

— Ok, qual quarto? — pergunto a elas, enquanto caminhamos pelo corredor do local como as crianças do desenho *Scooby-Doo*.

— Por aqui – diz Risky, abrindo a porta que leva a um quarto que parece uma biblioteca.

— Eles estavam ali – adiciona, e fico feliz que a mesa em que eles estavam apoiados fique em frente a uma janela.

Isso vai permitir que eu use a intensidade da luz natural para embaçar os detalhes da foto que quero criar. Como as coxas de Mayra, por exemplo. Não tenho nenhuma foto dela sem calças, obviamente. Terei que improvisar.

— Certo, quem quer ser o Gavin e quem quer ser a Mayra? – pergunto ao grupo.

— Prefiro passar, se for ok pra vocês? – diz Lauren.

— Mas eu realmente preciso que ou Beth ou Risky fiquem na porta pra confirmar que o que estamos criando está realístico e o mais perto possível do que elas viram, ok? Sinto muito, Lauren, mas você quer ser sua mãe ou o Gavin?

— Minha mãe, então – ela diz, relutantemente.

— Ótimo. E, Beth, Risky, qual de vocês quer ser o Gavin e qual vai me ajudar a criar a cena?

— Bom, eu vi por mais tempo – diz Risky.

— Ok, Beth, isso significa que você é o Gavin – digo.

— Isso é muito estranho – diz Beth, com seu bebê no canguru.

E ela está certa, é muito estranho. Mas também estou bem empolgada em fazer isso. É o maior desafio pro meu trabalho. Recriar a verdade, em vez de tentar criar uma verdade que nunca existiu, em primeiro lugar, mas um padrão que todo mundo pensa que é real. Moralmente é muito mais confortável que o meu trabalho usual.

Beth entrega o bebê a Risky, que balança com ele pra cima e pra baixo, e parece feliz.

– Ok, você abaixa – diz Beth a Lauren, quando assumem as posições de Gavin e Mayra.

Beth pressiona sua pélvis na bunda de Lauren, e eu começo a tirar fotos.

– Levanta seus pés levemente do chão, Lauren – dirige Risky.

– E, Beth, alinha um pouco mais a coluna.

– Isso é realmente necessário? – pergunta Beth, obviamente tendo dificuldades no seu papel.

– Sim – digo.

– Preciso capturar onde seus corpos estão no quarto, para que eu possa colocar Gavin e Mayra por cima. Por favor, eu sei que isso é doloroso, mas aguentem firme. Risky, como está parecendo?

– Ótimo, Lauren deveria inclinar um pouco a cabeça nessa direção. E, Beth, coloca as suas mãos na bunda dela, como se estivesse guiando pra frente e pra trás. Sabe? Tipo fodendo mesmo.

– Simular sexo com minha cliente na frente do meu bebê. Tô arrasando na maternidade? – diz, entrando no papel o máximo que pode.

– Não vou deixar ele ver, chefe. Não se preocupe – diz Risky, fazendo caras engraçadas pro bebê.

Beth faz o que pedimos e finge transar com Lauren.

– Quanto tempo mais? – pergunta Lauren.

– Não transo tanto assim há anos, vou precisar de uma soneca. – Hashtag Casamento – diz Beth, fazendo, por fim, com que gargalhássemos.

Tenho dificuldades pra respirar, pensando se meu corpo pequeno pode sustentar este nível de felicidade. Faz anos que ele não passa por isso. Seguro em uma cadeira pra me dar apoio. Beth está enxugando lágrimas do rosto de tanto rir, enquanto tenta recuperar o fôlego.

Lauren está jogada numa cadeira, as mãos na barriga, gargalhando como o oposto do que uma noiva abandonada deveria estar se sentindo. Sinto um alívio nela. Talvez até um pouco de esperança na solidariedade de suas novas amigas. Tenho que dizer, também sinto isso.

– Ok, vamos lá. Só mais algumas fotos. Preciso ter certeza de que tenho tudo de que preciso – digo, encorajando minhas modelos a voltarem às suas posições. Logo depois, estou pronta.

Beth

Aconteceu algo hoje que me fez ficar com inveja de Lauren. A recuperação do seu poder. Não aceitar a posição que o Gavin a colocou. Fazer o que ela podia pra se colocar em primeiro lugar. Sei que há um grande ponto de interrogação se o que fizemos hoje foi certo ou não. Mas Ruby está certa, não mentimos, apenas criamos uma visão da verdade que todas nós sabemos que é real.

A verdade é aquilo com que eu tenho que lidar na minha própria vida. A verdade sobre o que eu fiz, e o porquê. Muita coisa ficou clara pra mim na última semana. Entender coisas sobre mim mesma, e a maneira como as pessoas agem quando não estão felizes. Dizer as palavras pode ser difícil, mas viver com elas presas dentro de você é pior. Não quero estar presa. Não quero que Tommy seja criado por uma mulher frustrada em casa. Não amo mais meu marido. Isso não é culpa minha. Essa é a minha verdade. É hora de lidar com isso.

Quando chego em casa, Michael está assistindo à TV. Desde que voltou ao trabalho ele desistiu de cozinhar. Agora eu sou responsável novamente por encher a geladeira e preparar a comida. E cuidar de Tommy. Que tudo em casa corra bem.

– Vou dar banho no Tommy e colocá-lo pra dormir – digo a ele.

Ele levanta e pega o Tommy de mim, o abraça e beija.

– Ei, carinha – diz.

Sei que ele sente falta do Tommy agora que voltou ao trabalho. Talvez agora ele entenda o quão difícil foi pra mim nos últimos meses. Levo o

Tommy pro andar de cima. Dou banho nele. Amamento. Beijo seu rosto e digo que não importa o que aconteça, ele sempre vai ser amado por nós dois. Coloco ele no berço, e me preparo para as coisas que tenho que dizer.

— Michael, podemos conversar?

Sento-me ao seu lado no sofá. Ele desliga a TV, assumindo que deve ser algo sério.

— Antes de dizer o que tenho que dizer, é importante que você entenda que não sou louca.

— Quê? Quem disse que você é louca?

— Você, Michael. Você tem tentado fazer com que eu sinta que sou louca há anos.

Ele se mexe e parece pronto para se colocar na defensiva. Não deixo que ele me pare, não dessa vez.

— Durante nosso relacionamento, você tem ficado cada vez menos interessado em sexo — digo, olhando nos olhos dele.

— Que inferno, Beth. Isso de novo? Sério? Trabalhei o dia todo... — diz, se levantando.

Está pronto para me dizer que sou louca, desesperada ou obcecada, de uma maneira suja, e que eu deveria me envergonhar.

— Eu também — o lembro. — Trabalhei o dia todo, cuidei do Tommy e pensei sobre nós. O dia todo. Sente-se.

Espero que ele faça o que pedi.

— Você se interessou cada vez menos por sexo. Tudo bem, de alguma forma pensei que poderíamos resolver isso. Que poderíamos entender por que isso estava acontecendo e encontrar uma solução juntos. Eu teria feito o que fosse necessário. Mas, ao invés disso, você escolheu me acusar de ser demente, gorda, pervertida. Você fez o que pôde pra que eu acreditasse que tenho um problema, não você. Você estava feliz se masturbando com pornô hardcore, mas fez com que eu me achasse uma lunática por querer sexo com o meu marido. Com você é dois pesos e duas medidas, é insuportável. A maneira como você me trata tem sido tão danosa que você me deu um problema, um problema enorme. Não sobre meu peso, como você esperava. Estou muito confortável com o meu corpo. Mas você me deixou obcecada por sexo.

Ele revira os olhos. Não me importo. Vou dizer.

– Fiquei tão obcecada por sexo, que fui atrás. Eu me escondi atrás de árvores em parques e vi estranhos transando, busquei pornôs na internet, quanto mais sujo melhor.

Ele se levanta novamente.

– Ok, Beth, não tenho que ouvir isso – diz, tentando usar raiva para me silenciar. Uma tática com a qual estou muito familiarizada, por sinal.

– Ah, você tem sim. Senta!

Ele faz o que digo.

– Dormi com outra pessoa, Michael. Semana passada. Estava me sentindo tão sozinha, rejeitada, não atraente e desesperada que dormi com outra pessoa.

– Você me traiu?

– Sim. Eu te traí. E não tenho orgulho disso, mas sei exatamente por que fiz isso. E não é justo você não tomar responsabilidade por isso também.

– Que inferno, Beth, se você fosse um homem me dizendo isso, você seria um traidor sujo. Simples. Você acha que vou pegar leve com você porque é uma mulher?

– Não, não espero. Não espero que você pegue leve de forma alguma. E, só pra ficar claro, eu não vou pegar leve comigo também. Transei com outra pessoa e sei que vou sofrer as consequências disso. Só quero que você entenda que também tem culpa. Você sabe que é verdade.

– Você me traiu – ele grita, seu rosto ficando mais vermelho.

Sei que isso o machuca. Ele foi um bom marido em muitos aspectos.

– Sim. Mas não é sobre sexo, é sobre como você fez eu me sentir – digo, firme.

– Como eu fiz você se sentir?

– Sim, Michael. Quando você lentamente vai machucando alguém, essa pessoa quebra. Eu quebrei, e agora nós estamos quebrados.

– Minha mãe estava certa, você é uma vagabunda.

– Uma vagabunda? – falo calmamente.

– Sim – ele responde.

E foi assim. O momento em que nosso casamento acabou. Quer dizer, acabou muito antes disso, mas este é o momento em que me dei conta. Como se deixar o Michael fosse um abraço quente, e ficar com ele fosse unhas bem grandes e afiadas constantemente arranhando minha alma. Todos os apelidos, as cutucadas, eles desapareceram. Não tenho que agradar mais meu marido. Não preciso implorar que ele me veja. Só quero aproveitar o que é ser uma mulher.

– Michael, estou terminando com você.

– Ah, está? Na verdade não, eu estou terminando com você.

– Não, Michael, eu absolutamente estou terminando com você. Estou terminando com você porque você já saiu desse relacionamento e se casou comigo com falsas promessas. Você não tem direito de me negar intimidade para a vida toda, só porque não é importante pra você. É importante pra mim, e eu mereço isso.

– Vou levar o Tommy – diz, estufando o peito.

– Não, não vai – digo a ele.

Nunca me senti tão calma, tão bem na minha pele e nos meus pensamentos por tantos anos.

– Você sabe que não é o melhor para o Tommy. E sabe que eu *não vou* permitir que isso aconteça – continuo.

Ele caminha de um lado pro outro, em silêncio. Só o som do ar entrando nas suas narinas.

– Acho que você deveria ir embora e ficar com a sua mãe até resolvermos isso. Você pode ver o Tommy quando quiser. Nunca vou tirar ele de você. Mas este casamento acabou.

Como se um raio o tivesse atingido, ele cai de joelhos. Sua cabeça pressionando meu colo.

– Não sei o que está errado comigo – diz, machucando minhas coxas com suas mãos, apertando-as.

Abro seus dedos com os meus.

– Por favor, sai, SAI!

Seguro seu rosto nas minhas mãos.

– Você é um homem bom, um bom pai e um bom marido em muitas coisas. E eu te amei. Mas você sabe que isso não pode continuar, não sabe?

Chorando, ele concorda.

– Vai, pega algumas coisas e vai pra sua mãe. Não chega lá muito tarde. Ela vai querer reclamar de mim por horas e se você não for agora, ela vai te deixar acordado a noite toda, ok?

– Ok.

Ele sobe as escadas e volta minutos depois com uma bolsa.

– Volto amanhã pra pegar mais coisas.

– Ok. E podemos pensar num plano com o Tommy.

Abro a porta da frente e ele vai embora. Quando ele sai, deslizo contra ela. Alívio dominando todas as outras emoções. Consegui. Voltei pra mim mesma.

Corro pra cima e gentilmente tiro Tommy do seu berço. O coloco ao meu lado na cama. Eu e meu bebê. Durmo ao seu lado.

Assim é como deve ser.

#14

♡ ○ ▷

Ruby

Levei seis horas e trinta e seis minutos pra conseguir a foto perfeita. Não poderia estar mais feliz. Dez mil é muito mais do que normalmente eu cobraria por hora, não consigo acreditar que ela tenha concordado com o valor. Me sinto estranha de aceitar dinheiro da Lauren, mas esse é o meu trabalho, e significa que posso parar de fazer o que eu estava fazendo por tanto tempo. Não vou mais arruinar a vida de mulheres dizendo que elas devem parecer de um jeito ou de outro. Não sei o que vou fazer depois, mas pra mim chega. O dinheiro me dá tempo para respirar.

Olho para a foto de Gavin e Mayra. É realmente brilhante. Recortei fotos que Rebecca tirou de Mayra no casamento e coloquei junto com as de Gavin de terno. Por sorte, além da parte de cima da coxa de Mayra, ambos estavam vestidos, então não tive que recriar seus corpos nus. Usei fotos das coxas de Lauren de ensaios em que trabalhei no passado, e usei a luz da janela para desfocá-las para que nenhum detalhe aparecesse. Você nunca saberia que não são realmente as coxas de Mayra.

A minha parte favorita é a pinta que Lauren disse que Mayra tem na coxa esquerda. Usei a pinta do rosto de Rebecca, das fotos que tirei dela no casamento. Cortei e colei na perna de Lauren, para que ficasse exatamente como a descrição da coxa de Mayra. É um pequeno toque que me deixou bem orgulhosa. Ninguém precisa saber.

Fiz um trabalho brilhante.

Enviei no grupo de WhatsApp que criamos para aprovação.

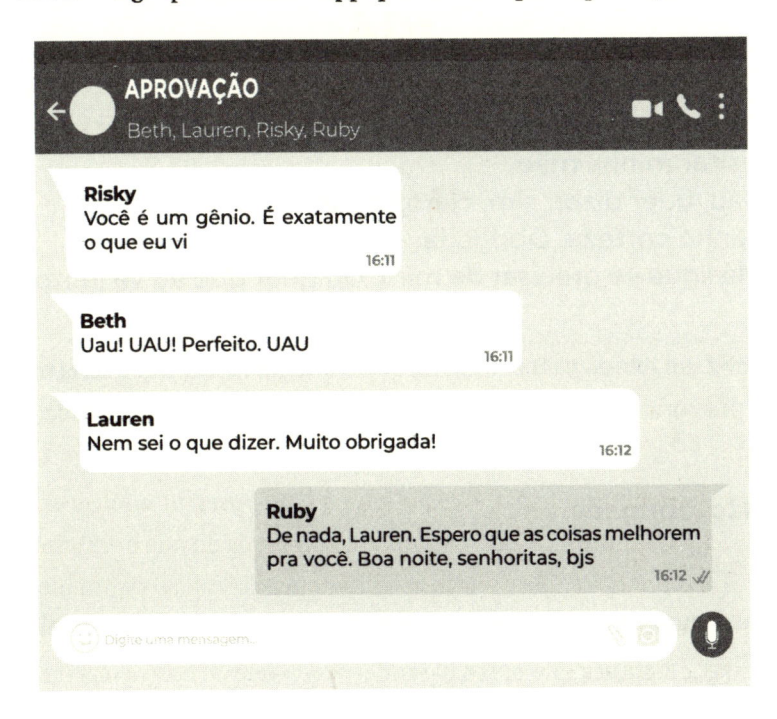

> **APROVAÇÃO**
> Beth, Lauren, Risky, Ruby
>
> **Risky**
> Você é um gênio. É exatamente o que eu vi
> 16:11
>
> **Beth**
> Uau! UAU! Perfeito. UAU
> 16:11
>
> **Lauren**
> Nem sei o que dizer. Muito obrigada!
> 16:12
>
> **Ruby**
> De nada, Lauren. Espero que as coisas melhorem pra você. Boa noite, senhoritas, bjs
> 16:12

Assim que estou pronta para me deitar, recebo uma mensagem de texto da minha mãe.

Vou me enforcar usando seu cachecol antigo.

Não sei a qual cachecol ela está se referindo, mas as mensagens recentes da minha mãe têm sido bem específicas. Geralmente uma ameaça genérica de morte, e agora nomeando objetos. Ontem ela insistiu que estava no processo de tomar remédios. No dia anterior ela ia pular de um penhasco com seus gatos. Isso não é comum, e a frequência das mensagens tem aumentado, me deixando ainda mais preocupada que antes.

Suas ameaças de suicídio eram sempre esporádicas e amenas, agora são regulares e detalhadas. Será que isso significa que ela está cada vez mais próxima de realmente fazer isso?

Geralmente desejava que ela acabasse com a vida dela de vez. Mas acho que não estou tão tranquila com tudo isso.

Envio uma mensagem para Liam, ao invés de ligar, porque sei que ele terá muitas perguntas.

Posso ficar com a Bonnie esse fim de semana? Quero visitar minha mãe.
Uau, quer dizer, sim, claro. Tem certeza?
Tenho certeza. Obrigada.
Me ligue se precisar de mim. Ou quer que eu vá junto?

Levei um tempo para pensar. Eu quero que ele vá, acho que seria muito bom pra Bonnie. Especialmente se minha mãe estiver em um estado bem ruim.

Não, obrigada.

Respondo, apesar de tudo. Isso é algo que tenho que fazer sozinha.

Beth

— Saúde! – digo, levantando a taça de champagne. – Muito bem, Risky. Você fez um trabalho incrível na festa, mesmo que não tenha acabado em um casamento.

— Saúde! – ela responde, levantando sua taça.

Trouxe Risky para um bar de vinhos bem chique para celebrar o fim desse trabalho.

— Sim, a gente mandou bem. É uma pena que ninguém tenha conseguido provar o bolo, mas, né? A gente sabia que estava bom.

— Ah, eu nunca te contei? Peguei dois pedaços do bolo e levei pra casa comigo e escondi numa gaveta no meu quarto. Comi enquanto dava de mamar pro Tommy, Michael não fazia ideia – comento, me sentindo sagaz.

— Ha-ha, boa, chefe – diz, como se eu estivesse brincando e isso seria uma loucura.

Talvez tenha sido.

— De qualquer forma os funcionários do buffet comeram bem aquele dia. Alguns convidados ficaram e festejaram como se o casamento tivesse acontecido. Acho que foi o certo a fazer, estava tudo pago.

— Meu Deus, que desperdício de dinheiro – diz Risky, balançando a cabeça.

— E pensar que tem gente passando fome. Casamentos são tão idiotas.

— Um brinde a isso!

Não temos outro casamento em três meses, então Risky vai cuidar de tudo no escritório enquanto eu passo meu tempo em grupos de mães, andando pelo parque com Tommy no carrinho, aproveitando a vida em casa, sem o meu marido diminuindo minha autoestima, e comendo donuts enquanto ainda estou amamentando e gastando as calorias que iriam diretamente pra minha bunda. Mal posso esperar. Não deveria estar tão feliz de me separar de Michael antes de o bebê ter cinco meses, mas estou. Sinto que finalmente vou poder me curtir.

– E como está o Michael? – pergunta Risky, depois de um gole gigante de champagne.

Pegamos uma garrafa, e ela sabe que só me permito uma taça, porque leite materno ainda é um líquido de ouro e eu odeio desperdiçar.

– Ele está bem. Está morando com a mãe. Vai ficar com Tommy algumas horas por dia enquanto ainda estou amamentando. Vamos negociar um plano melhor depois disso.

– O que você acha que ele vai fazer?

– De verdade, eu acho que ele vai viver com a mãe até ela morrer. Ele está basicamente em um hotel cinco estrelas, comida, banho quente, provavelmente bastante massagem nos pés.

– Isso é estranho, parece que eles são um casal.

– Sim, bom, eles meio que são. Eles podem viver juntos com seus complexos estranhos de sexo. Um brinde ao casal feliz – digo, levantando novamente minha taça.

– Você tá bem, Beth? Não deve ser fácil – fala Risky, com a mão na minha perna.

– Sim, estou bem. Ele não era quem eu esperava. Estaria muito mais solitária se ficasse com ele do que sozinha.

– Como você vai saber se funciona? É uma loteria – comenta Risky, parecendo desapontada.

Semanas atrás, emojis de coração estavam saindo dos seus olhos por qualquer menção sobre o amor, e agora ela testemunhou a verdade, muito mais do que seu coração aguenta.

– Sim, é. Mas se você ganhar, acho que é o melhor prêmio do mundo.

Risky tira o celular da bolsa. Ela sorri enquanto lê uma mensagem de texto.

– Adam? – pergunto.

— Sim — diz, colocando o telefone na mesa. — As últimas semanas mudaram tudo pra mim também, chefe. Achava que você e Michael eram o sonho. Achava que Lauren e Gavin tinham tudo. Se vocês não conseguiram se resolver, que chance eu tenho?

— Não, Risky, você não pode pensar assim. Adam parece um cara bem legal.

— Ele é. Mas é irmão do Gavin Riley. Quer dizer, ele diz que não se dão bem há anos. Que ele sempre teve um problema com o comportamento do Gavin, e que não é nada como ele, mas...

— Risky, mas nada. Ele não é o Gavin, e não tem motivo pra ele agir como o irmão.

— Eu sei, mas como eu vou confiar nele? Ou em qualquer pessoa? Que não vai me trair ou desistir de mim?

Nunca quis destruir a ilusão de uma garota sobre o amor. A ideia de que ela vai desistir só pelo medo de não funcionar é muito triste. É por isso que os pais não deixam os filhos assistirem a filmes de terror. Medo desnecessário sobre um mundo que na verdade é bem seguro. É uma pena que Risky tenha testemunhado exemplos tão desastrosos de casamentos.

— Risky, escuta — falo, colocando as duas mãos na sua perna e olhando no fundo dos seus olhos. — Existem relacionamentos felizes e de sucesso por toda parte. Eles são fáceis de encontrar, e são tudo que você imagina. O que você viu nas últimas semanas é que se eles não funcionarem você nunca, nunca, tem que ficar presa neles. Nada que é ruim tem que ser pra sempre. Ok?

— Sim, mas como vou superar isso? Não sei se conseguirei lidar.

— Você é a mulher mais forte que conheço. E sabe o que você vai fazer se não funcionar? Você vai se cercar de outras mulheres, porque juntas conseguimos superar qualquer coisa.

— Conseguimos mesmo, né? — diz, sentindo a sororidade entre mim e ela.

Minha amiga improvável, que me inspirou em mais maneiras que eu poderia imaginar.

— Responde o Adam. Combina de sair, e só deixa acontecer, ok? Não fica com medo, dá tudo de você e aproveita. Mesmo se o relacionamento acabar, você não pode se arrepender de ele ter acontecido.

– Você se arrepende de ter se casado com Michael? – pergunta, olhando pra mim como se eu tivesse a chave da felicidade em minhas mãos.

– Não – minto.

– Sei que você não tinha o casamento que eu achava que tinha, mas você ainda me inspira tanto, Beth. A empresa, o Tommy. Fazendo tudo acontecer, estando presente nos dois. É incrível. E você realmente ajuda as mulheres. Não sei o que faria sem o seu apoio.

– Obrigada, Risky, sinto exatamente o mesmo por você.

Pegando seu celular de volta, ela faz exatamente o que sugeri.

– Talvez funcione – diz, respondendo Adam de volta.

– Talvez sim.

Eu sempre vou, não importa o que aconteça, continuar a vender o conceito do amor.

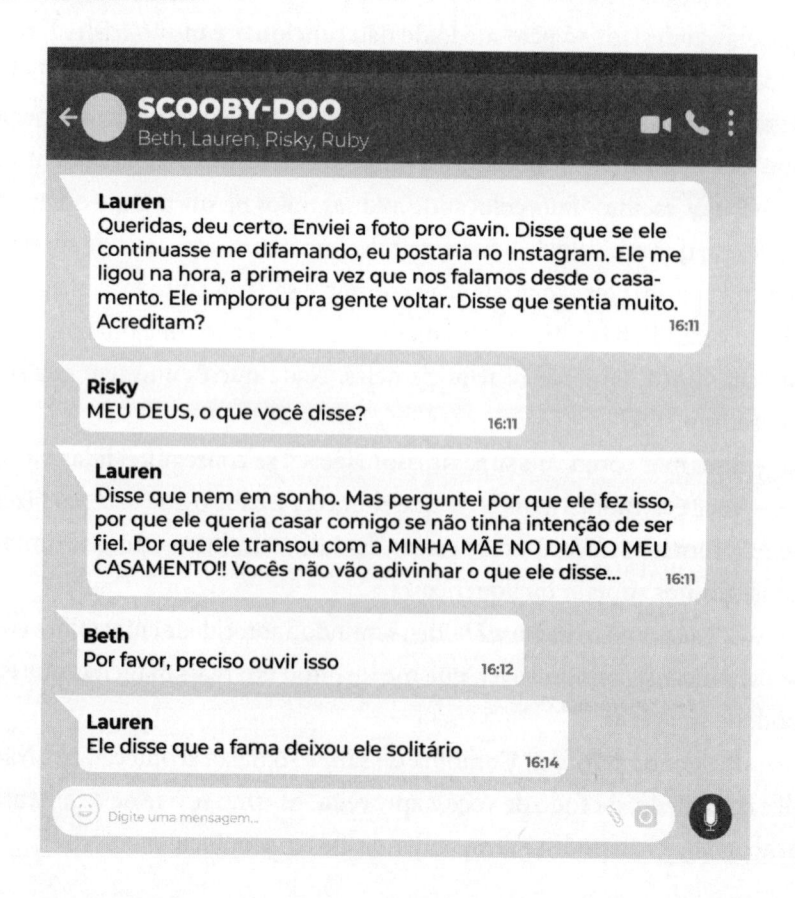

SCOOBY-DOO
Beth, Lauren, Risky, Ruby

Lauren
Queridas, deu certo. Enviei a foto pro Gavin. Disse que se ele continuasse me difamando, eu postaria no Instagram. Ele me ligou na hora, a primeira vez que nos falamos desde o casamento. Ele implorou pra gente voltar. Disse que sentia muito. Acreditam? 16:11

Risky
MEU DEUS, o que você disse? 16:11

Lauren
Disse que nem em sonho. Mas perguntei por que ele fez isso, por que ele queria casar comigo se não tinha intenção de ser fiel. Por que ele transou com a MINHA MÃE NO DIA DO MEU CASAMENTO!! Vocês não vão adivinhar o que ele disse... 16:11

Beth
Por favor, preciso ouvir isso 16:12

Lauren
Ele disse que a fama deixou ele solitário 16:14

SCOOBY-DOO
Beth, Lauren, Risky, Ruby

Risky
Com licença que vou ali vomitar no lixo. TADINHO 16:14

Lauren
Sim, bom, seja lá o que ele quis dizer... tô fora 16:14

Beth
Boa! =) E sua mãe? 16:14

Lauren
Bom, ela disse que vai pra terapia. Que vai tentar se tratar. De verdade? Estou em paz com o fato de ela não ser mais parte da minha vida. Sei que parece horrível dizer isso, mas é como eu me sinto. E depois de tudo isso, eu quero ter mais confiança no que eu sinto, tomar decisões baseadas na minha própria felicidade, não na dos outros, sabe? 16:16

Beth
Sim, eu sei 16:16

Risky
Tô com você. ARRASA, LAUREN! 16:17

Lauren
Sinto que finalmente estou me livrando do meu passado. Uma nova era. Autocuidado (de verdade), amizade e honestidade. Bora? 16:17

Beth
Bora 16:17

Risky
SIM! 16:17

Lauren
Ruby? 16:18

Ruby
Tô dentro. Tô orgulhosa de você, Lauren 16:18

Lauren
Não teria conseguido sem vocês. Se eu me casar de novo, vocês vão ser minhas madrinhas 16:19

Risky
COM CERTEZA! 16:19

Lauren
Ruby? Beth? TÔ BRINCANDO 16:27

Beth
Jesus, obrigada, Deus. Quase tive um ataque de pânico 16:27

Ruby
Ufa! Qualquer coisa menos isso. Até logo, queridas, bjs 16:28

#15

♡ ◯ ▽

Ruby

Só vim até Cornwall uma vez desde que Bonnie nasceu. Dirigi até lá quando Bonnie tinha cinco meses de idade e ela gritou o caminho todo. Quando chegamos, minha mãe se recusou a segurá-la e pediu para que eu fosse embora depois de 45 minutos. Não sei o que estou esperando dessa vez, mas estou em um lugar melhor do que estava naquela época. Quero que minha mãe veja isso.

Bonnie está extremamente empolgada para viajar de trem. Estou aterrorizada que os lanches e doces não serão suficientes, que ela ficará entediada e terá um surto, que chegaremos lá e minha mãe estará morta, e Bonnie ficará traumatizada pelo resto da vida. Mas também sou da ideia de que é importante que ela saiba quem é sua avó. Fico tendo pensamentos tristes de que um dia Bonnie não vai mais querer me ver, vai manter seus filhos longe de mim, porque não sou uma pessoa legal. Acho que ficaria muito chateada com isso. Então, pensando que a situação que vivemos hoje pode deixar minha mãe ainda mais triste do que seu estado natural, vou fazer uma tentativa.

Baixei programas de TV infantis para durar um dia todo e revistas de design de interiores pra mim. Amo ler, mas tenho certeza de que não há nada mais glorioso que sonhar acordada olhando pra fora da janela de um trem. As paisagens do interior, o barulho do motor do trem. Estou bem empolgada com essa possibilidade.

Tenho uma sacola cheia de lanches e doces para Bonnie, e alguns *crudités* e molhos pra mim. Até comprei um pacote pequeno de Twiglets[22] como um agrado.

– Posso sentar na janela? – Bonnie pergunta, seus olhos brilhando com essa possibilidade.

Eu concordo, torcendo pra que ninguém entre e ocupe os dois outros lugares na mesa. Bonnie escolhe o banco no sentido contrário e fico satisfeita pois estou com disposição para olhar pra frente. Ela pula pra cima e pra baixo com empolgação. Deveria pedir pra ela parar, mas é tão fofo vê-la assim tão empolgada.

– Podemos viajar mais de trem? – ela pergunta quando entramos na estação e ela olha os trilhos como se estivesse passando por uma terra mágica.

– Talvez – digo, pensando aonde poderíamos ir.

Envio uma mensagem de texto para minha mãe.

Mãe, estou a caminho de Cornwall e vou parar aí com a Bonnie. Não vamos ficar, já tenho reserva em um hotel. Te vemos lá pelas 14h.

Fiquei pensando se contaria ou não à minha mãe que estávamos indo, mas, conforme o trem começa a se mover, sinto que foi melhor assim. Não sei se ela gostaria da surpresa, e, talvez, com um pouco de antecedência, ela pode se preparar de certa forma. Se vestir. Limpar os lixos. A mensagem fica como "lida" imediatamente, mas nenhuma resposta chega.

Achei um hotel com um quarto família. Dois quartos conectados por um banheiro. Bonnie e eu nunca passamos uma noite juntas fora de casa. Quem sabe como vai ser... Ela encosta a cabeça na janela e eu a observo. Seu rosto está esmagado no vidro e vejo suas pupilas mexendo de um lado para o outro, tentando acompanhar a vista.

---

22 Twiglets são aperitivos à base de trigo com um formato semelhante ao de um galho pequeno. O sabor dos Twiglets deriva do extrato de levedura utilizado em seu revestimento. [N. T.]

— Mamãe, mamãe, olha, uma vaca — ela grita quando vê uma no campo.
— Muuuuuu — ela grita naquela direção, como se ela pudesse ouvi-la.

Me faz rir. Depois de uma hora ela pede pelo iPad ou por um lanche. Experiência e empolgação foram todo o entretenimento de que ela precisava até ali. Abro meu pacote de Twiglets e coloco na mesa. Dividimos. Ela então assiste alguns episódios de *Peppa Pig*. Eu quase não tiro meu olhar dela enquanto ela assiste.

— Acho que trem me dá sono — comenta, esfregando os olhos.

Digo que ela pode dormir, e depois de vê-la não encontrar uma posição confortável, sento na poltrona do corredor ao seu lado e faço com que ela deite, encostando sua cabeça no meu colo. Passo a mão pelos seus cabelos até que ela feche os olhos. Ela acorda trinta minutos antes de chegarmos a Cornwall. Foram as cinco horas prediletas que passei com a minha filha na vida.

— Por que a vovó mora tão longe? — pergunta Bonnie, enquanto saímos da estação.

Pensando na sua avó como uma criatura mítica que ela presume ser como sua outra avó, que vai brincar com ela por horas e vai dar doces e lanches sem fim. Nunca disse o contrário pra ela. Seu entusiasmo com esse encontro está me deixando assustada.

— Bonnie, tem uma coisa que você precisa saber — falo, ficando de joelhos na sua frente. — A mamãe da sua mamãe não é como as outras vovós, tá? Algumas vezes ela fica bem triste, e isso significa que ela não quer brincar, tá?

— Ela não vai brincar comigo? — ela pergunta, com um olhar de desapontamento.

— Talvez ela brinque, mas se ela não quiser, tá tudo bem. Ok? A vovó June pode estar se sentindo triste porque ela não está bem, ok?

Levanto-me e esperamos na fila por um táxi. Correu tudo bem, eu acho. Não quero assustá-la antes de ela ver minha mãe.

— Ok — Bonnie responde. — Um pouco igual a você?

— Igual a mim?

— Você fica doente e também não quer brincar.

Me ajoelho novamente.

— Não estou doente, Bonnie.

— Então por que você nunca brinca comigo?

Não sei se é por conta do ar do litoral, a antecipação de ver minha mãe ou o fato de ter percebido meus erros a tempo, mas coloco meus braços em volta dela e começo a chorar.

— Eu te amo – digo a ela, prometendo que vou melhorar. – E me desculpa.

— Pra onde? – grita um taxista da sua janela.

— Vamos, Bon Bon – digo, colocando-a dentro do carro e fechando o cinto de segurança.

— Vamos ver a vovó June.

○ ○ ○

Cresci em uma casa bonita, de pedras, com varanda em uma rua bacana em Truro. Depois que fui pra universidade em Falmouth, minha mãe vendeu a casa e comprou uma casa pequena e feia em uma rua sombria, a uns dez minutos da antiga casa. As pessoas falam que viver em Cornwall é o paraíso na Terra, e realmente pode ser. Minha mãe, no entanto, escolheu viver em uma parte feia da cidade, mesmo tendo a escolha de não viver lá. Ela sempre fez coisas como essa. Como se tudo isso aumentasse seu trauma, permitindo-a mergulhar nele.

— Na realidade, pode virar à esquerda aqui? – digo ao motorista, dando a ele o endereço da casa onde eu costumava viver. – Quero te mostrar uma coisa – falo para Bonnie.

Ela parece empolgada. Me sinto nervosa. Quando estacionamos o carro, peço ao taxista para esperar por nós. Ele me lembra de que cobrará uma taxa de espera, e eu concordo com o valor que for. Isso é importante.

— Olha, Bonnie, é aqui. A casa em que eu morei quando era criança.

Bonnie corre até o portão.

— Lá dentro? – ela pede confirmação, e balanço a cabeça afirmativamente. — Você morou lá com quem?

— Com a minha mamãe e meu papai, claro.

Ela encara a porta da frente. Ela obviamente está confusa pelo conceito de partes de sua vida acontecerem em lugares e casas diferentes. Nunca falei com ela sobre nada disso. Quer dizer, ela tem três anos e meio, foram só nos últimos seis meses que ela realmente começou a entender a língua inglesa.

– Onde está o seu papai?

A pergunta que eu acho que deveria ter antecipado.

– Ele ficou doente e morreu. Significa que ele não está mais aqui.

– Ah. Você morou nessa casa com sua mamãe e seu papai?

– Sim, aquela janela ali era o meu quarto.

Isso faz ela sorrir.

– Só queria que você visse a casa.

– Amarelo é minha cor favorita – diz, notando a porta da frente.

Isso quebra meu coração em milhares de pedaços. Meu pai pintou aquela porta de amarelo, ele mesmo, era minha cor favorita também. Pelo visto, ninguém retocou a pintura desde então. Pensar que ele fez com as próprias mãos faz meus olhos se encherem de lágrimas. Sinto tanto a falta dele. Consigo me imaginar saindo de casa com tudo por aquela porta, cachos nos cabelos, com meu uniforme da escola. Ele correndo atrás de mim com as chaves do carro, pronto pra me levar pra escola. Nós cantando canções o caminho todo, e depois o caminho todo de volta. Nós éramos tão felizes. Todos nós, até a mamãe naquela época. Ou, pelo menos, ela fingia ser. Acho que você nunca vai saber de verdade o que pode acontecer no futuro. Uma doença, mental ou física. Elas podem acontecer a qualquer momento, acabando com uma família. Acabando com uma vida.

– Bom, vamos. Você está pronta?

– Sim – diz feliz, voltando para o carro comigo.

Olho de volta pra casa. Imagino meu pai na porta.

– Tchau, pai – digo baixinho. – Te amo.

Envio uma mensagem à minha mãe, conforme o táxi dá partida.

Chegaremos em 2 minutos.

Dou alguns minutos pra ela, e o "lido" aparece. Ela ainda está viva. O pior cenário não vai acontecer, pelo menos não hoje. É seguro levar Bonnie até a porta da frente.

Bato gentilmente à porta, sem resposta. Bato de novo.

– Será que a vovó June não está em casa? – Bonnie pergunta.

– Não, ela está sim. Talvez esteja dormindo.

Bato um pouco mais forte. Ainda nada.

– Mãe, mãe – grito pela abertura do correio na porta, um cheiro forte de xixi de gato vem de encontro ao meu rosto.

Vejo por dentro da casa que a porta detrás da casa está aberta. Posso entrar pela lateral. Estou me sentindo bem nervosa agora. Isso pareceu uma ideia tão boba. Envio outra mensagem pra ter certeza.

Mãe, Bonnie e eu estamos na porta da frente, pode deixar a gente entrar?

Novamente é marcada como "lida". Ela está viva. Esperamos alguns minutos, mas ela não vem.

– Vem comigo, Bonnie – digo, caminhando pela lateral da casa, e depois por um caminho que leva até o jardim dos fundos. Está uma bagunça e com mato alto. Há uma cerca pequena, levanto Bonnie por cima. Demoro um pouco com meu vestido, estou usando uma versão de algodão hoje, com uma estampa floral pequena. Logo estamos nós duas no jardim. Vou na frente, segurando a mão macia de Bonnie.

– A vovó June está em casa? – Bonnie pergunta, nervosa

– Sim, não se preocupe. Ela está no jardim – comento, tranquilizando-a.

Quando chegamos ao jardim, peço para Bonnie esperar enquanto eu espio pela lateral o que minha mãe está fazendo. Ela está sentada em uma cadeira, no meio do jardim, o sol diretamente nela. Vê-la me dá medo. Ela nunca pareceu estar bem antes, mas isso é muito pra absorver. Ela está excessivamente gorda, espalhada na cadeira com quilos de carne pendurados de cada lado. Um gato no seu colo e outro nos pés. Seu celular está no seu joelho. Nos últimos três anos, desde que a vi, ela deve ter dobrado de tamanho. Ela está vestindo shorts verdes e uma camiseta branca. Seu cabelo está longo e sujo, mais cinza do que preto, agora. Seus braços são mais largos que minhas coxas. Ela tem uma barba grossa.

Me lembro de que sua aparência não é motivo para desistir. Pego Bonnie no colo e me aproximo.

– Mãe – falo gentilmente, sem desejar assustá-la.

– Oi.

Bonnie coloca o rosto no meu pescoço, como se não quisesse ver. Minha mãe devagar vira sua cabeça na minha direção. Ela não diz nada.

– Trouxe Bonnie pra te ver – digo.

Bonnie espia, mas ainda está com medo de mostrar seu rosto todo. Minha mãe a encara. É um pouco ameaçador.

– Não quero você aqui – ela diz, docemente, mas insinuando agressão.

– Ok, mãe, a gente só queria saber se você estava bem – falo gentilmente. – A Bonnie pode ver os gatos?

Ela olha pro gato no seu colo. Coloco Bonnie no chão.

– Pode ir, passa a mão no gato – digo a ela, mas ela está com muito medo pra se aproximar da minha mãe.

Eu vou primeiro e passo a mão no gato. Mesmo odiando gatos, embora um pouco menos do que odeio ratos. Logo em seguida, Bonnie encontra confiança e se aproxima. Conforme ela passa a mão no gato, ele começa a ronronar bem forte. Isso faz Bonnie sorrir.

– Viu, tá tudo bem – digo a ela. – Vocês duas amam gatos – digo à minha mãe, pensando se isso pode ser algo com o que elas podem se conectar.

Ela vira o rosto para o outro lado e não diz nada. Ela se mexe na cadeira. O gato sai e corre pro jardim. Bonnie sai correndo atrás dele.

– Mãe, sei que é difícil pra você, mas eu ficaria muito feliz se você pudesse dizer algo a Bonie. Ela é sua única neta.

– Eu por acaso pedi pra você ter um filho? – diz, agora olhando pra mim.

Seus olhos, uma vez bonitos e castanhos, agora estão escondidos atrás de pálpebras pesadas. Ela vira o rosto novamente, e eu observo aquele momento. Ela é responsável por uma parte tão grande da minha dor. Por parte tão grande da minha raiva. Tanto da minha sensação de deslocamento, de minha inabilidade de pedir ajuda às pessoas, da crença de que a solidão é o lugar mais seguro. Vê-la assim, sei que não está bem, mas ela era cruel antes de tudo isso. Ela tinha uma responsabilidade e ela falhou comigo. Por que estou aqui? Em um segundo tudo fica muito claro.

– Tchau, mãe – digo, corajosamente.

Sinto que conquistei tudo que tinha que conquistar neste lugar.

– Estou indo, mãe, e não vou voltar. Meu coração vai sempre estar aberto pra você, mas só se o seu se abrir pra mim também. Se isso não acontecer, então esta é a última vez que você vai me ver, ou Bonnie.

Ela vira a cabeça pro centro. Ainda não o suficiente pra me olhar. Ela encara o jardim. Mas não na direção de onde está Bonnie. Seus ombros se movimentam pra cima bem devagar, depois caem pra baixo. Me dizem que ela não se importa.

Eu me aproximo. Ela vira o rosto pra longe de mim.

– Não pedi pra você vir aqui – ela diz.

– Não, não pediu.

Dou um passo em sua direção, forçando-a a me olhar.

– Você falhou comigo, e eu não vou fazer a mesma coisa com a Bonnie.

Dou a ela alguns segundos, no caso de ela querer dizer algo. Nada.

Ela solta ar pelas narinas como um búfalo e gira a cabeça pro outro lado novamente.

– Bonnie, vem, hora de ir embora – digo.

Bonnie corre até mim.

– O gato lambeu o meu braço – diz, bem feliz com isso.

Seguro na sua mão.

– Por que temos que ir? – ela pergunta.

– Porque a vovó June não quer a gente aqui – respondo, sem querer dar falsas esperanças pra ela sobre quem minha mãe pode ser na vida dela.

– Ela não quer a gente aqui? – pergunta Bonnie, soltando minha mão e caminhando na direção da cadeira. – Isso não é muito legal – ela diz a minha mãe, mas também é ignorada. – Minha outra avó é mais legal que você. Ela me dá biscoito quando eu vou na casa dela.

Minha mãe vira rapidamente para olhá-la. Me pergunto o que ela vai dizer. Ela não diz nada. Ao invés disso, ela chia como um gato para Bonnie. Isso a assusta. Pego minha garotinha no colo, e ela coloca seu rosto doce na minha nuca. Não me mexo por alguns momentos, forçando minha mãe a reconhecer o afeto que existe entre mim e minha filha.

– Mãe, vai se... – digo, antes de ir embora.

Dessa vez eu acrescento o dedo do meio.

○ ○ ○

Do lado de fora da casa, sinto um sentimento estranho de alívio. Como se tivesse fechado uma porta, e agora posso caminhar por um corredor muito mais iluminado. Como se o resto da minha vida acabasse de começar.

— Bom, e se a gente fosse comer peixe e bata frita na praia? — digo a Bonnie, querendo distraí-la do que acabou de acontecer.

— SIM! — ela grita com felicidade.

○ ○ ○

Sentadas na praia, no banco dedicado a meu pai, Bonnie come seu peixe com fritas em um papel no seu colo.

— Hummm — ela diz, tão feliz.

Uma mensagem de texto de Liam chega no meu celular.

— **Só checando, tudo bem com vocês? Estou preocupado.**
— **Estamos bem. Foi tudo como o esperado com a minha mãe. Vamos encerrar esse assunto, pode ser?**
— **Estou orgulho de você, Rubes.**
— **Obrigada. Ei, talvez possamos jantar juntos segunda à noite, quando voltarmos. 20h em casa?**
— **Claro, mas não é um pouco tarde pra Bonnie?**
— **Quem disse que a Bonnie vai estar lá?**

Coloco meu celular no silencioso e o guardo novamente na bolsa.

— Você quer uma batata, mamãe? — Bonnie pergunta.

Digo que não. Sentamos por mais alguns momentos. Ela comendo, eu encarando o oceano. O cheiro do vinagre faz a minha barriga roncar.

— Ok, talvez uma só — respondo, pegando uma batata grande e gorda, macia e encharcada de gordura.

É realmente deliciosa.

Lauren Pearce – Post no Instagram

OficialLP

> A foto é de duas garotas. As duas loiras. Estão em um parque, com vestidos de verão. Estão abraçadas, sorrindo e com olhar alegre.

curtido por **primavera_editorial** e outras 142 pessoas

OficialLP Perdão pelo meu silêncio, muita coisa na cabeça =)

Uma delas é como posso ser mais autêntica na minha vida. Nas últimas semanas li tantos julgamentos de estranhos sobre quem eu sou. Poucos deles são verdade. Há uma coisa que nunca compartilhei publicamente, porque tinha muito medo de ser marcada por isso. Mas percebo hoje que isso estava errado. Esta foto é de mim e minha irmã Verity. Verity morreu quando eu tinha cinco anos. Ela era dois anos mais velha que eu, e era a melhor irmã mais velha do mundo. Sua morte foi um acidente, e isso mexeu muito com a minha família e nos machucou de maneiras que nunca poderão ser consertadas. Sempre achei que falar sobre Verity era uma coisa impossível na minha vida. Até agora. Se não admitir e aceitar que sua morte é parte de quem eu sou, então nunca serei feliz. Tentei fixar minha identidade em outras coisas – meu corpo, meu casamento, fama. Mas nada daquilo era real. O que é real é que penso nela todo dia. Lembro do cheiro dela, a maciez da sua pele, a textura do seu cabelo, o som da sua risada. Me pareço tanto com ela que não consigo lidar com minha aparência. Quero ser mais feliz comigo mesma, e isso virá aceitando sua morte, e não tentando esconder por medo de me machucar ainda mais. Este é o primeiro dia de uma nova vida. Uma vida na qual eu me aceito por tudo que sou, e não me nego a verdade.

Sou Lauren Pearce. Sou triste e tenho medo frequentemente. Preciso pedir ajuda. Sou mais forte do que penso. Estou no controle da minha vida e com as pessoas certas à minha volta consigo superar qualquer coisa. Sinto muita falta da minha irmã e quero ser feliz. Ah, e estou solteira (piscadinha). Quem é você?

Ver todos os comentários

Quem é você?

_____

_____

_____

_____

_____

_____

_____

_____

_____

_____

_____